Für Lisa

C. Zeitm—

04.12.2013

Über den Autor:

Christian Zeitmann wurde 1975 im Rheinland geboren. Er lebt mit seiner Familie bei Köln. Zu seinem Beruf als Diplom- Betriebswirt schafft er sich einen Ausgleich mit seiner Leidenschaft: dem Schreiben.
Seine Erzählungen beschränken sich nicht auf ein Genre. Sie spielen heute oder auch gestern. Sie sind mal bewegend, mal abenteuerlich, mal dramatisch und nicht selten alles zugleich. Die Geschichten in seinem Kopf sind da, um aufgeschrieben zu werden. Sein Ziel ist es, seine Leser mit Personen bekannt zu machen, die irgendwo und irgendwann im größten Kosmos überhaupt existieren: unserer Fantasie.
Geschichten sind wie die Luft, die wir atmen. Sie begleiten uns durch den Alltag, machen uns nachdenklich, betroffen, glücklich oder helfen uns durch schwere Stunden, mit der Gewissheit am Ende des Tages zu einer spannenden Erzählung zurückkehren zu können.

Besuchen Sie seinen Blog unter:
http://zeitmann.wordpress.com/

C. Zeitmann

DIE ZAUBERLINIE

Roman

Copyright September 2013 by C. Zeitmann

Lektorat: Christina Richter
Titelgestaltung: Sandra Bott

ISBN 978-1493670451 (CreateSpace-Assigned)

Die vorliegende Geschichte entstand in ihren Grundzügen aufgrund einer wahren Begebenheit. Sämtliche Figuren sind jedoch der Fantasie entsprungen. Jede Ähnlichkeit mit echten Personen, lebend oder verstorben, ist zufällig und vom Autor nicht beabsichtigt.

Für Harriet

Glücklich allein ist die Seele, die liebt.

Johann Wolfgang von Goethe

Der Rote Baron

Sommer 1984, Strand von St. Peter-Ording

Eine Böe strich über den schmalen Priel hinweg und wühlte das Wasser auf. Es schien mir der gleiche Priel zu sein, in den ich vor kaum weniger als zwanzig Jahren mein erstes Modellboot gesetzt hatte. Über mir schoben sich dicke Quellwolken träge vor die Sonne und spiegelten sich auf den kleinen Wasserpfützen, die die Ebbe neben den Prielen auf dem dunklen Sand hinterlassen hatte. Die Priele selbst waren durch das zurückweichende Wasser während der Ebbe entstanden und bildeten kleine Flüsschen auf dem Watt.

So weit das Auge reichte, lagen kleine spaghettiförmige Sandhaufen, die Lebensspuren der langen Wattwürmer. Der Sand drückte sich zwischen meine nackten Zehen, und ich spürte die winzigen Krebse, die in den Pfützen umherwuselten. Ich genoss das torfige Aroma des Schlickwatts, das sich unwillkürlich mit der salzigen Luft des Meeres vermischte. Meine Hosenbeine hatte ich bis zu den Knien hochgekrempelt, und das T-Shirt flatterte lose an meinem Oberkörper, nur durch meinen Rucksack gebändigt. Der Wind spielte mit meinen Haaren und erinnerte mich erneut daran, dass ich wieder da war, wo ich hingehörte: zu Hause.

Ich ließ den Blick über den Horizont schweifen und hielt bei der Fahrrinne inne, die irgendwo dort draußen lag. Für einen Moment war es mir, als würde ich wieder auf den Schultern meines Großvaters reiten, der mich unermüdlich über den langen Strand trug. Wir waren stets den langen Weg bis hin zum Leuchtturm gewandert, der winzig klein am Horizont zu erkennen war. Ein Besuch des Leuchtturms war von unseren Spaziergängen nicht wegzudenken gewesen. Auch wenn dies bedeutete, dass mein Großvater auf dem Rückweg das Gewicht eines Fünfjährigen zu tragen hatte. Ich kann mich nicht erinnern, den Rückweg jemals auf eigenen Beinen zurückgelegt zu haben.

Als ich die kleinen Schaumkronen des zurückweichenden Meeres beobachtete, das Stück für Stück immer mehr Strand freigab, konnte ich auch meine Großmutter sehen, wie sie akribisch nach Bernsteinen suchte, die man mit etwas Glück dort fand, wo das Meer aufhörte und der Strand begann.

Es waren nur Erinnerungen, aber es waren Bilder, die sich für immer auf meiner Netzhaut eingebrannt hatten. Inzwischen waren meine Großeltern tot, sie lebten jedoch in meinem Herzen weiter. Ich hatte das Gefühl, als würde ihr guter Geist noch immer über das Watt wandeln. Ich war jetzt auf eigenen Beinen unterwegs, aber die Vergangenheit hatte sich, wie meine Fußspuren jetzt, in den Sand gegraben.

Ein Blick auf meine Uhr zeigte mir, dass ich noch gut in der Zeit lag und meinen kleinen Spaziergang fortführen konnte. Im Juli schien die Sonne so stark, dass sie die Luft ausreichend aufwärmte, und die Tage, an denen die Windstärke über sieben lag, trotzdem angenehm erscheinen ließ. Die Nordseeküste war rau, und der Wind gehörte dazu wie das Watt unter meinen Füßen. Normalerweise wählte ich den kürzeren Weg unmittelbar hinter dem Deich. Der Pfad dort war asphaltiert, und ich konnte mein Fahrrad nutzen. Doch heute war mir danach gewesen, meine Füße im Watt zu versenken. Vielleicht lief ich aber auch nur, um einen klaren Kopf zu bekommen. Denn heute war ein wichtiger Tag für mich. Und ich hatte mich lange darauf vorbereitet.

Nachdem der Vierjahresrhythmus der Strandsegler-Europameisterschaft in Sankt Peter-Ording beim letzten Mal durch die Meisterschaft in Nordirland unterbrochen worden war, hatte ich heute die Chance, den Pokal an die Nordseeküste zu holen. Seit meinem sechsten Lebensjahr gab es nichts, was ich mit größerer Leidenschaft betrieb als das Strandsegeln. Von den Schultern meines Großvaters aus hatte ich als kleiner Junge immer einen guten Blick über den Strand gehabt. Und jedes Mal, wenn die schmalen Fahrzeuge an uns vorbeirasten, wusste ich, dass ich irgendwann selbst als Pilot in einem Strandsegler sitzen würde.

Der YCSPO, der Yacht Club St. Peter-Ording, war 1961 gegründet worden, und obwohl mein Großvater dort nie aktives Mitglied gewesen war, so war er doch ein begeisterter Anhänger des Strandsegelns gewesen. Und so war er es, der in mir die Leidenschaft für diesen Sport geweckt hatte. Er war es auch, der mir zu meinem zwölften Geburtstag meinen ersten eigenen Segelwagen geschenkt hatte. Bis heute habe ich den Tag nicht vergessen, an dem ich zum ersten Mal hinter dem Steuer meines *Wattläufers* saß und wie der gleichnamige Vogel über den Strand geflogen bin. Ich hatte meinen Segelwagen nach dem Wattläufer benannt, weil die Schreie dieser Vögel mich begrüßten, wann immer ich über die Kuppe des Deiches kam und sich das Watt wie eine kleine Welt voller Wunder vor mir ausbreitete. Heute hingen die Überreste des Wagens wie ein indianisches Totem im Schuppen meines Vaters und bewahrten den Geist meines Großvaters.

Heute sollte ich also die Chance erhalten, meine Leidenschaft zu krönen und meinen Großvater, wo immer er jetzt auch war, stolz zu machen. Der lange und vor allem breite Strand von Sankt Peter-Ording bot ideale Verhältnisse für das Strandsegeln und eine der besten Möglichkeiten, die Europameisterschaft auszurichten. Um die achtzig Teilnehmer aus ganz Europa würden daran teilnehmen. Ich fuhr in der Klasse III – der größten und zugleich schnellsten Klasse der Segler. Ich war stolz, in Sankt Peter-Ording aufgewachsen zu sein und die Nordseeküste vertreten zu können.

Seit einem Jahr bereitete ich mich in meinen Semesterferien auf die Europameisterschaft vor. Während meines Studiums in Kiel verging kein Tag, an dem ich nicht an das Watt dachte und den Wind in meinen Haaren spürte. Antonia hatte ich erst ein paar Mal mit nach Sankt Peter genommen, aber auch sie hatte die Energie gespürt, die die Küste ausstrahlte. Heute wollte sie ebenfalls kommen. Hoffentlich war ihre Mitfahrgelegenheit pünktlich.

Ich war bereits vor zwei Tagen angereist, um meine Eltern zu besuchen. Mein Besuch hatte vieles aufgewirbelt. Dinge, die ich für den heutigen Tag aus meinem Gedächtnis gedrängt hatte.

Ich erreichte die *Giftbude*, das Stelzenhaus, und wunderte mich kaum, dass schon die meisten Fahrer und eine Vielzahl von Schaulustigen eingetroffen waren. Die *Giftbuden* waren die Restaurants und Strandkorbvermietungen in Sankt Peter-Ording, die so charakteristisch für das Erscheinungsbild des Ordinger Strands waren. Ihren Namen hatten die Buden von dem englischen Wort *gift*, Geschenk - für manchen Besucher oder Urlauber mochte das zunächst befremdlich klingen.

Ich hielt Ausschau nach meinem *Wattläufer II*. Holger hatte sich bereit erklärt, ihn mit seinem Anhänger zum Strand zu transportieren. Und er hatte Wort gehalten.

Der Wagen stand zwischen den anderen Seglern, die von einer Gruppe Zuschauer umringt waren. Ich hatte meinen Segelwagen gelb gestrichen und den Namen mit schwarzen Lettern aufgetragen. Es war die selbst gebaute Weiterentwicklung meines ersten Wagens. Die besondere aerodynamische Form war immer wieder ein Blickfang für Kenner und für Neulinge. Mit dem *Wattläufer II* hatte ich schon einige Rennen gewonnen, aber bei einer Europameisterschaft anzutreten war eine ganz andere Sache.

Das Besondere an einem Rennen war, dass sich die Wind- und Bodenbedingungen ständig änderten, was höchste Ansprüche an das fahrerische Können stellte. Priele etwa konnten sich noch während eines Rennens verändern, wenn das Wasser weiter abfloss und die Kanten und die Durchfahrtshöhe sich verschoben. In kürzester Zeit, manchmal waren es nur Bruchteile von Sekunden, musste man also erkennen, welche Priele flach genug waren, um sie zu durchqueren, wo und wie man am besten eine Sandbank wechselte oder wo das Watt zu weich war, um die Stelle gut befahren zu können.

Ich schaute erneut auf die Uhr. Schlagartig spürte ich die Aufregung wieder in der Magengrube – bis zum Start war es keine Stunde mehr. Mit geübten Händen überprüfte ich die Radaufhängungen und die Verschnürungen des Segels. Der Wagen lag auf drei Rädern, zwei an der Hinterachse und eins an der Vorderachse. Die Lenkung erfolgte über das Vorderrad. Ich konnte mit meinem Wattläufer bis zu hundert Stundenkilometer erreichen.

Mein Helm lag auf dem schmalen Sitz. Ich hatte noch nie einen Unfall gehabt, und so sollte es bleiben. Außerdem galt es, einen Sicherheitsabstand zu den Mitfahrern zu halten. Überholen konnte man meistens bei den Halsen, da sie das schwierigste Manöver darstellten und schnell die Spreu vom Weizen trennten. Andächtig klopfte ich auf den filigranen Kohlefaserrumpf und machte mich auf den Weg zur Anmeldung.

»Bjarne Bendixen«, sagte ich und blickte den Mann an, der in der *Giftbude* hinter dem schmalen Tisch saß. Sein Finger fuhr eine lange Liste entlang, dann verharrte er, und er machte einen Haken.

»Willkommen!«, sagte der Mann, der ein schmales Gesicht hatte und eine viel zu große Brille trug, mit freundlichem Lächeln und reichte mir ein Merkblatt, das alles Wissenswerte zum Wettkampfablauf enthielt, sowie meine Startnummer. »Du kannst dich dort drüben umziehen. Der erste Lauf startet in fünfundvierzig Minuten.«

Ich nickte und ging in die Umkleidekabine, um mich umzuziehen. Neoprenhose, wasserfeste Schuhe, blaue Windjacke. Vor dem Waschbecken warf ich einen letzten Blick in den Spiegel. Kurze hellbraune Haare, braune Augen und ein breites Kinn mit Grübchen. Mein kleiner Mund versteckte sich ehrfürchtig unter der breiten Nase. Ich betrachtete mich selbst nur als durchschnittlich gut aussehend. Aber es hatte gereicht, um Antonia zu erobern.

Ich ging nach unten und hielt nach meinen Vereinskameraden Ausschau. Martin Classen grinste, als er mich sah. »Du scheinst dich gut zu erholen im Studium«, sagte er und begrüßte mich mit Handschlag. »Ich hatte schon befürchtet, du wärst blass und pickelig geworden vom vielen Lernen.«

»Das überlasse ich den Kommilitonen«, gab ich zurück. Martin hatte nie viel vom Lernen gehalten. Ich kannte ihn bereits seit Schulzeiten, und er hatte immer davon geträumt, dort zu arbeiten, wo er sich am liebsten aufhielt: im Watt. Er machte inzwischen regelmäßige Führungen hindurch und war für die Wartung des Leuchtturms zuständig. Seine Haut besaß einen bronzenen Ton, und es überraschte mich kaum, dass er mit nacktem Oberkörper vor mir stand. Seine Augen waren stahlblau. Kinn und Wangenknochen stachen hervor, wodurch sich sein Gesicht nicht nur bei den Mädchen einprägte. Er war ein Naturbursche durch und durch.

»Wo hast du Toni gelassen? Hat sie endlich einen vernünftigen Kerl gefunden?« Martin schmunzelte herausfordernd.

»Ja hat sie«, erwiderte ich und erblickte hinter Martin die anderen bekannten Gesichter aus dem Club. »Und sie wird bald hier sein, um den Kerl ordentlich anzufeuern.«

»Ich bin froh, dass du hier bist«, gab Martin zu. »Und wenn ich ehrlich bin, weiß ich nicht, wer außer dir den Pott holen sollte.«

Ich zuckte mit den Schultern. »Wir werden sehen. Komm, ich will den anderen noch Hallo sagen.«

Martin folgte mir, während ich meine Vereinskameraden begrüßte. Sogar mein erster Segellehrer war anwesend. Er hatte mir die Grundlagen des Strandsegelns beigebracht. Ich wechselte eine paar Worte mit ihm, bevor ich Holger begrüßte. Holger war einen Kopf kleiner als ich. Haare besaß er schon lange nicht mehr, und seine Nickelbrille saß leicht schief auf der Nase. »Grüß dich.« Sein Händedruck war kräftig und herzlich.

»Hast einen gut bei mir«, sagte ich.

»Vergiss es«, sagte er. »Ist doch selbstverständlich.« Holger war im Vorstand des YCSPO. Wenn er einem Mitglied irgendwie helfen konnte, tat er das. Aufgrund seiner schlechten Augen fuhr er selbst schon seit zwei Jahren keine Rennen mehr.

»Die Kiste müsste laufen wie geschmiert.« Holger rückte seine Brille zurecht. »Ich habe im Vereinsheim noch mal alles überprüft.«

»Heute Abend gehen wir einen trinken. Alle zusammen.« Ich sehnte mich danach, mit meinen Vereinskameraden mal wieder richtig einen draufzumachen.

Holger klopfte mir auf die Schulter. »Konzentrier dich jetzt erst mal aufs Rennen. Dann sehen wir weiter.«

Das Rennen. Beinahe hätte ich es vor lauter Wiedersehensfreude vergessen. Der Strand um mich herum war mein Revier. Ich kannte jeden Winkel und war schon Hunderte Rennen gefahren. Aber eben noch keine Europameisterschaft. Die Bedingungen waren ganz andere - die Fahrer kamen aus ganz Europa, und es waren einige große Namen dabei. Doch gerade diese versuchte ich gedanklich auszuschalten. Mein Fokus sollte auf der Strecke liegen. Die Qualifikationsläufe waren ein guter Test gewesen, und ich hatte alle mit Bravour bestanden. Doch jetzt wurde es ernst. Die Qualifikation war nicht mehr als ein Warm-up gewesen.

Überall um mich herum flatterten die Banner der Sponsoren, und die Segel der Wagen knallten, wenn eine Windböe sie erfasste. Sonne und Wind hatten die letzten Schleierwolken vertrieben, und der Himmel strahlte in einem satten Blau. Ein Mann mit Sonnenkappe sprach in ein Megafon und gab letzte Hinweise und Erklärungen. Es fiel mir schwer, mich auf seine Worte zu konzentrieren. Ich versuchte ruhig zu werden und mich zu fokussieren. Das Stimmengewirr und das bunte Treiben um mich herum verschwanden im Hintergrund. Nur zwei sanfte Hände, die sich plötzlich von hinten auf meine

Augen legten, konnten mich noch aus meiner Konzentration reißen.

Es war Antonia. Ihre langen blonden Haare flogen im Wind. Ihr kleiner Schmollmund presste sich ohne Vorwarnung auf den meinen und sie küsste mich leidenschaftlich. Sanft löste ich mich: »Wow, was für eine Begrüßung!«

»Ich dachte schon, ich komme zu spät«, sagte sie. Ihre hellen Augen leuchteten in der Sonne wie zwei Kristalle. Ihre Wangen waren gerötet, und ein seidiger Glanz lag auf ihrer Haut. Ich fand sie in diesem Augenblick so unendlich hübsch, dass ich sie gleich noch einmal küssen musste.

Wir studierten beide Geologie und Mineralogie. Es hatte nicht lange gedauert bis klar wurde, dass mein Interesse erwidert wurde. Von da an waren wir fast jede freie Minute zusammen, und inzwischen weiß ich, dass sie die Frau meines Lebens ist. In ihrer Nähe fühle ich mich geborgen.

Antonia, die von ihren Freunden Toni gerufen wurde, kam aus Flensburg, wo sie mit zwei älteren Brüdern aufgewachsen war. Bei den dortigen Schwimmmeisterschaften holte sie dreimal den Titel über zweihundert Meter Freistil. Das war erstaunlich, denn ihre Statur war nicht die einer typischen Schwimmerin. Aber in ihren dünnen Armen steckten eine Menge Kraft und Ausdauer.

»Du bist aufgeregt«, bemerkte sie. »Ich sehe es dir an.« Sie piekste mich mit dem Zeigefinger neckisch in den Bauch und legte ihre Arme um meinen Nacken. »Du schaffst das! Ganz bestimmt.«

Ich lächelte. »Du solltest Wahrsagerin werden.«

Holger und Martin begrüßten Antonia. Sie waren beide solo, und ich musste mir eingestehen, dass ich Antonia mit Stolz neben mir wahrnahm. »Und ich dachte, du hättest endlich gemerkt, was für ein Versager Bjarne ist«, neckte Martin sofort wieder. Er konnte seine große Klappe einfach nicht halten. Antonia ging nicht darauf ein, sie schmiegte sich an mich und lächelte lediglich vielsagend.

»Wer jeden Tag Wattwürmer streichelt, kann kein Mädchen abbekommen«, gab ich zurück.

»Warum müssen Männer sich eigentlich immer wie Gockel benehmen, wenn eine Frau in der Nähe ist?«, fragte Antonia, erwartete jedoch keine Antwort.

»Wisst Ihr, warum es *Stamm*hirn heißt?« Holger betonte das Wort auf besondere Art und Weise und zeigte auf seinen Hosenstall. »Weil es bei den Männern im *Stamm* sitzt.« Während er grinste, zeigte er die kleine Lücke zwischen seinen Schneidezähnen.

Holgers Humor war nicht gerade berühmt, aber manchmal ließ er sich hinreißen. Ich wusste aus Insiderkreisen, dass sein Wortspiel nicht ganz aus der Luft gegriffen war, was seine Männlichkeit betraf, doch es kam mir natürlich nicht in den Sinn, Antonia aufzuklären. Als Holger merkte, dass sein Scherz eher lange Gesichter hervorrief als lautes Gelächter, wandte er sich ab und machte eine gelangweilte Handbewegung.

»Wir sehen uns nach dem Rennen«, sagte Martin stattdessen und wandte sich ebenfalls zum Gehen. »Hau rein, Alter. Zeig denen, wo das Segel hängt!« Ich zwinkerte ihm zu und nahm Antonias Hand.

Die Fahrer gingen zu ihren Fahrzeugen. Es wurde hektisch. »Ich muss jetzt zu meinem Wagen«, sagte ich. »Von dort drüben hast du mit deinen Freundinnen einen guten Blick auf die Strecke.« Ich deutete auf einen Punkt rechts vom *Gifthaus*.

»Ich drücke dir die Daumen!« sagte sie, dann küsste sie mich, und ihre Lippen wanderten weiter zu meinem Ohr. »Ich liebe dich!«

Zärtlich küsste ich ihre Stirn. »*Ne mohotatse*«, hauchte ich. Ich zwinkerte kurz, küsste sie erneut, machte ein paar Schritte und warf ihr noch eine Kusshand zu. Dann ging ich zu meinem Segelwagen.

Das Rennen sollte in zehn Minuten beginnen.

Im ersten Lauf starteten zwanzig Fahrer. Ich trug die Rückennummer einunddreißig. Es war die Nummer, die ich seit Jahren trug.

Start -und Wendepunkt waren mit unterschiedlich farbigen Fahnen gekennzeichnet worden. Acht Runden waren zu fahren. Ich zog meinen Helm auf und streifte die schmale Brille über, die meine Augen vor Wind, Sonne und Spritzwasser schützen sollte. Anschließend zog ich die Handschuhe an, die Holger auf den Sitz gelegt hatte. Die Fahrer, die nun neben mir ihre Wagen zur Startlinie schoben, waren mir allesamt unbekannt. Draußen auf der Strecke interessierten die Gesichter und die Namen sowieso nicht. Draußen würde ich nur noch ein verschwommenes, buntes Etwas sehen, das neben oder vor mir fuhr.

Ich besprach mit meinem mir zugewiesenen Betreuer die letzten Details. Er würde im Zweifelsfall zur Stelle sein, wenn es Probleme mit dem Wagen gab. Dann machte ich ein paar Dehnübungen und versuchte, mich zu konzentrieren. Jede Bewegung der Füße und Arme musste sitzen. Ein falscher Zug an der Trimmung und ich würde an Geschwindigkeit verlieren oder aus der Kurve fliegen und das Rennen verlieren.

Ein schriller Ton erklang. Die Fahrer wurden an die Startlinie gebeten.

Ich schob den *Wattläufer II.* auf meine Startposition. Mein Betreuer hob den Daumen. Ich zeigte ebenfalls meinen Daumen und nickte.

Der Signalgeber hob eine Hand und deutete den Fahrern an, sich bereit zu halten. Ich stand zwischen zwei Konkurrenten mit knallig bunten Segeln. Das Adrenalin schoss mir ins Blut und lähmte mich eine Sekunde lang. Ich konzentrierte mich und wartete auf den Startschuss.

Als er fiel, drückte ich kraftvoll an, und mein *Wattläufer* setzte sich in Bewegung. Über die Handsteuerpinne richtete ich die Segelstellung so aus, dass der Wind in das Segel greifen konnte. Als das geschah und der Rollwiderstand unter mir kaum noch zu spüren war, sprang ich in den Sitz. Schnell streifte ich die schmalen Gurte über meine Schultern und ließ sie einrasten. Ich saß nur wenige Zentimeter über dem Boden. Meine Füße tasteten nach der Fußsteuerung, mit der sich das Vorderrad lenken ließ, und meine Hände hielten die Schoten, um das Segel zu bedienen und dem Wagen die Richtung vorzugeben. Reifendruck und Härte der Segellatten waren optimal auf die Bedingungen eingestellt. Ich konnte meinen Heimvorteil ausspielen. Im Heck des *Wattläufers* befanden sich drei Sandsäcke, damit die ungeheuren Kräfte, die auf das Segel wirkten, ausgeglichen werden konnten und der Wagen davor bewahrt wurde, bei einer Böe abzuheben.

Ich war gut vom Start weggekommen und hatte bereits eine Reihe von Fahrern hinter mir gelassen. Jetzt galt es, keinen Fehler zu machen und die Windströmungsrichtung optimal zu erwischen. Der Wind war sehr böig, und ich spürte, wie sich die Hinterräder wechselseitig in die Luft hoben. Mit meinem Körpergewicht schaffte ich es, die Balance zu halten. Meine Füße waren sozusagen mein Fixpunkt. Knapp darüber blickte ich auf die Fahrbahn. Meine Konkurrenten sah ich nur aus dem Augenwinkel.

Den Bruchteil einer Sekunde dachte ich an Antonia und meinte ihre Lippen noch einmal auf meinen zu spüren. Ich wusste, dass sie irgendwo am Rand der Strecke stand und meinen Segelwagen fest im Blick hatte. Das gab mir Kraft und Zuversicht, und ich spürte, wie sehr ich sie liebte. Sogar im Augenblick höchster Anspannung und Konzentration durchströmte meine Liebe zu ihr meinen ganzen Körper.

Der erste kleine Priel kam in Sichtweite, und ich versuchte die Prielkante so zu erwischen, dass mein Wagen nicht abhob. Ein leichter Zug am Schot, und mein Wagen raste über den Priel, während eine Wasserfontäne in die Luft schoss und meine Brille die erste Taufe zu überstehen hatte. Ich hatte einen günstigen Winkel erwischt und hielt mich weiterhin auf allen drei Rädern. Mein Nebenmann setzte etwas weiter südlich an und musste mit einem kleinen Satz leben, den sein Wagen machte. Mit einem Krachen setzte er wieder auf, und ich zog an ihm vorbei. Das aufwirbelnde Wasser, das mein Wagen erzeugte, nahm ihm zusätzlich die Sicht. Eine erste Hürde war genommen, und ich zeigte meinem Konkurrenten, dass ich die Fahrt durch den Priel beherrsche.

Der Wind rauschte wie ein Orkan an meinem Helm vorbei, und unter meinen Rädern zerbarst allerlei Schalentier, das bei der Ebbe am Strand liegen geblieben war. Immer wieder spritzten Sand und Wasser in die Höhe und behinderten die Sicht. Meine Hände spielten mit dem Schot und hielten das Segel optimal zum Wind. Ich fühlte mich gut, und Aufregung und Anspannung ließen nach. Noch waren fünf Fahrer vor mir, aber ich hatte keine Eile. Zunächst galt es, zwei, drei Runden zu absolvieren, um die Gegebenheiten am Strand zu testen. Die

Strecke veränderte sich von Tag zu Tag. Priele, Sandbänke und die Beschaffenheit des Watts nahmen immer wieder neue Formen an und unterlagen dem Spiel der Naturgewalten. Erst beim Rennen selbst konnte man sich vollends auf die Strecke einstellen.

Die Wendemarke kam in Sicht. Ich wählte einen spitzen Einfahrtswinkel, was ein gewisses Risiko beinhaltete, jedoch notwendig war, um den Sand zu testen für mögliche Manöver im späteren Verlauf.

Die Halse klappte vorzüglich und brachte mich ein gutes Stück näher an das vorderste Feld heran. Ein Fahrer in einem roten Wagen hatte sich an die Spitze gesetzt. Ich taufte ihn beiläufig den Roten Baron, nach dem Fliegerass aus dem Ersten Weltkrieg. Mein selbst ernanntes Ziel lag noch eine Wagenlänge vor ihm.

Auf dem Weg zurück zur Ziellinie wagte ich einen kurzen Blick zur Seite und sah ein buntes Farbenmeer vorbeirasen. Die Zuschauer, unter ihnen Antonia. Ich ließ mich von dem Windschatten des fünften Wagens ansaugen, um im geeigneten Moment anzugreifen. Ein paar Bodenwellen machten mir zu schaffen, und ich musste mit meinem Körpergewicht ausgleichen.

Nach der nächsten Halse wusste ich, wie mein *Wattläufer* reagierte, und konnte mit der Jagd auf den Roten Baron beginnen. Wer auch immer sich unter dem Helm befand, hatte einen guten Start erwischt und wusste seine Schoten zu bedienen.

Ich suchte eine Lücke zwischen Nummer vier und fünf und wartete auf die nächste Prieldurchfahrt, die eine Schikane für die Strandsegler war. Dort sah ich meine Chance. Diesmal erwischte ich die Einfahrt nicht so gut wie beim ersten Mal, aber es reichte, um die Fahrer vier und fünf auseinanderzudrängen. Das Wasser spritzte wie ein Fächer auf, und die Sonnenstrahlen erzeugten ein buntes Lichtspektrum auf den Tropfen. Kurz war ich geblendet, und mein rechtes Hinterrad hob sich in die Höhe. Ich zog einen der Schoten nach links und glich mit der Fußsteuerung aus. Der Wagen brach leicht zur Seite aus und beförderte Schlick und Wasser auf Wagen Nummer vier. Dieser kam leicht ins Trudeln und verlor an Geschwindigkeit. Ich zog an ihm vorbei.

Die Gruppe der ersten drei fuhr wie eine dreieckige Phalanx aus Schlachtwagen vor mir. Nach der nächsten Halse würde ich versuchen, mich an sie heranzutasten. Mein Kopf wurde bei jeder Welle von links nach rechts bewegt, und ich spürte die Vibration in meinem Rückgrat. Ich war eins mit meinem Segelwagen, und der Sand unter mir, auf dem wir dahinflogen, war nur noch Mittel zum Zweck.

Die nächste Halse ging ich schärfer an und kam immer dichter an die ersten drei Fahrer heran. Der Rote Baron fuhr weiterhin vorneweg. Aus dem Augenwinkel bemerkte ich, dass der Wagen, den ich im Priel irritiert hatte, noch immer dicht hinter mir war und durch mein nicht ganz faires Verhalten offensichtlich angespornt worden war.

Der Wind frischte weiter auf, was mir in die Karten spielen konnte. Meine Unterarme brannten, und ich fühlte, wie der Wind im Segeltuch lag und mit eiserner Kraft auf Material und Mensch einwirkte. Der Priel kam wieder in Sichtweite. Er hatte begonnen, sich zu verformen. Die Räder der Wagen, die den Sand aufwühlten, trugen den größten Anteil daran wie auch die Sonne, die das Wasser immer schneller verdunsten ließ. Die Kanten wurden höher und bargen das Risiko eines Sprungs oder das Kippen des Wagens.

Ich konnte erkennen, dass der Rote Baron die Durchfahrt ohne Probleme schaffte und Nummer zwei und drei an ihm klebten wie zwei Fliegen am Honig. Schräg hinter mir hörte ich das Schlagen des Segels von Nummer fünf. Das vordere Feld rückte enger zusammen, während die anderen weit abgeschlagen hinter uns lagen.

Meine Hinterräder versanken tiefer im Sand als bei den vorherigen Durchfahrten, und es kostete mich einiges Fingerspitzengefühl, meinen Wagen in der Spur zu halten. Währenddessen kam mir Nummer fünf gefährlich nahe. Sein rechtes Hinterrad war nur Zentimeter von meinem entfernt, als wir den Priel durchfuhren. Eingehüllt in eine Wasserfontäne, die uns kurzzeitig blind machte, war nicht klar, wer als Erster wieder auf der anderen Seite auftauchen würde.

Ein Ruck ging durch meinen Wagen, als unsere Hinterräder sich berührten. Einen Augenblick lang hatte ich ihn nicht mehr unter Kontrolle, doch dann lösten sich die Boliden wieder aus ihrer Umarmung, und ich stellte das Segel blitzschnell ein paar Grad nach backbord. Nummer fünf blieb hinter mir zurück.

Nach der nächsten Halse ließ ich ihn endgültig hinter mir, das Führungstrio war mir nur noch eine Wagenlänge voraus. Meine Hände fühlten sich feucht an in den Handschuhen, und das Adrenalin in meinem Körper brodelte. Auf gerader Strecke sah ich keine Möglichkeit, Nummer zwei und drei zu überholen. Noch drei Runden lagen vor mir, und es gab nur eins: die nächste Halse.

Am Start/Ziel-Punkt warf ich alles in die Waagschale. Während eine Windböe Nummer zwei und drei leicht nach außen trieb, fuhr ich die Wendemarkierung in spitzem Winkel an und schob mich durch die kleine Lücke, die der Wind gerissen hatte. Das Manöver war gewagt, da auch ich dem Gesetz der Zentrifugalkraft ausgesetzt war. Doch es gelang.

Meine Mastspitze knallte gegen das Segel von Nummer zwei, während ich auf zwei Rädern in die Halse schleuderte. Wie eine Stelze bewahrte mich mein Mast, der sich am Segel des Konkurrenten abstützte, vor dem Kippen. Mit einem hässlichen Geräusch riss das Segel von Nummer zwei der Länge nach ein, und ich drängte mit einer Gegenbewegung meinen Segelwagen zurück auf die Gerade. Nummer drei wurde von dem plötzlichen Bremsmanöver von Nummer zwei überrascht, und nun war ich der lachende Dritte, unerbittlich am Heck des Roten Barons klebend.

Jetzt gab es nur noch uns beide. Ich wusste noch immer nicht, wer in dem Kohlefaserchassis vor mir saß. Aber ich wusste, dass es ein geübter Fahrer war, der die Führungsposition nicht freiwillig aufgeben würde. Ich nutzte seinen Windschatten, um mich so nah wie möglich an ihn heranzutasten. Wie ein Raubtier saß ich ihm im Nacken, und das peitschenartige Schlagen meines Segels musste mich längst verraten haben. Wenn seine Halse nicht perfekt war, hatte ich eine Chance. Ansonsten würde ich dazu verdammt sein, bis zum Zieleinlauf in seinem Windschatten zu fahren.

Ich hatte kein Glück. Der rote Baron erwischte abermals den richtigen Winkel und fuhr die perfekte Halse. Sein Abstand zu mir vergrößerte sich sogar noch um eine halbe Wagenlänge. Ich fluchte innerlich und kniff die Augenbrauen zusammen. Es musste eine Möglichkeit geben, den Roten Baron auszuschalten. Offensichtlich entschieden jetzt nur noch kleinste technische Fehler. Gewicht und Material schienen gleichauf, und wenn der Rote Baron nicht noch die Nerven verlor, würde ich dieses Rennen verlieren. Es war eine bittere Erkenntnis, und ich musste mir eingestehen, dass ich während des ganzen Rennens nur sein Heck gesehen hatte. Wie zwei Bienen beim Hochzeitsflug eilten wir dicht hintereinander auf die Zielgrade zu, und es gab nichts, was ich tun konnte.

Als etwas Dunkles wie eine Möwe an meinem Wagen vorbeiflog und ein Kiebitz über mir einen schrillen Schrei ausstieß, reagierte mein Verstand erst den Bruchteil einer Sekunde später. Der Wagen des Roten Barons bremste abrupt vor mir ab und schlitterte unkontrolliert seitlich über den Sand. Sein rechtes Hinterrad hatte sich gelöst und war soeben an mir vorbeigeflogen.

Ich hatte keine Chance, und doch reagierte mein Körper und versuchte eine Schleuderhalse. Aber ich war dem Roten Baron zu dicht aufgefahren und war den Gesetzen der Physik nun hilflos ausgeliefert. Der Bug meines Segelwagens bohrte sich in die Seite des außer Kontrolle geratenen Wagens. Wie von dem Hieb eines Riesen getroffen hob sich mein Heck, und der Wagen wurde hochgeschleudert. Es waren nur Sekundenbruchteile, die ich durch die Luft flog, und doch blieb meinem Gehirn Zeit, unendlich viele Dinge an die Oberfläche zu holen. Sie konnten mich jedoch nicht auf den Aufprall vorbereiten.

Der *Wattläufer* prallte seitlich auf den harten Sand, und einen sehr kurzen Moment spürte ich das Gewicht des Wagens auf Kopf und Rücken. Dann wurde es schwarz, und ein kurzer, aber alles verzehrender Schmerz, von einem grellen Lichtblitz begleitet, brach über mich herein.

Schlagartig wurde es still.

Ich lag in meinem Kinderbett und spürte entfernt die warme Hand meiner Mutter auf meinem feinen Kinderhaar, während ich langsam, aber unaufhaltsam in meine allabendliche Traumwelt entfloh.

Mafiosi

Frühjahr 1983, Kiel

Pax optima rerum, Frieden ist das höchste der Güter. Dies prangte auf einer Tafel im Foyer der Christian-Albrecht-Universität zu Kiel. Wie sollte es Frieden auf der Welt geben, wenn sich schon Mutter und Sohn ständig beharkten? Ich hatte meine Studentenbude früher als geplant verlassen. Nach einem ernüchternden Telefonat mit meiner Mutter drückte mir die Zimmerdecke auf den Schädel, und ich musste hinaus.

Meine Vorlesung begann erst in einer Stunde, aber ich wusste, dass der Hörsaal vorher nicht belegt war. Ich entschloss mich, die Zeit zu nutzen und an meinem Referat über Erdoberflächenprozesse zu arbeiten. Die Gänge waren leer, und der grüne Linoleumboden glänzte matt in der hereinfallenden Frühlingssonne. Es roch nach altem Papier, Holz und billigem Putzmittel. Hinter den geschlossen Türen vernahm ich gedämpft die Stimmen der Professoren. Ich genoss es, alleine durch die Gänge zu laufen. Es gab mir ein Gefühl von Ruhe und Abgeschiedenheit. Ich kam mir vor wie ein Geist, der beobachtet, jedoch von niemandem wahrgenommen wird. Ein stiller Zeuge der Wissenschaft.

Ich gehörte zu den Neuen. Seit einem Monat war ich immatrikuliert, und vor lauter Stress hatte ich beinahe vergessen, die Grundlage für ein erfolgreiches Studium zu schaffen: Kontakte knüpfen. Dies wollte ich so schnell wie möglich nachholen. Ursprünglich hatte ich vorgehabt, an den Wochenenden die hundertzwanzig Kilometer nach Hause zu fahren. Aber das Telefonat mit meiner Mutter hatte mir gezeigt, dass es für alle Beteiligten das Beste war, wenn ich in Kiel blieb. Ich hatte also Kontakte mehr denn je nötig.

Der Hörsaal befand sich im hinteren Teil des Ostflügels. Und er war wie erwartet leer. Ich suchte mir einen Platz in den oberen Reihen, von wo aus ich den gesamten Hörsaal überblicken konnte. Meine zerschlissene Kladde lag so schnell ausgebreitet vor mir, dass ich fast überrascht war und minutenlang auf das leere Blatt Papier starrte, als hätte mich niemand auf diesen Moment vorbereitet. Es war das klassische Phänomen des leeren Blattes. Provozierend leer. Provozierend weiß. Ich wusste, dass ich lediglich den Stift ansetzen und den ersten Satz zu Papier bringen musste. Aber die Einleitung war das Schwerste. Sie entschied darüber, ob die Zuhörer gewillt waren auch den Rest des Referats zu hören oder gelangweilt Schiffe versenken mit ihrem Sitznachbarn spielen würden.

Obwohl ich mich bereits auf der Fahrt zur Uni gedanklich auf die Einleitung eingestimmt hatte, dauerte es eine Weile, bis ich meinen Stift fester umfasste und die Spitze auf das Papier drückte. Der Feind jeglicher Kreativität saß mir jedoch im Nacken: die Unlust. Und sie wurde weiter genährt, als die Tür zum Hörsaal aufging und ein weiterer Student hereinkam, der augenscheinlich die gleiche Idee gehabt hatte wie ich. Ich sah genauer hin. Es war eine Studentin.

Die Spitze meines Stiftes verharrte endgültig und war bereit, für den Rest des Vormittags zu streiken. Mir wäre es in dem Augenblick sicher leichter gefallen, eine Personenbeschreibung der Studentin abzugeben, als die Einleitung meines Referats zu beginnen. Die junge Frau trug einen Pferdeschwanz, der über ihrer braunen Lederjacke auf und ab tanzte. Sie warf mir einen kurzen, überraschten Blick zu und stieg dann die Stufen empor. Als sie näher kam, sah ich meinen ersten Eindruck bestätigt: Sie war bildhübsch.

Sie schien zu bemerken, dass ich sie beobachtete, und warf mir ein kurzes Hallo zu, das mich mein Referat endgültig vergessen ließ. Ihre Augen waren von einem makellosen blau, und ihr kleiner Mund mit den vollen Lippen war wie von einem dieser mädchenhaften Engelsfiguren, die Weihnachten immer auf unserem Esstisch gestanden hatten. Ihre Nase war unscheinbar, der liebe Gott hatte ihr aber mit winzigen braunen Klecksen zu Aufmerksamkeit verholfen. Ihr Lächeln fegte mich beinahe vom Stuhl, und es dauerte endlose Augenblicke, bis ich ihr Hallo erwidern konnte.

Sie setzte sich zwei Reihen vor mir auf die Bank und packte zwei Bücher sowie einen Textmarker aus. Dann zog sie ihre Knie an, schlug eines der Bücher auf und markierte hier und da einzelne Textpassagen.

Und ich saß hinter ihr und war jetzt noch weniger als vorher imstande, auch nur einen einzigen Satz zu Papier zu bringen. Der Anfang des Referats hätte längst stehen können. Aber nun lagen die Dinge anders, und die einzige Frage, die mich jetzt noch beschäftigte, war, warum sie mir nicht bereits früher aufgefallen war. Irgendetwas schien in meiner Magengegend zu erwachen. Es fühlte sich an wie der zarte Flügelschlag eines Falters, der verzweifelt versucht, den Händen seines Jägers zu entkommen. Die Flügelspitzen schlugen sanft gegen meine Bauchdecke und versetzten mich in Unruhe. Mein Blick lag auf dem strohblonden Pferdeschwanz, und ich ertappte mich dabei, wie ich mir wünschte, dass sie sich umdrehte und mir eine belanglose Frage stellte. Nur um noch einmal ihr Gesicht sehen zu können.

Ein Lächeln flog über meine Wangen, und ich amüsierte mich über mich selbst. Wie konnte der Anblick einer Frau mich derart aus der Bahn werfen? Meine letzte Beziehung lag noch nicht lange zurück. Ich kramte in der Erinnerungskiste, in der ich meine Gefühle für gewöhnlich aufbewahrte. Wie waren diese gewesen, als ich meine Exfreundin zum ersten Mal getroffen hatte? Ich kam zu einem schnellen und eindeutigen Ergebnis: in keinster Weise vergleichbar. Und weniger überwältigend. Wahrscheinlich war das auch der Grund, warum ich jetzt wieder solo war.

Das Mädchen, das nun zwei Reihen vor mir saß, hatte mein ursprüngliches Vorhaben also aufs Nachdrücklichste gestört und erregte meine vollste Aufmerksamkeit. Was sollte ich nun damit anfangen? Zunächst beschloss ich, meinen Blick wieder auf das leere Blatt Papier zu richten, um nicht den Anschein zu erwecken, zu starren.

Doch nach nur wenigen Sekunden stellte ich fest, dass ich meinen Blick nicht lange auf der leeren Seite halten konnte. Meine Gedanken waren so weit von meinem Referat entfernt wie die Erde vom Mars. Krampfhaft suchte ich nach einer Möglichkeit, sie von ihrem Buch abzulenken. Irgendwie ein Gespräch aufzuziehen. Doch alles, was mir in den Sinn kam, klang albern. Soweit ich das von meiner Position beurteilen konnte, war sie in ihre Arbeit vertieft und nichts und niemand schien sie ablenken zu können. Ich aber hatte nur noch ein Ziel: dieses Mädchen kennenzulernen.

»Könnte ich mir einen Textmarker leihen?« Meine Stimme klang seltsam fremd in dem großen Raum mit der hohen Decke. Oder lag es daran, dass ich mir plötzlich ziemlich dämlich vorkam?

Sie drehte sich um, und ich konnte endlich wieder ihr Gesicht sehen. War es nicht das, was ich die ganze Zeit über gewollt hatte? Doch das war es, ich war nur nicht darauf vorbereitet, was es bei mir auslösen würde: eine plötzliche Hitzewallung vom linken bis zum rechten Ohr, und ich spürte meinen Herzschlag bis in die letzte Faser meines Seins. »Welche Farbe?«, fragte sie.

»Ich ... äh ... Gelb wäre gut.« Ich fühlte mich wie ein einfältiger Trottel.

Sie stand auf, stellte sich vor mich hin und hielt mir den Stift entgegen. Es dauerte unendlich lange drei Sekunden, bis ich reagieren konnte und den Stift entgegennahm. »Danke.«

»Keine Ursache. Sitzt du oft in leeren Hörsälen?« Ihre Stimme passte zu ihrem Äußeren. Es war die Art Frauenstimme, die man am Ende einer Kundenserviceleitung hört und bei der man nach dem Auflegen denkt: Mensch, die würde ich gerne mal kennenlernen!

»Durchaus«, ich fand zu mir selbst zurück. Ich musste. Jetzt war der Augenblick gekommen, ihr Interesse zu wecken. »Der Raum ist angefüllt mit so vielen nie ausgesprochenen Gedanken. Wo könnte man besser arbeiten als hier?«

Sie lächelte. »Eine interessante Sichtweise und so poetisch«, meinte sie. »Ich mache es zum ersten Mal. Und das auch nur, weil meine Katze mich geweckt hat und ich nicht mehr einschlafen konnte.«

»Ich bin Bjarne.« Ich stand auf und reichte ihr die Hand. Ihre fühlte sich weich und warm an

»Antonia, die meisten sagen Toni.«

»Eine hübsche Frau namens Toni habe ich noch nicht kennengelernt. Bisher kannte ich nur Kette rauchende Mafiosi, die Toni heißen.« Ich hob die Augenbrauen an und wartete ihre Reaktion ab. Ich hatte alles auf eine

Karte gesetzt. Es gab Frauen mit Humor, und es gab Frauen, die keinen besaßen, aber trotzdem lachten. Toni zeigte mir, dass sie nicht zu letzterer Sorte zählte. »Vielleicht bin ich ja beides. Diese Spezies ist nämlich ganz besonders selten.«

»Zumindest gab es noch keinen mutigen Drehbuchautor, der das in die Tat umgesetzt hätte«, antwortete ich und war fest davon überzeugt, dass wir einen guten Start erwischt hatten.

»Ich denke, wir sehen uns noch. Das Semester hat ja gerade erst angefangen.« Sie setzte sich wieder auf ihren Platz. »Ich muss das hier noch durchbekommen. Ich war bei den ersten beiden Vorlesungen nicht da.«

Das erklärte zumindest, warum sie mir nicht schon vorher aufgefallen war. »Kein Problem. Ich habe hier auch noch genug zu tun«, sagte ich, und die Enttäuschung bohrte sich wie ein Speer in meinen Magen.

Nachdem ich den ersten Absatz meines Referats endlich auf das Papier gekritzelt hatte, drückte der Kaffee, den ich noch in meiner Wohnung getrunken hatte, so stark, dass ich zur Toilette musste. Toni ließ sich nicht stören, als ich an ihrem Tisch vorbeiging.

Während ich pinkelte, dachte ich amüsiert über den Blödsinn nach, den ich gesagt hatte. Sie war eine fremde Person, und ich hatte mit ihr gesprochen, als würde ich sie schon seit dem Kindergarten kennen. Wie konnte ich erwarten, dass sie auch nur eine Sekunde länger mit mir sprach als unbedingt notwendig? Das Rauschen der Klospülung holte mich in die Realität zurück, und ich schaute auf die Uhr. In fünfzehn Minuten begann die Vorlesung.

Zurück im Hörsaal stellte ich fest, dass Toni nicht mehr allein war. Die Bänke füllten sich langsam, und ich war enttäuscht, dass wir nicht mehr allein waren. Als ich an ihrem Pult vorbeiging, schaute ich noch einmal kurz in ihr nachdenkliches Gesicht und stellte fest, dass mir beides gefiel: die lächelnde Toni und auch die ernste.

Sie schien meinen Blick gespürt zu haben. Ihre Augen fuhren kurz nach oben, um meinem Blick zu begegnen. War da der Anflug eines Lächelns zu sehen gewesen? Ich konnte es nicht mit Bestimmtheit sagen.

Während der Vorlesung wanderten meine Blicke immer wieder zu dem blonden Pferdeschwanz. Ab und an konnte ich ein paar Wortfetzen von dem Gespräch, das sie nun mit ihrer Sitznachbarin führte, aufschnappen. Es fiel mir schwer, der monotonen Stimme des Professors folgen. Die Marotte des Dozenten, während seiner Ausführungen wie ein Metronom von links nach rechts zu wandern, wirkte hypnotisierend auf mich. Der Inhalt der Vorlesung änderte nichts daran. Als es endlich vorbei war, war ich so müde, dass ich nicht schnell genug reagieren konnte, und Toni im Gewühl der herausstürmenden Studenten verschwand.

Im Laufe des Vormittags und nach zwei weiteren Vorlesungen über organische Geochemie und über marine Klimaforschung löste sich Antonias Bild nur langsam aus meinem Unterbewusstsein, und ich nahm wieder andere Gesichter um mich herum war. Zurück in der Wohnung bereitete ich mir etwas zu Essen zu und warf mich anschließend auf die Couch. Bis zu meinem Sportprogramm im Studio hatte ich noch gut zwei Stunden Zeit.

Nach einer Weile stemmte ich mich seufzend hoch und kramte meine Kladde hervor. Schließlich schrieb sich das Referat nicht von selbst. Während ich auf das Blatt starrte und die wenigen kümmerlichen Sätze überflog, die ich bisher zu Papier gebracht hatte, las ich die neu hinzugefügte Zeile fast beiläufig:

Du kannst meinen Stift behalten, wenn Du mich zum Kaffee einlädst. Grüße Toni

Ich las den Satz dreimal, während mein Herz längst durch das offene Fenster in den Himmel geflogen war.

Blaue Pantoffeln

Sommer 1984, Heide, Nordfriesland

Ich erwachte aus einem traumlosen Schlaf und schlug die Augen auf. Das Licht, das mich umfing, war fahl, und graue Schatten waberten über meinem Gesichtsfeld an der Decke. Mein Mund fühlte sich trocken an. Langsam drehte ich den Kopf zur Seite und erkannte, dass ich in einem Bett lag. Einem schmalen Bett. Am Rand befand sich ein Gitter. Ich konnte mich nicht erinnern, jemals in einem solchen Bett gelegen zu haben. Daneben stand ein schmaler Nachtschrank. Das leere Wasserglas darauf schien mich anzustarren. Dahinter erkannte ich ein Telefon.

Einen Augenblick lang dachte ich nach. Ich wusste weder warum ich an diesem Ort war noch *wo* genau dieser Ort war. Träumte ich noch? Ich zögerte, mich zu bewegen. Aufzustehen. Der Sache auf den Grund zu gehen.

Ich drehte den Kopf wieder zurück und stemmte mich in die Höhe. Über meinen Oberschenkeln lag ein dünnes Laken. Ich trug ein feines Baumwollhemd, und meine sonnengebräunten Arme schauten aus den viel zu kurzen Ärmeln hervor. Vorsichtig taste ich mit einer Hand an meinen Beinen, am Bauch und an dem anderen Arm entlang. Alles fühlte sich gut und funktionstüchtig an. Ich fühlte mich gut an.

Neugierig ließ ich meinen Blick durch den Raum schweifen. Ein schmaler Tisch. Zwei Stühle. Ein Fenster mit zugezogenen Jalousien und ein Schrank. Etwas berührte mit kalten Fingern meinen Nacken, und ich schrak zusammen. Dann erkannte ich, dass es ein Haltegriff war, der an einer Stange neben meinem Kopf baumelte. Neben meiner rechten Hand lag ein Schalter, der wiederum an einem langen Kabel hing. Ich kramte in meinem Gedächtnis und kam zu dem Schluss, dass ich mich in einem Krankenhaus befand. Aber was war geschehen? Was machte ich hier?

Offensichtlich hatte ich ein Einzelzimmer bekommen. Ich strengte mein Gehör an und versuchte etwas wahrzunehmen. Aber da war nichts. Wieder glitt mein Blick zum Fenster, und ich sah die Jalousie. Es musste Nacht sein. Also war es kein Wunder, dass ich nichts hören konnte. Trotz alledem wollte ich mich bemerkbar machen. Hallo sagen. Zeigen, dass ich nicht mehr schlief. Weiß Gott, wie lange ich geschlafen hatte. Vielleicht wartete man darauf, dass ich endlich aufwachte? Es wurde Zeit, dass ich mich mitteilte und allen zeigte, wie gut ich mich fühlte. Nichts wies auf eine Krankheit hin. Keine Schmerzen. Keine Müdigkeit. Nicht einmal die übliche Gelenksteifigkeit, die man gewöhnlich nach einem längeren Schlaf verspürte.

Voller Energie und Tatendrang schlug ich das Laken zur Seite und blickte auf meine nackten Füße. Meine Zehennägel waren sauber geschnitten, und das blasse Weiß der Haut stand in krassem Kontrast zu dem Braun meiner Arme. Ich zog die Beine an und setzte mich auf die Bettkante. Es gab nur auf einer Seite des Bettes ein Gitter. Langsam ließ ich mich mit dem Po über die Bettkante rutschen, und meine Füße nahmen den weichen Filz von Pantoffeln wahr. Eine sehr aufmerksame Person musste sie dort hingestellt haben. Ich schlüpfte in die Pantoffeln und machte ein paar Schritte. Alles funktionierte einwandfrei. Es wunderte mich, dass ich einem Krankhaus aufwachte, obwohl ich zweifelsohne kerngesund war. Doch ich wusste, dass der erste Eindruck auch täuschen konnte. Vielleicht war mein Leiden weitaus subtiler, als ich es nach ein paar Minuten selbst hätte beurteilen können. Wieder versuchte ich mich an die Zeit vor meinem Schlaf zu erinnern. Doch es wollte mir einfach nicht einfallen, warum ich in einem Krankhaus sein konnte. Plötzliche Bewusstlosigkeit? Amnesie? Sollte mir tatsächlich so etwas zugestoßen sein? Aus heiterem Himmel? Fälle wie diese gab es immer wieder. Aber warum sollte gerade mir so etwas passieren? Vielleicht war es auch nur eine Vorsichtsmaßnahme? Mein Name kam mir in den Sinn: Bjarne Bendixen. Dann schossen mir Bilder aus meiner Kindheit und Jugend in den Kopf. Aber sonst? Und plötzlich kam mir die Erleuchtung. Schnell tastete ich über meinen Kopf. Meine Haare lagen platt auf meinem Schädel. Hier und da standen sie ab, und ich fühlte die Büschel wie kleine Pinsel zwischen meinen Fingern. Das, was ich erwartet hatte, war allerdings nicht da. Keine Beule, keine Naht. Nicht der kleinste Hinweis auf einen Sturz. Nichts, was meine Gedächtnislücke hätte erklären können.

Mit zwei Fingern schob ich die Lamellen der Jalousie auseinander und versuchte, etwas durch das Fenster zu erkennen. Ein paar Lichter. Manche bewegten sich, anderen glühten bewegungslos vor der schwarzen Schablone der Nacht. In der Ferne meinte ich einen Kirchturm zu erkennen, der schwach angestrahlt wurde. Und mit viel Fantasie konnte man annehmen, dass es sich um die Sankt Jürgen Kirche in Heide handelte. Wenn das stimmte, war ich nicht weit weg von zu Hause und befand mich im Westküstenklinikum.

Nachdenklich ließ ich die Lamellen wieder zufallen und beschloss, Licht ins Dunkel meiner Erinnerung zu bringen. Irgendwo musste eine Nachtschwester aufzutreiben sein. Als ich an mir herunterblickte, wurde mir wieder bewusst, dass ich halbnackt war. Aber ich war ja in einem Krankenhaus, und da war es nicht ungewöhnlich, halbnackte Menschen anzutreffen. Trotzdem warf ich einen Blick in den Schrank, nur um festzustellen, dass er leer war. An meine Pantoffeln hatte man also gedacht, den Rest hatte man jedoch einfach vergessen? Warum sollte man so etwas tun? Auf der Ablage über dem Waschbecken begegnete mir ebenfalls nur traurige Leere. Nicht einmal eine Zahnbürste. Hinter meinem Bett brannte ein gedämpftes Licht. Ich sparte mir also den Griff zum Lichtschalter und versuchte mich stattdessen im Halbdunkel im Spiegel zu betrachten. Ein wohlbekanntes Gesicht starrte mir entgegen. Die Augen zeigten vielleicht eine Spur von Schläfrigkeit. War ihnen das zu verdenken?

Aus einem Gefühl lange antrainierter Eitelkeit heraus strich ich mir die Haare glatt und massierte mir mit den Fingern kurz die blasse Gesichtshaut. Schließlich wollte ich bei der Nachtschwester nicht den Eindruck erwecken, das Bett viel zu früh verlassen zu haben. Ich wollte einigermaßen fit und aufnahmefähig wirken. Ich plante schließlich, nicht noch allzu lange in der Klinik zu bleiben. Vielleicht war alles ein Missverständnis. Gab es so etwas in Krankenhäusern? Wenn man den Berichten aus der Presse Glauben schenken wollte, durchaus. Der Filz meiner Pantoffeln schabte über den Boden, als ich mich auf den Weg machte.

Als ich die Tür zu meinem Zimmer öffnete, vernahm ich noch immer kein Geräusch. Konnte es in einem Krankenhaus so still sein? Da ich noch nie bei Nacht in einer Klinik gewesen war, konnte ich es schwerlich beurteilen. Doch mein gesunder Menschenverstand ließ mich stutzen. Und dann fiel mir noch etwas auf. Auf dem

Gang herrschten die gleichen Lichtverhältnisse wie in meinem Zimmer. Waren die Krankenhäuser dazu angehalten, Strom zu sparen? Nur von dem Schaben meiner Pantoffeln begleitet schob ich mich auf den Gang. Der Gang war leer. Die Türen geschlossen. Eine Tafel hing von der Decke: *Innere, Block A, Zimmer 2.01 – 2.12*, Ich dachte kurz nach, dann wandte ich mich um und blickte auf das Schild neben meiner Tür: *Zimmer 2.02*

Alles war so, wie ich es erwartet hätte. Bis auf das Licht und die Stille. Das Wort *Innere* verwirrte mich, und ich griff mir beiläufig an den Bauch. Hatte ich eine innere Verletzung? Hielten mich Tabletten schmerzfrei? Konnte ich mich deshalb nicht erinnern? Die Vielzahl von Fragen ließ das monotone Pochen in meinen Ohren anschwellen. In Kürze würde ich hoffentlich Antworten erhalten.

Ich wandte mich nach rechts. Eine Zwischentür und ein weiterer Gang. Die Tür gab einen ächzenden Laut von sich, als ich sie öffnete. Wie die Beschwerde eines Schlafenden über die gestörte Nachtruhe. Alles in diesem Krankenhaus schien zu schlafen. Selbst das Licht hatte sich zurückgezogen und blinzelte nur ab und an mit einem Auge in die Dunkelheit. Meine Pantoffeln waren in diesem Augenblick mein einziger Bezugspunkt. Sie waren wie ein kleines Haustier, das mich auf meinem Weg durch die Gänge begleitete. Mir wurde bewusst, dass ich diese Pantoffeln nie zuvor gesehen hatte. Im Gegenteil. Ich hatte nie in meinem Leben Pantoffeln besessen. Ich hasste Pantoffeln, erinnerte ich mich plötzlich. Und doch hätte ich sie in diesem Moment niemals wieder hergegeben. Sie waren blau, und sie waren weich. Aber vor allem erzeugten sie ein Geräusch. Das war so viel mehr, als lautlos und mit nackten, kalten Füßen über den grünen Boden zu laufen, auf dem die

Spuren der Bettrollen nur allzu deutlich zu sehen waren. Krankenhäuser hasste ich im Übrigen noch mehr als Pantoffeln.

Auch diesen Gang brachten wir hinter uns. Meine Pantoffeln und ich. Und wieder musste ich eine Zwischentür in ihrer Nachtruhe stören. Damit rechnend, meinen Fuß in den Gang zu setzen, sah ich endlich einen Silberstreif am Horizont inmitten dieser kalten, stillen und so schlecht beleuchteten Gänge. Ein schmales Schild wies mir den Weg. *Anmeldung Station 2*. Das Krankenhaus schien durch diese Hinweisschilder zu mir zu sprechen, wenn ich auch hoffte, in Kürze auf ein menschliches Wesen zu treffen, das mir weiterhelfen konnte. Ein Stapel Papiere, ein abgebrochener Bleistift und eine Teetasse mit braunen Rändern nahmen mich in Empfang. Weit und breit war niemand zu sehen. Ich dachte an das abgegriffene Buch, das bei meiner Großmutter im Regal gestanden hatte. *Dornröschen*. Vielleicht war dieses Krankenhaus verhext, und alle Menschen waren in einen hundertjährigen Schlaf gefallen. Warum war ich dann wach? Die Frage beunruhigte mich plötzlich, und ich versuchte, mich abzulenken, indem ich die Notizen auf dem Schreibblock *las: Frank Reiler, Lungenfunktionstest in Raum 3*. Eine Information, die mich nicht weiterbrachte, zumindest jedoch ablenkte. Unter der schmalen Anrichte stand ein Telefon. Kurz war ich entschlossen, den Hörer abzunehmen und nach draußen zu telefonieren, nur um den Klang einer Stimme zu hören.

»Hallo? HALLO?« Meine Stimme hallte zaghaft heiser durch die Gänge und verlor sich im Nichts. Ich biss mir auf die Unterlippe, und mein Herz pochte wie ein Gefangener gegen meine Rippenbögen, die es wie Gitterstäbe umgaben. Einerseits hoffte ich inständig auf eine Antwort, anderseits fürchtete ich mich. Ich fürchtete mich davor, dass niemand da sein würde. Und genau diese Furcht wurde genährt.

Es antwortete niemand.

Sollte ich tatsächlich allein in diesem Krankenhaus sein? Aus Angst wurde langsam Wut. Eine Sekunde lang starrte ich auf meine Finger, dann zwickte ich mir mit Daumen und Zeigefinger in den Unterarm. »Aua!« Der Schmerz durchzuckte mein Fleisch und gab mir zu verstehen: *Du befindest dich in der Realität. Finde dich damit ab oder lass es bleiben. Aber wage es nicht noch einmal, mich zu kneifen.* Ich verstand.

Mir blieb also nichts anderes übrig, als weiter zu suchen. Ich verspürte weder Durst noch Hunger. Was durchaus von Vorteil war. Die Aussicht auf Nahrung war nämlich augenblicklich äußerst gering.

Ich überlegte. Ich befand mich auf der zweiten Etage, und damit blieb mir zunächst nur eines: ins Erdgeschoss zu kommen und die Rezeption aufzusuchen. Es lag mir fern, Alarm zu schlagen, doch es konnte nicht im Sinne eines Krankenhauses sein, eine ganze Station verwaisen zu lassen und die Patienten nicht im Auge zu behalten. Wahrscheinlich saßen die Schwestern irgendwo in einem stillen Kämmerlein und genossen die Ruhe der Nachtschicht. Ich zog die Augenbrauen zusammen und griff meinen eigenen Gedanken auf: andere Patienten. Alle Türen waren geschlossen. Natürlich wollte ich nicht einfach in ein fremdes Zimmer hineinspazieren und womöglich einen Patienten wecken. Aber ich hätte mich vergewissern können, dass ich nicht allein war.

Nein, ich verwarf diesen Irrsinn. Ich machte mir klar, dass ich mich nicht inmitten eines Hexenfluches à la Dornröschen befand. Ich lächelte über meine Gedankengänge, und mir wurde bewusst, wie sehr der Mensch doch ein Rudeltier ist. Ohne Kontakt zu seinen Artgenossen konnte man schon verrückt werden. Wie mussten sich Armstrong und Co. erst gefühlt haben, als sie auf dem Mond umherspaziert waren? Sie hatten *gewusst*, dass dort oben niemand anderer war. Ich drehte mich einmal im Kreis und hielt Ausschau nach dem Aufzug.

Ich entdeckte ihn, kurz bevor ich meine Drehung vollendet hatte. Meine Freunde, die Pantoffeln, und ich machten uns auf den Weg. Doch die Ernüchterung erfolgte unmittelbar. Ein Druck auf den Knopf brachte rein gar nichts. Tot. Defekt. *Out of Order*. Was auch immer. Das erwartete Schaben der Stahlseile, mit denen der Aufzug bewegt wurde, blieb aus. Also blieb mir nur die Treppe. Hinter der nächsten Ecke wurde ich fündig. Verstohlen blickte ich zu den geschlossenen Türen rechts und links von mir und fragte mich, ob die Menschen dahinter alle schliefen. Es waren keine Stimmen zu hören. Keine Klospülung. Nichts. Meine Pantoffeln erwiesen sich als rutschig, als ich vorsichtig die Treppenstufen hinunterstieg. Aber sie begleiteten mich, und dafür war ich sehr dankbar. Unten angekommen, vernahm ich das Summen der Notausgangsbeleuchtung. Es klang in diesem Moment wie das Hämmern und Zischen einer riesigen Maschine. Ein anderes Geräusch als das gleichmäßige Schlappen meiner Pantoffeln. Gott sei gedankt, dachte ich. Nach drei Gängen, zwei Türen, einer Reihe von Hinweisschildern, in welcher Abteilung ich mich gerade befand und weiterhin keiner Menschenseele erreichte ich endlich mein Ziel: die Eingangshalle.

Warum es mich nicht überraschte, dass auch diese menschenleer war, kann ich nicht sagen. Es war das Ergebnis einer logischen Schlussfolgerung. Die Lösung einer Formel. Es konnte nur so sein. Hätte in der Eingangshalle das Leben getobt, dann wäre der Zustand auf der zweiten Etage wie der Eintritt in eine andere Welt gewesen. Aber dies war eine Welt. Und diese Welt war verlassen. Zumindest die Welt hier drin. Die Welt in diesem Krankenhaus. Und ich war jetzt ein Teil davon.

Und doch gab es eine letzte Hoffnung. Ich sah die Straßenlaternen jenseits der großen Fensterfront. Ich spürte das Pulsieren von Leben dahinter. Ich musste nur das Gebäude verlassen und den Fluch durchbrechen. Wieder lächelte ich, auch wenn mir gar nicht danach zumute war. Aber welche Wahl blieb mir? Irgendetwas war mit diesem Krankenhaus geschehen. Und plötzlich kam mir eine weitere kühne Idee: Der Feueralarm war ausgelöst worden. Das gesamte Krankenhaus war evakuiert worden. Nur mich hatte man vergessen. Das erklärte die Stille, das gedämpfte Licht.

Der Notstrom.

Jetzt ergab alles einen Sinn. Die Situation war mehr als eigentümlich, und ich fragte mich, wie man einen Patienten einfach in seinem Zimmer vergessen konnte. Meine Nasenflügel hoben und senkten sich, als ich versuchte, den Brandgeruch wahrzunehmen. Hören und Sehen war das eine. Aber Riechen war ein ebenso zuverlässiger Sinn. Auch wenn dieser unberechtigterweise vernachlässigt wurde. Warum aber konnte ich das Feuer nicht riechen? Warum hörte ich keine Sirenen? Warum war kein Blaulicht draußen im Hof zu sehen? War meine Theorie erneut ein Blindgänger?

Ich ließ die Schultern hängen und beschloss endgültig, das einzig hilfreiche in dieser Situation zu tun: das Krankenhaus durch den Haupteingang zu verlassen und den erstbesten Menschen anzusprechen, um mir zu beweisen, dass ich weder träumte noch verrückt geworden war. Das Krankenhaus war das Problem. Nicht *ich* war das Problem.

Im Geiste ging ich die Optionen durch, die ich hatte, wenn ich im Nachthemd, leicht bekleidet über die Straße irrte und mitten in der Nacht einen Passanten ansprach. Ich musste die Worte wohl überlegen, um nicht tatsächlich verrückt zu wirken. *Entschuldigen Sie bitte, aber können Sie mir sagen, welchen Tag wir heute haben?*

Wie Arnold Schwarzenegger sah ich nicht aus, aber wenn dieser arme Tropf nun gerade den Trailer zu dem kommenden Science-Fiction-Film *Terminator* gesehen hatte, könnte er vielleicht annehmen, ich sei ein menschenähnlicher Roboter auf einer Mission, die nur ein Ziel kannte: töten. Wer kannte nicht den irrsinnigen Gedanken, nicht mehr aufs Klo gehen zu können, weil einen der Untote verfolgte, den man gerade in einem Horrorstreifen gesehen hatte.

Meinen Humor hatte ich zumindest nicht verloren. Und das beruhigte mich ehrlich gesagt ungemein. *Terminator* hin oder her. Ich würde jetzt dieses Krankenhaus verlassen und dem Spuk ein Ende bereiten.

Mit meinen blauen Pantoffeln, dem offenen Nachthemd, das gerade bis zu meinen Knien reichte, und dem Ziel, *Terminator* zum Trotz, Licht ins Dunkel meiner Existenz hier zu bringen, ging ich in Richtung Ausgang. Die Straßenlaternen wirkten plötzlich viel heller als das Licht hier im Inneren der Klinik, und ich konnte nur annehmen, dass dies ein gutes Zeichen war. Würde ich erst dieses Krankenhaus verlassen, würde sich alles aufklären.

»Halt!«

Ich zuckte zusammen, als ich die Stimme vernahm. Diesmal war es nicht meine eigene gewesen.

»Ich würde das nicht tun.« Die Stimme kam von hinten, und ich drehte mich langsam um. Endlich ein Mensch.

Die Aufzugstür stand offen, und dort saß ein alter Mann in einem Rollstuhl. Seine langen Arme hingen, wie die eines Gorillas, rechts und links auf den Reifen. Sein länglicher Kopf schien den Oberkörper nach vorne zu ziehen. Seine Haltung sah alles andere als gesund aus. Er trug eine dunkel geränderte Brille, die unterhalb seiner hohen, fleckigen Stirn saß. Die Nase, die sie hielt, war schrumpelig und hatte sicherlich schon bessere Zeiten gesehen. Die wenigen Haare, die noch auf der runzeligen Kopfhaut sprossen, bewegten sich in einem leichten Lufthauch vor und zurück. Er presste seine schmalen Lippen aufeinander, als wollte er die nächsten Worte mit allen Mitteln zurückhalten.

Sein Blick war gütig. Nein, nicht gütig, korrigierte ich mich. Er war zufrieden. Weise. Es war der Blick eines Mannes, der den Sinn des Lebens erfasst zu haben schien. Er trug einen Bademantel und eine Stoffhose, die sich wie eine Fahne um den Mast um seine dürren Beine gewickelt hatte. »Warum müsst Ihr jungen Menschen immer so forsch sein?« Seine Stimme klang wie ein Zwieback, den man in der Mitte brach. Trocken und rau. Aber dennoch aufrichtig und bestimmt.

»Wie meinen Sie das?« Ich machte ein paar Schritte auf ihn zu, während ich ignorierte, dass er mich duzte. Meine Intention, das Krankenhaus zu verlassen, hatte ich augenblicklich vergessen.

»So, wie ich es gesagt habe«, antwortete der Alte. »Ihr seid so voller Tatendrang.«

Ich runzelte die Stirn. »Sie sind der erste Mensch, der mir begegnet. Was ist hier los?«

»Oh, es gibt noch weitere hier«, gab der Alte zurück, »doch du bist, wie bereits erwähnt, zu forsch.«

»Ich verstehe nicht recht. Dieses Krankenhaus liegt wie ausgestorben da, und sie kommen daher, als wäre das das Normalste der Welt.«

Der Alte lächelte. »Was ist schon normal?«

Erst jetzt bemerkte ich, dass der Alte offensichtlich mit dem Aufzug gefahren war. »Vor wenigen Minuten noch, war der Aufzug außer Betrieb. Sind sie etwa damit gefahren?«

»In jungen Jahren hätte ich vielleicht versucht, mit einem Rollstuhl durchs Treppenhaus zu kommen«, erwiderte der Alte. »Aber du kannst dir sicherlich denken, dass ich jetzt lieber darauf verzichte.«

Er war mir keineswegs unsympathisch. Sein schrulliges Äußeres täuschte über seine geistige Vitalität hinweg. Ich war froh, nicht mehr allein zu sein. »Wo sind alle hin?«

»Wen meinst du?«, fragte der Alte.

»Alle.« Seine Gegenfrage verwirrte mich. »Das Krankenhauspersonal. Ärzte, Schwestern, Patienten.«

»Nun ja, es gibt Fragen, die kann man nicht mit einem Satz beantworten.« Der Alte hob seinen Oberkörper an und ich musste an eine Schildkröte denken, die ihren Kopf unter dem Panzer hervorstreckte, um dem Regen zu preisen. »Schon gar nicht im Nachthemd vor einem offenen Aufzug.«

»Aber ...«

»Ich bin allein auf meinem Zimmer und kann genauso wenig schlafen wie du. Vielleicht leistest du einem alten Mann Gesellschaft, solange du nichts Besseres zu tun hast.«

»Ich wollte eigentlich durch diese Tür hinaus«, erklärte ich. »Aber Sie haben mich ja aufgehalten. Warum eigentlich?«

»Meinst du vielleicht, es wäre normal, mitten in der Nacht in einem Nachthemd aus dem Krankenhaus zu laufen?« Der Alte schaute mich neugierig an.

»Eigentlich würde ich sagen, nein«, gab ich zu und musste meine wirren Theorien und Ängste überdenken. Die Normalität kehrte langsam zurück, und der Alte hatte bestimmt eine plausible Erklärung für die seltsamen Zustände im Krankenhaus. Hoffte ich zumindest.

»Dann lass uns gehen. Mir wird langsam kalt.« Der Alte rollte rückwärts in den Fahrstuhl, während er seine Gorillaarme kreisen ließ.

Ich folgte ihm zögerlich. Bevor die Aufzugstür zufuhr, warf ich einen letzten Blick in das verlassene Foyer und nahm aus dem Augenwinkel die flackernden Straßenlaternen wahr.

Die knorrige Hand des Alten hob sich, und ein dürrer Finger drückte auf die 3.

»Ich liege auf der 2«, sagte ich, nur um die plötzliche Stille zu durchbrechen. Ich hatte schließlich genug Stille ertragen müssen.

»Die 2. Das erklärt, warum du niemanden getroffen hast«. Der Alte schien mehr zu sich selbst als mit mir zu sprechen.

»Hm?«, machte ich, doch der alte Mann reagierte nicht.

Da war es endlich wieder. Dieses Schaben und Zischen des Aufzugs. Dann machte es »Ding«, und das Display zeigte die 3 an.

»Soll ich Sie schieben?«

Der Alte blickte kurz zu mir hoch, und sein Gesichtsausdruck sagte mir, dass ich diese Frage nie wieder stellen sollte.

Die Tür glitt auf, und ich trottete in meinen blauen Pantoffeln hinter dem Alten in seinem Rollstuhl her. Das

Licht auf der 3 war genauso gedämpft wie auf der 2. Als hätte jemand einen Filter auf die Lampen gelegt, um den Anteil des Lichts, das zuweilen in die Augen stach, zu eliminieren. Die Gummireifen des Rollstuhls erzeugten ein leises Quietschen auf dem Boden, und die Spitze des Bademantelgürtels flatterte in den Speichen. Quietschen und Flattern stimmten in das Schaben meiner Pantoffeln ein. Langsam kommt wieder Leben in die Bude, dachte ich.

»So, da wären wir.« Der Alte blieb vor Zimmer 3.21 stehen. Mit geübten Händen öffnete er die Tür und rollte hinein. »Du kannst es dir da vorn bequem machen.« Er deutete auf einen Stuhl.

Als ich eingetreten war und er die Tür hinter uns schloss, stellte ich zu meinem Erstaunen fest, dass es an den Wänden keinen weißen Fleck mehr gab. Überall hingen Zeichnungen. Schwarz-Weiß-Zeichnungen. Bleistift-Zeichnungen.

Der Alte fuhr neben das Bett und wuchtete seinen Körper aus dem Rollstuhl. Ich wagte es nicht, ihm meine Hilfe anzubieten. Aber seine Arme schienen tatsächlich kräftig zu sein, und er schaffte es ohne Probleme, sich auf das Bett zu setzen und die Decke über die Beine zu schlagen.

Auch ich setzte mich.

Die Hand des Alten fuhr zum Lichtschalter. Als die Lampe über seinem Bett anging, sah ich, wie hell *echtes* Licht sein konnte. Ich kniff kurz die Augen zusammen.

»Entschuldige, aber ich mag es nicht, wenn ich meine Bilder nicht sehen kann«, sagte der Alte und machte ein zufriedenes Gesicht.

»Haben Sie all diese Bilder gemalt?«, fragte ich erstaunt, nachdem sich meine Augen an das Licht gewöhnt hatten.

»Nein, meine Cousine.« Der Alte verzog die Mundwinkel. »Natürlich habe ich diese Bilder gemalt.«

Ich blickte von einem Bild zum nächsten. Da war ein Vogel zu erkennen. Detailgetreu bis in jede einzelne Feder. Ein Fluss, der sich durch ein von Bäumen gesäumtes Tal schlängelte. Auf einem anderen Bild war ein Oldtimer zu sehen. Daneben hing ein Bild von einem Haus. Es sah äußerst gemütlich aus. Mit Erkern und Schindeln sowie einer großen überdachten Veranda. Als ich genauer hinsah, meinte ich, das Gesicht einer Person hinter einem der Fenster zu erkennen.

Mein Blick wanderte weiter, und es gab noch so viel zu entdecken. Das Portrait einer Frau. Sie hatte den Zenit des Lebens überschritten, doch ihre dunklen Augen bargen eine seltene Schönheit, und ihr Lächeln konnte Herzen erwärmen. Ich fand, dass der Alte sie sehr lebensecht auf das Papier gebracht hatte. So wie all diese Zeichnungen direkt aus dem Leben gegriffen schienen. Es gab weitere Portraits. Frauen in verschiedenen Altersstufen. Nach einer Weile begriff ich. Die Augen. Es waren immer dieselben. Es waren nur verschiedene Versionen von ein und derselben Frau. Die junge, die gereifte und die im fortgeschrittenen Alter. Es kam mir in der Tat so vor, als hinge hier vor mir ausgebreitet ein ganzes Leben. War es das Leben des alten Mannes?

»Ich mag Ihre Bilder«, sagte ich. »Sie sind so lebensecht.«

»Malen war schon immer meine große Leidenschaft«, antwortete der Alte. »Jetzt, da ich alle Zeit der Welt habe, kann ich meiner Leidenschaft frönen. Auch wenn ich dies bereits gerne früher getan hätte. Aber so ist das Leben. Vieles schiebt man vor sich her und wartet auf den nächsten Tag, die nächste Woche oder gar auf das nächste Jahr. Die ganz hoffnungslosen Fälle warten auf ihre

Rente. Was jedoch bleibt, ist ein Leben voller ungenutzter Möglichkeiten. *Carpe diem.* Nutze den Tag. Du weißt nie, wie lange du noch die Möglichkeit dazu haben wirst. Dass ich es habe, ist nur eine verdrehte Laune des Schicksals.«

Ich hörte dem alten Mann aufmerksam zu. Und plötzlich kamen Erinnerungen an meinen Großvater wieder. Ich vermisste ihn mehr denn je und fragte mich, ob er seine Möglichkeiten genutzt hatte. »Ich heiße Bjarne. Bjarne Bendixen. Es freut mich, Sie zu treffen.«

Der Alte schmunzelte, wobei sich sein Gesicht zu einer Kraterlandschaft verzog. »Du kannst Jochen zu mir sagen. Ich mag diesen Namen zwar nicht, aber meine Mutter hat ihn angeblich sehr gemocht.«

»Sie haben mich ...«

»Du ...«, warf Jochen ein.

»Natürlich«, sagte ich schnell. »Also, du hast mich mit auf dein Zimmer genommen. Es ist mitten in der Nacht und außer in diesem Raum, scheint kein Leben in diesem Krankenhaus zu sein. Was genau geht hier vor?«

»Es ist genug Leben hier. Zumindest für meinen Geschmack. Die Menschen kommen und gehen. Manchmal ist es wie in einem Taubenschlag. Nur wenige sind länger hier. So wie ich.« Jochen seufzte und betrachtete seine Zeichnungen.

»So ist es in einem Krankenhaus für gewöhnlich üblich, aber irgendetwas scheint hier ganz und gar nicht gewöhnlich zu sein.« Meine Zehen gruben sich in den nachgiebigen Filz der Pantoffeln. Allein die Tatsache, dass ich blaue Filzpantoffeln trug, war ganz und gar nicht gewöhnlich.

»Wenn du lange genug hier bist, wirst du mit der Zeit verstehen.« Jochen zog sich die hölzerne Unterlage für die Speisen vor den Bauch und begann, an einer weiteren Zeichnung zu arbeiten. »Zunächst solltest du wissen, dass du tatsächlich nicht in einem gewöhnlichen Krankenhaus bist.«

»Wo bin ich dann?«

»Du befindest dich zwischen den Welten.« Während Jochen sprach, schaute er nicht auf. Als würde er lediglich über das Wetter philosophieren. »Dein Körper liegt mit ziemlicher Sicherheit im Koma und dein Geist ist jetzt hier. Aber du wirst dich daran gewöhnen.«

Zwei Generationen

Frühjahr 1981, St. Peter-Ording, deutsche Nordseeküste

Mein Großvater war ein großer Mann. So groß, dass ich als kleiner Stöpsel manchmal Höhenangst auf seinen Schultern bekommen hatte. Im Dorf kannte ihn jeder. Das war auch kein Wunder. Er war nämlich Postbote gewesen. Seit fünf Jahren war er in Rente, und noch immer grüßte ihn jedermann. Er hatte seinen Job geliebt, und nachdem Großmutter gestorben war, hatte er seine alte Briefmarkensammlung wieder hervorgekramt. Sie hatte sich allzu oft über sein vermeintlich spießiges Hobby lustig gemacht und nicht verstanden, dass Briefmarken nun mal sein Leben waren. Schließlich war er doch Postbote gewesen. Vielleicht lag es aber auch einfach in der Familie meiner Mutter, dass die Frauen den Männern ihre Hobbys abspenstig machten.

Jahn Borsch hatte einen sonnengebräunten Teint, und ich glaube, es verging kein Tag in seinem Leben, an dem er nicht mindestens zwei Stunden an der frischen Luft verbrachte. Er machte endlose Spaziergänge durch das Watt, und es gab immer etwas, das er wie einen kleinen Schatz mit nach Hause brachte. Die Wände und Regale im Haus meiner Großeltern waren voller Fundstücke. Muscheln, Krebspanzer, Bernstein und allerlei Gegenstände, die irgendwann irgendjemand über Bord geworfen und die das Meer auf eigene Art und Weise künstlerisch verziert hatte. Am besten gefiel mir der Schuh, der so mit Seepocken übersät war, dass man das Leder nicht mehr erkennen konnte. Das Watt war seine Heimat, und er hatte nie auch nur eine Sekunde darüber nachgedacht,

Sankt Peter-Ording zu verlassen. Sein Leben war schlicht, aber es fehlte ihm an nichts. Es gab für ihn nur einen Luxus: die Nähe zum Meer.

Als er jung war, hatten die Mädchen Jahn mit Sicherheit begehrt. Die alten Fotos, die in der Küche standen, zeigten ihn als ausgesprochen gut aussehenden jungen Mann in seiner Fliegeruniform. Er hatte zwei Weltkriege unbeschadet überstanden, wobei er in einem selbst mitgekämpft hatte. Doch das Glück war ihm hold gewesen. Früh leicht verletzt, war er später in der Rüstungsindustrie eingesetzt worden. Nach Kriegsende blieb ihm die Gefangenschaft erspart, und er half beim Wiederaufbau. Nach einigen Jahren bekam er seinen Job als Postbote zurück.

Ich glaube, mein Großvater war ein glücklicher Mann. Das Einzige, was ihn aus der Bahn geworfen hatte, war der Tod meiner Großmutter gewesen. Nachdem man bei ihr Brustkrebs diagnostiziert hatte, war alles sehr schnell gegangen. Eine Reihe von Chemos und eine Vielzahl von Medikamenten wurden in meine Großmutter gepumpt, aber nach acht Monaten hatte der Krebs sich seinen Weg durch ihren Körper gesucht und schlussendlich triumphiert. Die Spaziergänge parallel zur Fahrrinne, wie meine Großmutter sie immer gemacht hatte, wurden ihm zum Trost. Der Wind bewegte sein noch immer volles Haar, und der Salzgeruch in seiner Nase wirkte beruhigend auf ihn.

Der Tag, an dem er die Mappe mit den Briefmarken wieder hervorholte, schien der Wendepunkt seines Zustands zu sein. Er war voller Tatendrang und außerordentlich beschwingt. Mit großem Enthusiasmus erklärte er mir die Grundzüge der klassischen Philatelie. Die Besonderheiten der einzelnen Briefmarken sowie die Besonderheiten der Entwertung und der Frankatur. Dann zeigte er mir seine Motivsammlungen und grenzte diese zu seinen klassischen Sammlungen ab. Er hatte Motive aus der Tier- und Pflanzenwelt sowie eine klassische Sammlung aus Russland. Ich verbrachte viel Zeit mit ihm. Meistens bastelten wir jedoch in seinem Schuppen an meinem Strandsegler. Oder er schaute mir beim Training zu und machte unzählige Fotos, die er in seinem Schuppen an die Wand heftete.

Jahn legte den Schraubenschlüssel zur Seite. »Lass uns Schluss machen für heute.«

»Jetzt schon?«, sagte ich.

»Wir gehen spazieren. Ich möchte Dir etwas zeigen.«

Ich zuckte mit den Schultern, und er half mir, den *Wattläufer* mit einer Plane abzudecken. Dann ging er ins Haus und kam kurze Zeit später mit seinem Fotoapparat wieder.

»Wo gehen wir hin?«

»Ins Watt. Nach Westerhever.«

Das war seine typische Art. Er war ein herzlicher Mensch, viele Worte waren nicht seine Stärke. Im Gegenteil. Manchmal drückte er sich nahezu kryptisch aus, und es blieb die Aufgabe des Zuhörers, den Rest zu entschlüsseln.

Wir fuhren mit dem Auto bis Westerhever und machten uns von dort zu Fuß auf den Weg. Die schmalen Straßen führten über die Halbinsel Eiderstedt durch das grüne Marschland nach Osten auf die andere Seite der Halbinsel. Hier und da lugten die reetgedeckten Klinkerhäuser wie Hasenohren auf einer hohen Sommerwiese hervor. Der alte Ford Transit meines Großvaters rollte gemütlich über die Straße. Er hatte so viele Roststellen, dass er inzwischen mehr aus Spachtelmasse als aus Metall zu bestehen schien. Es waren nur ein paar Kilometer.

Ich hatte die Scheibe nach unten gekurbelt und die Hand zum Fenster hinausgestreckt. Mein Großvater kaute auf einer seiner scharfen Pastillen und starrte stumm geradeaus. Die Welt war in Ordnung. Es war eines dieser Wochenenden, die mir noch lange in Erinnerung bleiben sollten.

Wir parkten direkt unterhalb des Deiches. Ein leichter Wind wehte vom Meer herüber und strich wie eine riesige Hand über die Schilfrohre, die am Rande der schmalen Siele wuchsen. Die Siele dienten der Entwässerung des Binnenlandes hinter dem Deich. Im Marschland rund um den Leuchtturm waren sie überall zu finden.

Eine Schafherde hatte es sich am Aufgang zum Deich bequem gemacht und erst das laute Schlagen des Schutzgatters scheuchte sie auf. Als wir die Kuppe des Deiches erreicht hatten, schlug uns der Wind stärker entgegen. Die Ebbe hatte das Watt nackt zurückgelassen. Die Sonne fiel gelegentlich durch die Wolkenlücken und spiegelte sich in den kleinen Pfützen. Über unseren Köpfen flogen zwei Möwen, die ihre krächzenden Laute von sich gaben. Am Sockel des Deiches waren große Steine aufgehäuft, über die wir hinwegstiegen. Unten angekommen zogen wir unsere Schuhe aus und liefen barfuß weiter.

Wir sprachen nicht viel, und mir wurde bewusst, dass es lange her war, dass ich mit meinem Großvater zu Fuß in das Watt hineingelaufen war. Ohne meinen Strandsegler. Es war wie früher, wenn wir zum Leuchtturm gelaufen waren. Mit dem Unterschied, dass ich den Rückweg schon lange nicht mehr getragen wurde.

»Was hast du auf dem Herzen, Großvater?«, fragte ich, um das Schweigen zu durchbrechen. Unsere Füße hinterließen Abdrücke im feuchten Sand, und manchmal bohrte sich eine abgebrochene Muschelschale schmerzhaft in meine Fußsohle. Dort, wo das Meer während der Flut anbrandete, hatte sich ein ganzer Teppich von Muscheln gesammelt. Wir folgten dem zurückweichenden Meer.

»Erinnerst du dich noch an unsere Spaziergänge, als du ein kleiner Junge warst?«, wich Jahn meiner Frage aus.

»Durchaus. Nur, es ist lange her, seit wir das letzte Mal hierhergekommen sind.«

»Es ist auch lange her, dass ich mit deiner Großmutter hier war.« Mein Großvater blickte zum Meer, und ich sah wieder diesen Schatten, der sich über sein Gesicht legte. Ich war also im Irrtum gewesen. Wie konnte ich so naiv gewesen sein zu glauben, dass ein Mensch vierzig Jahre Vergangenheit in einem Jahr problemlos verarbeitet.

»Großmutter hatte immer ein gutes Auge für die Bernsteine«, sagte ich.

»Sie hatte für viele Dinge ein gutes Auge.«

»Du siehst müde aus, Großvater«, sagte ich. »Fühlst du dich nicht gut?« Plötzlich beschlich mich Angst. Erst jetzt kam mir in den Sinn, dass es ihm vielleicht schlechter ging, als er jemals zugeben würde.

»Ich weiß nicht, ob es am Alter liegt oder daran, dass ich vierzig Jahre lang den gleichmäßigen Atem deiner Großmutter neben mir gespürt habe«, erklärte er. »Die Nächte dehnen sich endlos lang, und wenn mich der Schlaf endlich in seinen gnädigen Armen empfängt, scheint bereits die Sonne durchs Fenster. Und das geht bereits seit Wochen so.«

»Warum erzählst du niemandem davon? Du hättest Mutter ansprechen sollen. Sie sucht für dich einen geeigneteren Arzt als Dr. Brunn.« Es erfüllte mich mit

Stolz, dass er offensichtlich Vertrauen zu mir hatte. Obgleich es für seine Gesundheit nicht gut war.

»Deine Mutter hat ihre eigenen Probleme. Sie sollte besser dafür sorgen, dass ihr einziger Sohn mehr Vertrauen zu ihr hat.« Großvaters Stimme klang gereizt.

»Lass uns nicht wieder dieses Thema anschneiden. Es ist sinnlos.«

»Und genau das betrübt mich«, erwiderte er.

»Mit der Zeit werden sich die Dinge wieder bessern.« Glaubte ich das wirklich?

Mein Großvater warf mir einen Blick zu, den ich in diesem Augenblick nur schwer deuten konnte. Wir spazierten weiter nebeneinander her, und der Wind rauschte in unseren Ohren, während die schrillen Schreie der Vögel um uns herum zu hören waren. Ich holte tief Luft und genoss den prickelnden Duft des Meeres.

»Manchmal setze ich mich nachts ans Fenster«, begann Jahn. »Der Platz vor der Veranda, wo ich manchmal gesessen habe und deiner Großmutter dabei zugeschaut habe, wie sie ihre Blumen gepflanzt hat. Es ist alles so friedlich in der Nacht, und die Erinnerungen laufen wie ein Film vor meinem geistigen Auge ab. Manchmal denke ich, dass bestimmte Bilder nur dann zu sehen sind, wenn ich dort sitze. Und wenn die Bilder einfach nicht erscheinen wollen, stehe ich wieder auf und laufe weiter durchs Haus. Dann fühle ich mich wie ein Geist. In manchen Nächten beobachte ich die Nachbarn. Die Fenster des Ehepaares auf der anderen Straßenseite sind oft die ganze Nacht hell erleuchtet. Da gibt es einiges zu sehen.«

Ich blickte kurz zu ihm hinüber. »Bist du jetzt ein Spanner geworden?«

»Nicht, was du denkst.« Seine Miene blieb ernst. »Ich erkenne mich und Großmutter wieder, als wir noch jung waren. Sie konnte auch nie früh zu Bett gehen. Es ist wie ein Puppenhaus mit Scherenschnittfiguren. Mal streiten sie, mal lachen sie zusammen, und wenn das Licht irgendwann doch ausgeht, bin ich beinahe enttäuscht. Im Fernsehen läuft nichts mehr und im Radio läuft irgendein Endlosband.«

»Und was ist mit einem Buch?«, warf ich ein.

»Ist mir zu anstrengend für meine Augen.«

»Aber deine Briefmarken kannst du sortieren ...«

Er grinste. »Du weißt doch, dass ich nie ein großer Leser war. Nach dem letzten Liebesbrief deiner Großmutter habe ich, soweit ich weiß, keinen zusammenhängenden Text mehr gelesen. Außer vielleicht auf der Milchtüte.«

»Ich besorge dir ein Abo der Tageszeitung. Dann brauchst du den Fernseher gar nicht mehr einzuschalten. Du wirst den Tag kaum mit deinen Briefmarken rumbekommen.«

»Die Tage gehen sowieso schon schnell genug um. Ich weiß nicht, wo die letzten vierzig Jahre mit deiner Großmutter geblieben sind.« Großvater blieb stehen. »Vierzig Jahre! Ein Jahr ist gar nichts. Was sind dann vierzig?«

»Du wirst sentimental. Diese Seite kenne ich noch gar nicht an dir.«

»Deine Großmutter ist noch nicht ein Jahr tot. Da werde ich wohl sentimental werden dürfen.« Er setzte sich wieder in Bewegung.

In der Ferne sah ich das Wahrzeichen der Halbinsel. Den rot-weiß gestreiften Leuchtturm. »Willst du wirklich bis zum Leuchtturm laufen?« Ich ging direkt neben ihm und beobachtete den Gleichklang unserer Füße. »Nicht, dass du mich wieder zurücktragen musst.«

»Wir gehen nicht zum Leuchtturm.« Er ging nicht auf meine Anspielung ein. Das machte mich etwas traurig, denn es zeigte mir, dass seine Gedanken weit weg waren und er noch lange nicht wieder der Alte war.

»Bist du bei meinem nächsten Rennen dabei?« Ich versuchte ihn abzulenken. »Ich brauche noch einen erfahrenen Betreuer.«

»Wir werden sehen«, antwortete er knapp und schien nach etwas Ausschau zu halten.

»Was suchst du?«

»Gedulde dich noch etwas. Wir müssten gleich da sein. Wusstest du, dass die Wattläufer gerade brüten?«

Ich schaute Großvater fragend an. »Nein.«

»Selbst diese schrulligen Hobbyfotografen, die die Tiere aus allen Winkeln fotografieren, kennen nicht die Stelle, die ich dir jetzt zeigen werde.« Sein Gesicht hatte sich wieder aufgehellt.

Die Wolkendecke war inzwischen vollkommen aufgerissen. Der Wind hatte etwas nachgelassen. Zu unserer Linken schlängelte sich ein Siel durch die Salzwiesen. Am Horizont, dort wo schemenhaft die Kimmlinie zu sehen war, ragten die Masten eines Krabbenkutters wie Streichhölzer in den Himmel. Wir verließen den Sand und trockneten die Füße in der Salzwiese. Dann zogen wir die Schuhe wieder an und setzten unseren Weg fort.

»Es ist gleich dort drüben. Es liegt in einer Mulde zwischen zwei Sielen.« Großvater deutete geradeaus. Ich konnte nichts sehen. »Komm hierher. Wir müssen jetzt vorsichtig sein. Die Vögel werden schnell unruhig, wenn man sie während des Nistens stört.«

Ich folgte ihm, bis er sich in das Gras hockte und auf eine Stelle zwischen den Sielen deutete. Zunächst konnte ich nichts sehen. Dann sah ich plötzlich, wie sich der Kopf eines Vogels in die Höhe reckte und den Horizont absuchte. Vielleicht hatte er uns längst entdeckt. Und dann sah ich die anderen. Es waren mit Sicherheit über hundert Tiere, die eng zusammengekauert dasaßen und ihre Eier warm hielten. Es war selten, dass man die Tiere in solcher Zahl beim Brüten beobachten konnte. Ihr Federkleid wurde vom Wind bewegt, und sie streckten abwechselnd ihre schmalen Köpfe in die Luft, um mögliche Störenfriede frühzeitig zu entdecken. Wir verhielten uns ruhig. Großvater nahm seinen Fotoapparat aus der Lederhülle und machte eine Reihe von Bildern. »Die sind garantiert besser als die von den Touristen«, flüsterte er.

»Das ist ein wunderschönes Motiv.« Auch ich flüsterte. »Doch auch wenn ich diese Stelle noch nicht kannte, das ist bestimmt nicht der einzige Grund, warum du mich mit hierhergenommen hast.«

»Nein, natürlich nicht.« Großvater nahm den Fotoapparat herunter. »Dies ist ein besonderer Ort. Hier habe ich deiner Großmutter vor knapp vierzig Jahren einen Heiratsantrag gemacht.« Er griff sich an den Ringfinger und drehte an seinem Ehering.

»Ich verstehe«, murmelte ich. »Ich denke, dass hier nicht viele Frauen einen Heiratsantrag bekommen.«

»Wohl kaum«, gab Großvater zu.

»Und warum hast du mich wirklich mit hierhergenommen?« Ich schaute meinen Großvater ernst an. Seine ergrauten Augenbrauen zuckten leicht in die Höhe. Ich sah die dunklen Ränder unter seinen Augen und glaubte zu erkennen, dass sie weiter in die Höhlen zurückgetreten waren. Aus der Nähe konnte man deutlich erkennen, dass der Schlafmangel an ihm zehrte.

»Wenn du irgendwann ein Mädchen hast, kannst du sie mit hierhernehmen. Es würde mich stolz machen, wenn es das Mädchen ist, das zu dir gehört, und du sicher bist, dass du den Rest deines Lebens mit ihr verbringen möchtest. Dann mach sie genauso glücklich, wie ich deine Großmutter damals an diesem Ort glücklich gemacht habe.«

Ich blickte wieder zu den Vögeln. Ich hatte mit meinem Großvater über vieles gesprochen. Vieles mit ihm geteilt. Er war wie ein zweiter Vater für mich. Als seine Worte nun in meinen Ohren nachklangen, wurde mir bewusst, dass ich bisher nie mit ihm über Gefühle oder die Beziehung zu meiner Großmutter gesprochen hatte. Es war mir nie in den Sinn gekommen. Ich erkannte, dass Liebe nicht gleich Liebe war. Mein Großvater musste meine Großmutter mehr geliebt haben als viele andere Männer ihre Frauen. Ich begriff, warum er nachts nicht mehr schlafen konnte und dass der Verlust sich schmerzhaft in seine Eingeweide gefressen hatte.

Ich legte meine Hand auf seine. Zwei Hände. Zwei Generationen. Dann lächelte ich und sagte: »Danke, Großvater!«

»Wofür?« Er lächelte zurück. »Das bin ich meinem Enkel schuldig. Die Frauen wissen so etwas zu schätzen, und wenn du einen guten Grundstein für deine Ehe legen willst, dann mach ihr keinen Antrag wie jeder andere.«

»Ich werde mich sicher an deine Worte erinnern«, sagte ich und löste meine Hand wieder von seiner.

Großvater erhob sich, und ich hörte das leise Knacken seiner Knie. »Morsches Gebälk.« Er zwinkerte mir zu. »Lass uns zurückgehen.«

Ich nickte und wir liefen am Siel entlang auf direktem Weg bis zum Deich. Wir sprachen nicht mehr, und jeder hing seinen eigenen Gedanken nach. Ich hatte eine neue Seite an meinem Großvater kennengelernt, und dafür war ich dankbar.

Seine Schritte wurden schneller. Als hätte er es plötzlich eilig. »Hast du noch was vor?«, fragte ich.

Er drehte sich im Laufen um. »Ich ... ach, nein. Ich bin nur müde. Ich glaube, ich leg mich gleich hin.«

»Das solltest du tun, wenn du die Nacht wieder zum Tag machst.«

Als wir an seinem Auto ankamen, hatten sich wieder ein paar Quellwolken vor die Sonne geschoben. Wir stiegen ein und fuhren zurück zum Haus meines Großvaters.

Als ich meinen Gurt lösen wollte und mich zur Seite beugte, sah ich es. Es war ein dunkler Fleck auf seiner Hose.

»Großvater?« Ich wusste im ersten Moment nicht, wie ich die Entdeckung einordnen sollte.

»Ja?« Er sah es in meinen Augen und starrte erschrocken auf seine Hose. »Verdammte Scheiße!«

»Hast du dir etwa gerade in die Hose gemacht?«

»Jetzt weißt du, warum ich schnell zurückwollte«, erklärte er schnell. »In meinem Alter hält die Blase nicht mehr so lange still.«

»In deinem Alter? Du bist erst neunundsechzig.« Ich glaubte ihm kein Wort und hatte plötzlich große Angst, dass Schlaflosigkeit nicht sein einziges Problem war. »Sprich mit mir!«

Jahn blickte zum Seitenfenster hinaus, während seine Hände das Lederlenkrad umklammerten, bis sich seine Knöchel weiß färbten. »Ich kann nicht ...«

»Doch, du musst!« Meine Stimme zitterte. Ich fürchtete mich vor dem, was er vielleicht sagen würde.

Langsam drehte er sich zu mir um. Ich sah, dass seine Augen feucht waren. Noch nie hatte er so alt ausgesehen wie in diesem Augenblick. Er sah so unendlich zerbrechlich aus, dass es mir einen Stich versetzte.

»Es ist die Prostata.« Mehr sagte er nicht.

Aber ich ließ nicht locker. »Was genau ist mit deiner Prostata?«, fragte ich, obwohl ich die Antwort insgeheim erahnte.

Er tat einen tiefen Atemzug, bevor er antwortete. Ich spürte, dass er mir den Schmerz ersparen wollte. Er erkannte jedoch, dass ich es wissen wollte. »Ein Tumor mit Metastasen. Inoperabel. Die Ärzte geben mir noch drei bis sechs Monate.«

Ich öffnete den Mund, aber meine Stimme versagte. Etwas Dickes, Schleimiges schob sich in meine Kehle und nahm mir die Luft zum Atmen. »Warum ... warum hast du es niemandem gesagt?«, brachte ich nach einer endlos scheinenden Zeit hervor.

Er blickte durch die Windschutzscheibe, während mein Blick seine nasse Hose streifte. Eine einzelne Träne suchte sich ihren Weg über meine Wange. »Es ging los, als deine Großmutter schon krank war. Ich konnte es ihr nicht sagen. Ich wollte nicht, dass sie sich auch noch um mich Sorgen machen musste. Sie sollte wissen, dass für mich gesorgt ist. Ich nahm Tabletten gegen die Schmerzen. Nachdem Großmutter gestorben war, bin ich dann doch zum Arzt gegangen, weil die Schmerzmittel nicht mehr halfen. Aber der Tumor ist schon weit fortgeschritten. Nur eine Chemo könnte ihn noch bremsen. Eine kurze Lebensverlängerung. Mehr nicht.«

»Doch das willst du natürlich nicht.« Meine Stimme klang wütend. »Du bist zu feige. Hast nicht den Mut wie Großmutter aufgebracht!« Weitere Tränen bahnten sich ihren Weg.

Er legte seine Hand auf mein Knie. »Bjarne ...«

Ich riss die Tür auf und sprang aus dem Wagen. Die Tränen nahmen mir die Sicht, als ich loslief. Ich wurde erst langsamer, als meine Lunge schmerzhaft brannte und den seelischen Schmerz tief in meinem Innersten halbwegs betäubte.

Tag X

Sommer 1984, Heide, Nordfriesland

Ich schlug die Augen auf und fühlte, wie sich der Sauerstoff in meinen Lungen ausbreitete. Ich spürte meinen Körper so deutlich, wie ich ihn nie zuvor gespürt hatte. Wie konnte ich einen Körper fühlen, den es gar nicht gab? Der Gedanke erschreckte mich sehr. Ich schlug das Laken zurück und sprang mit einem Satz aus meinem Bett. Meine nackten Füße berührten den kalten Linoleumboden. Die Kälte zuckte wie ein Stromschlag durch meine Unterschenkel, und ich hielt instinktiv Ausschau nach meinen Pantoffeln. Sie lugten schüchtern unter dem Bett hervor. Als ich mich nach ihnen bückte und den weichen Filz berührte, packte mich plötzlich die Wut, und ich schleuderte sie an die gegenüberliegende Wand. Wie zwei betäubte Vögel trudelten sie zu Boden und blieben regungslos liegen. Ich seufzte und ließ mich wieder auf die Bettkante nieder. Mein Nachthemd hatte sich etwas nach oben geschoben, und ich konnte meine nackten Oberschenkel sehen. Gesunde, muskulöse Beine. Es war unmöglich, dass diese Beine nicht mehr funktionieren sollten. Es war überhaupt unmöglich, dass ich hier war und nicht am Strand von Sankt Peter-Ording. Bei der Siegerehrung. Plötzlich sah ich den roten Strandsegler vor meinem geistigen Auge, und mir fiel wieder der Name ein, den ich ihm gegeben hatte: der Rote Baron. Dann wurde mir schwindelig, und ich musste mich kurz zurück auf das Bett legen.

Stück für Stück kamen die Erinnerungen wieder. Ich wusste inzwischen, dass ich einen Unfall gehabt hatte.

Einen schweren Unfall. Hätte ich diesen Unfall unbeschadet überstehen können? Wohl kaum. Ich nahm meine Hände hoch und betrachtete die verschiedenen Linien auf den Handflächen. Die Lebenslinie. Meine war so lang, dass ich theoretisch hundert werden musste. Vielleicht würde ich das auch. Aber in diesem Zustand? Allein in einem Zimmer? Die Lichter gedämpft und lautlos wie im Weltall? Mein Herz krampfte sich bei diesem Gedanken zusammen, und ich beschloss, etwas zu unternehmen.

Nachdem ich meine blauen Filzpantoffeln wieder übergestreift hatte, vergewisserte ich mich, dass alles noch genauso war wie beim letzten Mal, als ich aufgewacht war. Ein Blick durch die Lamellen bestätigte meinen Verdacht. Wieder Nacht. Wieder allein. Fast allein. Jochen fiel mir ein. Mit Jochen hatte der eigentliche Horror begonnen. Er hatte mich aufgeklärt. Er hatte mir die Situation verdeutlicht. Eine Situation, die ich noch nicht so recht begreifen wollte.

Auf dem Gang war es wie erwartet totenstill. Das Licht brannte. Es war dieses eigenartige Licht. Ein Licht, dass mehr aus Schatten als aus richtigem Licht zu bestehen schien. Doch meine Pantoffeln spendeten mir treu ihren Trost. Pfft, pfft, pfft …

Ich benutzte die Treppe. Noch hatte ich Jochen nicht nach dem Trick mit dem Aufzug gefragt. Der alte Mann hatte es geschafft, mich von dem Gedanken abzubringen, das Krankenhaus so schnell wie möglich zu verlassen. Obwohl ich mir alles, was gerade geschah, in keinster Weise erklären konnte, hatten mir die Worte des Alten doch zu denken gegeben, und ich hatte meine Entscheidung aufgeschoben. Als ich nun durch die verlassenen Gänge schlurfte, war ich kurz versucht, alles, was ich in den letzten vierundzwanzig Stunden erlebt hatte, zu vergessen und diesem Ort zu entfliehen. Dem Albtraum entfliehen und zu meinem Leben zurückkehren. Aber dann dachte ich wieder an den Roten Baron, und die Treppenstufen verschwammen vor meinen Augen, sodass ich mich an der Wand abstützen musste. Irgendetwas war geschehen, und diese Gewissheit ließ mich erneut zögern. Ich ahnte, dass mich der Alte aus einem bestimmten Grund zurückgehalten hatte. Ich durfte nicht einfach gehen.

Auf der dritten Etage flackerte eine Deckenlampe. Das Summen der Quecksilberröhre war eine angenehme Abwechslung. Es war wie ein Riss in dieser gleichmäßig kalten Atmosphäre des Krankenhauses. Ein Riss, durch den die Normalität wie durch ein undichtes Rohr sickerte. Es war schön zu sehen, dass es auch in dieser Welt Fehler gab. Fehler waren menschlich. Und Menschlichkeit war es, die ich vermisste. Wenn ich nur lange genug wartete, käme der Hausmeister und würde die Lampe austauschen. Und mit ihm käme die Realität zurück. Eine leise Angst vor der Wirklichkeit beschlich mich. Ich musste noch mehr über die Dinge, dir mir wiederfahren waren herausfinden. Mich absichern. Die Begegnung mit Jochen konnte kein Zufall gewesen sein.

Ich klopfte zweimal. Es blieb still. Dann hörte ich ein »Herein!«.

Jochen saß auf seinem Bett, als hätte er sich die letzten zwölf Stunden nicht fortbewegt. »Konntest du schlafen?«

»Ich bin seltsamerweise ohne Probleme eingeschlafen«, sagte ich. »Ich hätte gedacht, nie wieder in diesem Bett schlafen zu können. Aber es ging.«

Jochen lächelte, während er sich den Bleistift wie ein Handwerker hinter das Ohr schob. »In den ersten Nächten sind sie alle müde. Doch auch das lässt nach. Hast du geträumt?«

»Nein. Was meinen Sie? Was lässt nach?«

»Sag bitte du. Warum so förmlich.«

»Also gut ... Jochen.« Es fiel mir schwer, diesen fremden und noch dazu wesentlich älteren Herrn so vertraulich anzusprechen. »Was genau lässt alles nach?«

»Warst du schon auf der Toilette? Hattest du Durst oder gar Hunger?«

Körperliche Grundbedürfnisse. Dinge, über die man normalerweise nicht nachdachte. Sie waren einfach da. Zum ersten Mal dachte ich darüber nach und musste feststellen, dass ich keine mehr hatte. Meine Blase hätten drücken müssen, mein Magen knurren und mein Mund trocken sein. Ich verspürte nichts dergleichen. »Wie ist das möglich?«

»Hast du noch nie eins dieser Science-Fiction-Bücher gelesen?«, fragte Jochen ungläubig. »Schon mal was von Tiefschlaf gehört? Es gibt da diesen Film, in dem die Menschen in solchen Kapseln durchs All fliegen und fremde Planeten erforschen. *Alien*? Ja, so heißt er, glaub ich. Die schlafen so tief wie ein Steak im Gefrierfach. Da sind alle Körperfunktionen ausgeschaltet.« Jochen nahm den Stift hinter dem Ohr weg und zeigte auf mich. »Betrachte dich als solch ein Steak.«

Ich hatte den Film nicht gesehen, aber von ihm gehört. Ich hatte das Gefühl, dass der Alte noch verrückter war, als ich bei unserem ersten Treffen geglaubt hatte. Trotz allem war er mir auf verdrehte Art und Weise noch immer sympathisch.

»Sie interessieren sich für Science Fiction?« Die Frage lenkte mich von den Hundert anderen Fragen ab, die mir auf der Seele brannten, die ich mich jedoch nicht mehr zu stellen traute.

»Nicht wirklich. Ich habe diese Zeichnungen in einem Buchladen gesehen. Von diesem Künstler, der die Vorlagen für den Film geliefert hat. H.R. Giger. Und ich war fasziniert von dieser absurden, beängstigenden Fantasie, die ein Mensch haben kann. Auch ich habe Fantasie, sonst könnte ich nicht zeichnen. Aber das? Ich musste es einfach in bewegten Bildern sehen.«

Ich hatte mich wieder auf den Stuhl gesetzt, den Jochen mir beim ersten Besuch angeboten hatte. Seine Worte rauschten durch mich hindurch wie ein D-Zug durch einen bevölkerten Bahnhof. Niemand nahm Notiz von den vielen Gesichtern hinter den Scheiben, so wie ich die Worte von Jochen gleich wieder vergaß. Ich betrachtete seine Bilder. Sie lenkten mich mehr ab als seine Ausführungen. »Die Frau auf den Bildern. Wer ist das?«

»Was glaubst du denn, welche Frau ich am besten im Gedächtnis habe?«

Ich senkte den Blick und dachte kurz nach. Offensichtlich musste ich meine Strategie ändern, um bei Jochen Erfolg zu haben. Die ständigen Fragen brachten mich nur schwerlich weiter. Vielleicht war die Offensive der Schlüssel zum Erfolg. »Ich wollte mich verabschieden.«

Jetzt legte Jochen den Stift zur Seite und musterte mich. »Ich sagte doch, dass du das nicht tun kannst. Nicht ohne mehr zu wissen.«

Ich blickte wieder auf. Der Fuß war in der Tür. »Ich denke, ich weiß genug. Es reicht zumindest, dass ich nicht hierbleiben will.«

»Du weißt rein gar nichts, mein Junge«, sagte Jochen und stocherte dabei in seinem großen Ohr herum. »Du denkst, dies alles hier ist ein schlechter Traum. Und vielleicht kommt dies der Realität am nächsten. Aber es ist eben nur die halbe Wahrheit.«

»Dann sag mir die ganze Wahrheit. Du wolltest nicht, dass ich gehe, klärst mich aber nicht auf.« Ich verlor langsam die Geduld.

Jochen lächelte. »Wo soll ich anfangen? Mit der Tatsache, dass du im Koma liegst und dein Geist und dein Körper sich langsam entzweien oder ...«

Es klopfte. Ich zuckte zusammen.

»Komm rein«, rief Jochen vollkommen unbekümmert. Er erwartete anscheinend weiteren Besuch.

Die Tür öffnete sich langsam, und es lugte ein Mann herein, dessen Blick wie der eines gehetzten Rehs war. »Oh, der Neuling.« Seine Stimme war zäh und sein Tonfall gleichmäßig wie ein Uhrwerk.

»Heinz! Das ist Bjarne.« Jochen nickte in meine Richtung.

Ich erhob mich und reichte Heinz die Hand. »Willkommen«, brachte er hervor. Es klang weder freundlich noch ablehnend. Sein Händedruck war weich, und sein Blick irrte unstet umher, ohne mich recht fixieren zu können. Seine Haare waren stark zurückgewichen. Seine dicke Knollennase saß über den wulstigen Lippen, die rissig und trocken waren. Seine Haut war gerötet. Er schien unter ständigem Stress zu stehen. »Hallo«, gab ich zurück.

Er hielt etwas in seiner linken Hand. »Komme ich ungelegen?«, fragte er.

»Nein, nein«, meinte Jochen. »Ich war nur gerade dabei, Bjarne etwas über diesen Ort hier zu erzählen. Du weißt schon. Das übliche Programm.«

»Nein, eigentlich kenne ich das übliche Programm nicht«, entgegnete Heinz. »Aber tu dir keinen Zwang an. Ich komme einfach später wieder.«

»Das ist nicht nötig.«

»Ich bekomme meine Revanche auch später noch.« Heinz hob kurz die Hand. Ich wusste nicht, ob es ein Gruß war oder einfach nur eine Übersprunghandlung. Auf jeden Fall wandte Heinz sich um und ging ohne ein weiteres Wort wieder hinaus.

Jochen zuckte mit den Schultern. »Heinz. Wenn es den Namen nicht schon gäbe, hätte ich ihn erfunden. Als Synonym für den typischen Konzernsklaven, der die tägliche Tretmühle seines langweiligen Lebens Karriere nennt.«

»Liegt Heinz auch im Koma?«, fragte ich vorsichtig.

»Jeder, den du hier triffst, liegt im Koma. Willkommen im Club.«

»Wie viele gibt es noch?«

»Ein paar. Sie kommen und gehen. Manche bleiben länger, andere weniger lang. Es ist beinahe wie im richtigen Leben.« Jochen schälte sich die Decke von den Beinen. »Komm, ich möchte dich meiner Freundin vorstellen.«

Ich zögerte.

»Na, wenn du schon hier bist, kannst du mir auch helfen.« Mit einem Fuß versuchte er den Rollstuhl, der vor seinem Bett stand, zu sich heranzuziehen.

»Sicher.« Ich sprang auf und schob ihm den Stuhl direkt neben das Bett. Er wuchtete sich hinein und atmete einmal tief durch. »Weißt du was echt beschissen ist, mein Junge?«

Ich schaute ihn fragend an.

»Dass ich hier genauso ein Krüppel bin wie im normalen Leben. Das ist doch eine echte Ironie.« Er klopfte sich auf sein dürres Knie. »Aber immerhin kann ich nicht inkontinent werden.« Er blickte zu mir hoch. »Wenn du verstehst, was ich meine«, fügte er augenzwinkernd an.

»Sie haben eine seltene Art von Humor.«

»Du ...«

»Entschuldigung ...« Es fiel mir noch immer schwer, ihn zu duzen.

»Ich sag dir, wo es lang geht«, sagte Jochen. »Eine kleine Spazierfahrt kann jetzt nicht schaden.«

Ich öffnete die Tür und schob Jochen auf den Gang. »Es ist zwar nicht gerade ein schönes Licht, aber immerhin haben wir Licht«, erklärte Jochen. »Hier drinnen schert sich niemand um Sommer- und Winterzeit. Was sich die dämlichen Politiker da nur wieder ausgedacht haben. Na ja, vielleicht hat es sich ja inzwischen bewährt.«

»Es gibt diese Umstellung seit vier Jahren«, sagte ich und merkte im ersten Moment gar nicht, was diese Aussage bedeutete. Ich zog die Tür zu und hielt inne. »Wie lange bist du schon hier?«

»Spielt das eine Rolle?«, knurrte er.

Jetzt fiel es mir endlich ein. Er erinnerte mich an die alte Morla aus *Die unendliche Geschichte*. Wie er so dasaß, den Oberkörper leicht nach vorne gebeugt und den Kopf in die Höhe gereckt. Jetzt wusste ich, warum ich gestern vor dem Aufzug an eine Schildkröte gedacht hatte. Der Film wurde dem Buch zwar nicht gerecht, die Figuren waren jedoch einprägsam.

»Wie lange?« Ich beharrte auf einer Antwort.

»Drei Jahre.«

Ich konnte es kaum glauben. Natürlich war ich davon ausgegangen, dass er bereits längere Zeit hier war. Aber so lang?

»Drei Jahre? Warum ...«

»Du wirst verstehen, dass ich dir nicht in fünf Minuten alle Fragen beantworten kann. Hab Geduld.« Er klopfte auf die Armlehne. »Und jetzt schieb schon los! Da entlang.«

Wieder musste ich an meinen Großvater denken. Genau in diesem Augenblick, während ich den Rollstuhl über den Gang schob und der alte Mann vor mir saß. Es fiel mir schwer, mir Großvater als sehr alten Mann vorzustellen. Ich kannte ihn nur als älteren Herrn. Ob er ebenfalls so exzentrisch wie Jochen geworden wäre? Doch wenn ich ehrlich war, war mein Großvater immer schon ein Eigenbrötler gewesen.

»Elke wohnt auf der fünf«, sagte Jochen, und seine Stimme leierte wie ein altes Tonband, während er vorwärtsrollte. »Ich glaube manchmal, wenn ich sie nicht besuchen würde, dann würden wir uns tagelang nicht sehen.«

»Ich dachte, sie wäre deine Freundin?«, fragte ich nach.

»Ich mag sie. Wir reden oft die ganze Nacht. Aber sie ist nicht die Art Frau, die auf die Männer zugeht.«

Ich hob die Augenbrauen. Ich konnte mir kaum vorstellen, dass der alte Jochen noch in der Lage war, eine Frau zu erobern, sein Selbstbewusstsein war jedoch beachtlich.

»Sie wird dir gefallen. Sie ist Lehrerin, und es ist ein Jammer, dass ich sie jetzt erst kennengelernt habe.«

»Ich dachte, du hast eine Frau?«

»Natürlich habe ich das«, antwortete Jochen. »Die beste, die man sich wünschen kann. Trotzdem hätte ich Elke gerne früher getroffen.«

Ich schwieg, während ich auf die Schilder schaute, die gelangweilt über unseren Köpfen baumelten. *Röntgen, Block II. Anmeldung hier.*

»Verrätst du mir den Trick mit dem Aufzug?« Vielleicht gab es noch mehr Dinge, die vollkommen normal funktionierten.

»Es gibt keinen Trick. Du musst es nur wollen. Aber du hast zwei gesunde Beine. Also wirst du keinen Aufzug brauchen. Ich hingegen schon. Somit kann ich ihn auch nutzen.«

»So einfach ist das?«

»Ja, das kannst du mir glauben.«

»Wie kommt es, dass ich hier drinnen vollkommen gesund bin?«

»Eine gute Frage«, gab Jochen zu. »Ich habe mir bereits vor langer Zeit eine Theorie dazu überlegt: Dein Geist hat den Zustand gespeichert, in dem du warst, bevor du ins Koma gefallen bist. Das würde zumindest erklären, warum ich hier genauso schlecht laufen kann wie vor Tag X.«

»Tag X?«

»Der Tag, an dem es passiert ist.«

»Was passiert?«

»Na, was auch immer.« Jochen zuckte mit den Schultern. »Es gibt hundert Gründe, ins Koma zu fallen. Bei mir wahrscheinlich sogar tausend. Schau mich an. Bevor ich hier ankam, wurde mein Organismus nur noch mit Chemie am Leben gehalten. Aber auch die versagt irgendwann.«

Großvater hat die Chemo abgelehnt, dachte ich bitter. Heute konnte ich ihn verstehen, damals habe ich ihm Feigheit vorgeworfen. Zu gerne hätte ich noch einmal mit ihm gesprochen.

»Siehst du? In einem Moment funktioniert er nicht. Und im nächsten schon.« Wir waren am Aufzug angekommen, und Jochen betätigte den Knopf. Sofort leuchtete die Kontrolllampe auf, und der Motor setzte sich in Gang. »Das sind meine magischen Hände.«

Als wir auf der fünften Etage ankamen und die Aufzugstür aufglitt, begrüßte uns gleich lautes Kindergeschrei.

»Was ist das?«, fragte ich.

»Das ist Robert«, erklärte Jochen. »Er wohnt auch auf der fünften. Elke kümmert sich um ihn. Er ist erst sieben.«

»Oh«, entfuhr es mir.

»Natürlich passiert nicht nur Erwachsenen so etwas. Trotzdem ist Robert das erste Kind, das mir hier begegnet. Und wenn ich ehrlich bin, ist das auch gut so.«

Im selben Moment kam Robert um die Ecke geschossen. Er saß ebenfalls in einem Rollstuhl, aber ich erkannte schnell, dass es für ihn nur ein Spielgerät war. Roberts Haare waren strohblond und sein Gesicht rund wie ein Pfannkuchen. Sein ausgelassenes Lachen offenbarte einen fehlenden Eckzahn. Überrascht hielt er an. »Hallo«, sagte er schüchtern.

»Hallo Robert«, sagte Jochen freundlich. »Ich habe einen Freund mitgebracht. Das ist Bjarne.«

Ich hob die Hand zum Gruß und lächelte. »Hallo Robert.«

»Hallo Bjarne«, antwortete Robert und kam ein bisschen näher heran. »Ihr wollt bestimmt zu Elke. Ich glaube, sie hat heute Kummer.«

»Ach, das wird schon«, beruhigte Jochen ihn. »Deswegen sind wir ja hier.«

»Okay, ich drehe noch eine Runde«, rief Robert, fuhr eine Schleife um uns herum und rollte weiter den Gang hinunter. »Ich komme gleich nach!«

»Du weißt, was sie hat?«, fragte ich, als Robert um die Ecke verschwunden war.

»Ich denke schon«, antwortete Jochen. »Du musst wissen, dass alle, die sich in diesem Zustand befinden, nach einer gewissen Zeit die Fähigkeit haben, die Außenwelt wahrzunehmen.«

»Du meinst, wir nehmen die Menschen wahr, die uns im Krankenhaus besuchen?«

»Ja, aber ganz unterschiedlich«, erklärte Jochen. »Manche bekommen alles mit. Andere nur ganz wenige Bruchstücke. Es ist wie ein Traum.«

»Sozusagen ein Traum im Traum«, meinte ich.

Jochen knurrte etwas Unverständliches. Dann räusperte er sich und sagte: »Im Prinzip ja. Wart's ab. Wenn du dich das nächste Mal hinlegst, träumst du vielleicht auch.«

»Wie kommt es eigentlich, dass wir schlafen können? Wenn wir nicht essen und trinken müssen. Warum dann schlafen?« Ich schob Jochen weiter den Gang runter. *Psychiatrie,* konnte ich aus dem Augenwinkel lesen.

»Wer sagt, dass du musst? Aber du wirst merken, dass der Schlaf dir einen Rhythmus gibt. Ohne Rhythmus treibst du nur dahin, und das wird dich irgendwann verrückt machen.«

»Ich verstehe ...«

»Dort drüben. Nächster Gang. Zimmer 5.13.« Jochens faltiger Kopf vibrierte im Einklang mit dem Rollstuhl.

Ich hielt vor Zimmer 5.13 und klopfte. »Herein!« Ich vernahm eine weibliche Stimme.

»Lass mich mal.« Jochen drückte die Türklinke hinunter und nahm die Räder wieder selbst in die Hand.

Am Tisch neben dem Fenster saß eine Frau im mittleren Alter mit einem Buch in der Hand. »Ach, du bist es! Ich dachte, es wäre Robert«, sagte sie und legte das Buch aufgeschlagen auf den Tisch.

»Ich habe mich fahren lassen«, sagte Jochen und deutete auf mich. »Bjarne. Elke.«

Elke stand auf. Ich war überrascht, wie klein sie war. Ich konnte ihr nicht direkt in die Augen sehen. Ihre Haare waren kurz geschnitten und vollkommen ergraut. Die Wangen und die Mundpartie hatten etwas Herbes, und ihre großen, wachsamen Augen musterten mich abschätzend. Sie reichte mir die Hand. »Ohne Sie wäre er nie hier hoch gekommen«, sagte sie.

Ich schaute kurz zu Jochen, weil ich eine Reaktion erwartete. »Man kann es den Weibern nie recht machen.« Jochen seufzte.

»Das ist kein Problem. Ich komme gerne zu dir runter.« Sie blickte zur Tür. »Habt ihr Robert getroffen?«

»Ja, ja, der Bursche tobt sich aus«, sagte Jochen.

»Ich muss ihn im Auge behalten. Noch kann ich ihn mit deinen Märchen hinhalten. Aber wie lange noch?«

»Du weißt, dass es keine Märchen sind«, erwiderte Jochen scharf.

Elke ging nicht näher darauf ein. »Sie heißen also Bjarne. Ein schöner Name. Hat Ihnen Jochen bereits alles erklärt?«

»Nun ja, das ein oder andere«, sagte ich. »Ich weiß zumindest schon mal, was mit mir geschehen ist.«

»Sie werden alles erfahren, was Sie wissen müssen. Jochen und ich sind, glaube ich, die einzigen Dauergäste hier. Der liebe Gott kann sich einfach nicht entscheiden, was er mit uns anfangen will. Und die Ärzte auch nicht ...«

Ich lächelte verlegen. Es war schon sonderbar, dass mir an diesem seltsamen Ort zwei Menschen begegneten, die mich an mein wirkliches Leben erinnerten: meinen Großvater und meine Mutter. Elke hatte optisch nichts mit meiner Mutter gemeinsam, aber da war etwas in ihrer Ausstrahlung, das die gleiche Dominanz und Entschlossenheit einer selbstbewussten Frau widerspiegelte, die meine Mutter stets an den Tag legte.

»Ich mag es nicht, wenn du sentimental wirst, Süße«, sagte Jochen »Das steht dir nicht.«

»Ach, du!« Elke lächelte. »Tu nicht so abgeklärt vor dem jungen Mann. Ich hatte wieder einen Traum. Frank hat mich besucht. Er ist ein so guter Junge! Ich wünschte, er wüsste, dass ich ihn hören kann. Er hat mir erzählt, was er nach der Uni vorhat.« Elke setzte sich wieder auf ihren Stuhl. »Studieren Sie auch?«

»Ja … ich studiere auch«, brachte ich zögerlich hervor. Es war so irritierend für mich, dass sie beide so taten, als würden wir in einem netten Café sitzen und uns am schönen Wetter erfreuen.

Elke wandte sich an Jochen: »Wir müssen über Robert reden. Es wird langsam ernst.«

Jochen streifte mich kurz mit dem Blick. Vielleicht überlegte er, ob er in meiner Gegenwart reden konnte. »Inwiefern?«

»Du weißt doch, was ich meine.« Elkes Blick wurde ernst. »Er will gehen.«

Rauchschwaden

Frühjahr 1983, St. Peter-Ording

Ich hätte es schaffen können. Aber das Fenster im Bad machte mir einen Strich durch die Rechnung. Das Desaster, das der Regen vor drei Wochen verursacht hatte, war mir noch gut in Erinnerung. Nach Murphys Gesetz kommt das Unwetter genau dann, wenn man versäumt hat, das Fenster zu schließen. Es hatte drei Stunden und zwei volle Eimer benötigt, um die Pfützen aus dem Bad wieder zu beseitigen.

Ich stand gerade an der Bushaltestelle und war mehr als entspannt - abgesehen davon, dass ich auf dem Weg zu meinen Eltern war -, als mir das Fenster einfiel. Ich hatte keine Wahl. Ich musste zurück. Also verpasste ich meinen Bus und somit auch den Zug nach Husum. Und als ich schließlich am Kieler Hauptbahnhof ankam, wurde die Befürchtung zur entnervenden Gewissheit: Ich musste zwei Stunden auf den nächsten Zug warten. Das wiederum bedeutete, dass ich erst am Abend bei meinen Eltern eintreffen würde.

Das Münztelefon hatte sicher auch schon bessere Zeiten gesehen. Natürlich kannte ich meine alte Nummer auswendig. Trotzdem machte ich den Test und schlug sie im Telefonbuch nach. Schließlich hatte ich zwei Stunden Zeit, und irgendwie wollte die Zeit totgeschlagen werden.

Unter B wie Bendixen wurde ich nicht mehr fündig. Es fehlten mindestens fünf Seiten. Ich schüttelte den Kopf, warf zwanzig Pfennig in den Münzeinwurf und wählte. Niemand hob ab. Ich hängte ein und nahm mir vor, es in einer Stunde noch einmal zu probieren. Schließlich war ich zu dieser Zeit mit meiner Mutter verabredet. Sie sollte dann zu Hause sein.

Ich verbrachte die Zeit an zahlreichen Zeitungsständern und in einem kleinen Café, in dem der Kaffee so bitter schmeckte, als hätte man den Filtersatz vom Vortag benutzt. Nach einer Stunde kehrte ich zur Telefonzelle zurück und probierte es erneut. Wieder ging niemand ran. Ärgerlich hängte ich den Hörer ein. Dann würde meine Mutter eben warten müssen.

Als ich endlich in der Bahn saß und die Landschaft still und leise an mir vorüberzog, lehnte ich den Kopf an die Scheibe und döste vor mich hin. Meine Gedanken waren bei Toni. Ich musste an unsere Begegnung im Hörsaal denken und daran, dass ich sofort gewusst hatte, dass sie die Richtige war. Freilich hatte ich keine Ahnung gehabt, ob dies auf Gegenseitigkeit beruhte. Aber ich hatte gewusst, dass ich es versuchen musste. Und als ich dann Tonis Nachricht gefunden hatte, war das einer meiner glücklichsten Momente gewesen. Den Kaffee löste ich gleich zwei Tage später ein. Toni hatte an dem Tag noch besser ausgesehen als in meiner Erinnerung. Und ich war so unendlich nervös gewesen, als hätte ich mich zum ersten Mal mit einem Mädchen getroffen.

Wir hatten geredet und geredet. Während um uns herum die Gäste kamen und gingen und die Abenddämmerung hereinbrach, lernten wir uns kennen. Sie erzählte mir viel von ihrer Leidenschaft für das Schwimmen und von ihren älteren Brüdern. Sie mutmaßte, dass ihr Interesse für die Naturwissenschaft unweigerlich auf ihre Brüder zurückzuführen sei. Ich versuchte mir jede Nuance ihres Gesichts einzuprägen, um es später gut vor meinem geistigen Auge sehen zu können.

Ich hingegen erzählte ihr alles, was man über das Strandsegeln wissen sollte, und sah an ihren leuchtenden Augen, dass ich sie keineswegs langweilte. Im Gegenteil. Sie war so interessiert, dass sie immer wieder neue Fragen stellte und mir irgendwann die Antworten ausgingen. Dann erzählte ich von dem schwierigen Verhältnis zu meinen Eltern und der besonderen Freundschaft, die mich mit meinem Großvater verband.

Nach dem dritten Kaffee, zwei Sandwiches und zwei Colas verließen wir das Café, und ich brachte sie zu ihrer Studentenbude, die nur zwei Kilometer von meiner entfernt lag. Sie hatte eine kleine Wohnung im zweiten Stock und war erst vor zwei Wochen nach Kiel gezogen. An ihrer Heimatstadt Flensburg hing sie mit ganzem Herzen, und ich freute mich, als sie mich einlud, mir die Stadt irgendwann einmal zu zeigen.

Da wir die nächste gemeinsame Vorlesung bereits am folgenden Tag hatten, trafen wir keine neue Verabredung. Vielleicht hatte es auch das stillschweigende Abkommen zwischen uns gegeben, dieses Treffen zunächst zu verarbeiten und zu sehen, ob wir uns überhaupt noch einmal treffen wollten.

Am dem Tag, im Anschluss an die Vorlesung, hatten wir uns auf dem Campus gesucht und gefunden wie zwei Magneten. Tonis schöne Augen strahlten mir entgegen. Und jetzt waren wir für das nächste Wochenende verabredet.

Ich hatte beschlossen, den vorlesungsfreien Tag zu nutzen und am Nachmittag zu meinen Eltern zu fahren, um die letzten Sachen, die mir wichtig waren, nach Kiel zu holen. Danach würde ich wohl erst wieder in ein paar Monaten hinfahren. Einen Moment hatte ich darüber nachgedacht, Toni mitzunehmen. Aber dann fand ich die Einladung verfrüht und unpassend für ein erstes *richtiges* Rendezvous. Also machte ich mich allein auf den Weg und beschloss es schnell hinter mich zu bringen.

Nachdem ich einen weiteren Kaffee getrunken hatte und mir unweigerlich klar wurde, dass ich ein Koffeinproblem hatte, erreichte der Zug Husum. Mit dem Eilzug fuhr ich weiter bis nach Sankt Peter-Dorf. Ich schaute auf die Bahnhofsuhr und realisierte, erst jetzt, dass es bereits sieben Uhr war. Mutter würde sich bestimmt Sorgen machen.

Meine Eltern hatten eine Wohnung in unmittelbarer Nähe zum Dorfzentrum gekauft. Die ersten Jahre war die Gegend noch recht ruhig gewesen, doch mit zunehmendem Touristenaufkommen war es immer lauter geworden. Vater dachte schon lange darüber nach, sie wieder zu verkaufen und weiter ins Inland zu ziehen. Aber meine Mutter stemmte sich mit aller Gewalt dagegen und hatte sich offensichtlich bis heute behaupten können.

Seit meinem Weggang hatte sich nichts geändert, wie ich während der Telefonate mit meiner Mutter heraushörte. Mein Vater ging wie immer früh zu Bett und brach am nächsten Morgen früh zur Arbeit auf der Werft auf. Meine Mutter war weiterhin aktiv in ihrem Verein und besessen von der Idee, die Natur mit allen Mitteln schützen zu wollen. Deshalb verurteilte sie hart, was ich so sehr liebte: das Strandsegeln.

Vor zehn Jahren hatte sie begonnen, ihr Leben umzukrempeln und der zunehmenden Lethargie des Alltags mit meinem immer überarbeiteten Vater zu entfliehen. Es war kein anderer Mann, den sie gesucht hatte, wie ich heute zu wissen glaubte. Meine Mutter war komplizierter gestrickt. Sie wollte eine wichtige, ernst zu nehmende Aufgabe. Etwas, das sie aus ihrem langweiligen Leben als Beamtin und Ehefrau eines Werftarbeiters herausriss. Sie war schon lange Veganerin mit ausgeprägter Tierliebe, und so war es nur eine logische Konsequenz, dass sie einem einschlägigen Naturschutzverein beigetreten war, der von den Behörden jedoch nicht gerade mit Wohlwollen betrachtet wurde. Inzwischen bezeichnete sie sich selbst, mit stolzgeschwellter Brust, als Naturschutzaktivistin und war gewillt, den Strandsegelsport verbieten zu lassen.

Mein Vater enthielt sich jeder eigenen Meinung. Er kannte in seiner arbeitsfreien Zeit nur die Treffen mit seinen Boccia-Freunden, wie Mutter sie nannte. Das Spiel lenkte meinen Vater von seiner schweren Arbeit offensichtlich mehr ab, als es meine Mutter jemals vermocht hätte. Die Zeit, die ich als kleiner Junge mit ihm hätte verbringen sollen, war ich mit meinem Großvater zusammen. So gab es nicht viel, was unsere Distanz hätte verringern können. Er war da. Er war mein Vater. Aber er war für mich ein Mensch wie jeder andere. Nicht unsympathisch. Durchaus liebenswürdig, doch selbst als Kumpel ungeeignet, weil seine Hobbys in keiner Weise mit meinen übereinstimmten. Sein Stolz auf mich war trotz allem groß. Er sprach viel von mir, wenn ich nicht dabei war. Aber ich kann mich nicht an einen Tag erinnern, an dem er am Rand der Rennstrecke gestanden und seinem Sohn zugeschaut hatte.

Sie waren jedoch meine Eltern, und ich liebte sie, also besuchte ich sie und machte das Beste daraus. Wenn das Beste auch nur so viel war, wie *das Beste aus einem drittel Liter entrahmter Milch*. Eine Floskel, der sich mein Vater immer bedient hatte, wenn er sich über meine Vorliebe für Nuss-Nougat-Creme ausgelassen hatte, die mit eben diesem gehaltlosen Spruch Werbung für sich machte.

Mein Vater war gerne ironisch. Eine Eigenschaft, die meine Mutter offensichtlich als letztes Bindeglied zwischen ihnen beiden sah. Denn Ironie war auch ihr nicht fremd. Auch wenn sie manchmal die dünne Trennlinie zwischen Ironie und Sarkasmus missachtete.

Ich klingelte, und es dauerte nicht lange, bis der Türöffner zu hören war. Auf der ersten Etage angekommen stand meine Mutter im Türrahmen. »Bist du im Zug eingeschlafen?«, begrüßte sie mich.

»Hallo, Mama. Vielen Dank für die nette Begrüßung«, gab ich mit einem gezwungenen Lächeln zurück.

»Na hör mal. Ich bitte dich. Du wolltest doch um fünf Uhr hier sein. Es ist bald sieben durch.« Sie gab die Türöffnung frei, und ich schob mich an ihr vorbei in den Wohnungsflur. Die Luft war stickig, und ich sah aus dem Augenwinkel, dass eine fremde Lederjacke an der Garderobe hing. Aus dem Wohnzimmer drang Musik, und ich roch den Zigarettenqualm bis in den Flur.

Ich stellte meinen Rucksack ab und reichte meiner Mutter die dünne Jacke, die ich getragen hatte.

Meine Mutter war anders als die meisten Mütter, die ich kannte. Heike Bendixen war Anfang vierzig und kleidete sich wie Anfang dreißig. Sie hatte eine sportliche, dynamische Figur, und ihre Lippen und die Fingernägel leuchteten stets rot. Ihre rötlich blonden dauergewellten Haare fielen auf ihre Stirn. Sie war keine Frau, die man auf den ersten Blick als schön bezeichnet hätte, ihre Ausstrahlung gab ihr jedoch etwas begehrenswertes, das auf viele Männer seinen Eindruck nicht verfehlte.

»Helmut ist da«, sagte meine Mutter. »Er war gerade in der Nähe, und da du noch nicht da warst, habe ich ihn hereingebeten. Er ...«

»Helmut? Kenne ich nicht.« Ich zog die Stirn in Falten. Es nervte mich, dass sie Besuch hatte, obwohl ich mich angekündigt hatte. Aber sie hatte recht. Ich war zu spät.

»Ach, du weißt schon«, sie winkte ab. »Er ist auch im Vorstand. Er ist gerade dabei, ein paar Ideen zu entwickeln und hat mich gebeten, ihm ein Feedback zu geben.«

»Ist Papa noch arbeiten?«

»Hörst du denn nie zu?«, fragte Mutter. »Er hat Zwölf-Stunden-Dienst. Bis morgen früh um sechs. Wenn du pünktlich gekommen wärst, hättest du ihn noch getroffen.«

»Stimmt. Ich vergaß. Na ja, kann man nichts machen.«

»Willst du etwas essen?« Mutter hängte meine Jacke neben Helmuts Lederjacke, und ich achtete darauf, dass sie sich nicht berührten. Irgendwie mochte ich Helmut nicht, bevor ich ihn überhaupt kennengelernt hatte.

»Eine Kleinigkeit vielleicht.«

»Dann komm rein. Ich stell dich Helmut vor, und dann mache ich dir etwas warm.« Sie ließ mich vorgehen, und ich trat ins Wohnzimmer, durch das dichte Rauchschwaden zogen, die Vater mit Sicherheit nicht geduldet hätte. Er war nur Gelegenheitsraucher und rauchte meistens auf dem Balkon.

»Helmut, das ist mein Sohn Bjarne.« Mutter schob mich leicht in seine Richtung. Ich kam mir vor wie ein Erstklässler, der dazu genötigt wird, höflich den Besuch zu begrüßen.

Ich reichte Helmut die Hand und versuchte hinter der dunklen Brille seine Augen auszumachen. Er war vielleicht ein paar Jahre älter als meine Mutter, doch das konnte auch täuschen, und das Nikotin ließ ihn nur älter erscheinen. Im ersten Moment dachte ich, seine Frisur wäre nur ein ulkiger Scherz, aber dann erkannte ich, dass er offensichtlich immer einen stark gegelten Seitenscheitel trug. Seine Brillengläser waren schwarz umrahmt, und in Verbindung mit der Frisur sah er aus wie ein Komiker, der die sechziger Jahre auf die Schippe nehmen wollte. »Freut mich.« Seine Brille schob sich über seine schmalen Augenbrauen, als er mir entgegengrinste und sich schnell aus dem Sessel erhob, um mir die Hand zu reichen.

»Hallo«, sagte ich. »Es tut mir leid, dass ich hier so hereinplatze. Ich wollte eigentlich früher hier sein.«

»Kein Problem. Deine Mutter hat mir schon einiges über dich erzählt. Setz dich doch.« Er ließ sich wieder auf die Couch sinken, und ich sah, dass er einen kleinen Schmerbauch hatte, der sich im Sitzen über den breiten Gürtel seiner Cordhose schob. Jetzt, als er vor mir saß und mir in der Wohnung meiner Eltern einen Sitzplatz anbot, wurde er mir nicht gerade sympathischer.

»Hat sie?«, fragte ich. »Das kommt selten genug vor.« Irgendwie war mir danach, dieses übertrieben lockere Grinsen aus seiner Komiker-Visage zu wischen.

Er blickte verlegen drein, und die Ränder seiner Brille senkten sich tatsächlich etwas. »Ich habe deiner Mutter gerade ein paar neue Ideen gezeigt«, begann er und überging meine Bemerkung.

»Ich finde Ihre Arbeit im Prinzip nicht schlecht«, antwortete ich. »Aber wie sie vielleicht wissen, gibt es Themen, für die ich nicht so aufgeschlossen bin.« Ich konnte hören, wie meine Mutter in der Küche mit Geschirr klapperte.

»Oft ist es so, dass wir neue Mitglieder bekommen, weil den Menschen ein ganz bestimmtes Thema auf dem Herzen liegt. Und dann, nach und nach, können sie sich auch für unsere anderen Betätigungsfelder begeistern.« Helmut griff sich an die Brusttasche und fischte eine neue Zigarette aus der Packung.

Ich wollte keinen Hehl daraus machen, dass mir die Organisation, in der Mutter tätig war, nicht gefiel. Umweltschutz und Aktivismus waren das eine, sektenartige Verhältnisse und Zustände wie bei den Hippies das andere. Es grenzte an Ironie, dass ich einem Vorstandsmitglied dieser Sekte gerade in dem Moment gegenübersaß, da ich gekommen war, um meine Sachen zu holen. Aber auch, um mit meiner Mutter zu reden und unsere Beziehung doch noch zu retten. Denn es war diese Organisation gewesen, die sich wie ein Keil in unser Familienleben gedrängt hatte. Am meisten ärgerte mich, wie meine Mutter mit der Situation umging. Sie hatte genau gewusst, dass ich früher oder später auftauchen würde. Ich empfand es als Provokation, diesen Helmut einzuladen und mit ihm zusammen die Bude einzuräuchern. Ganz zu schweigen von der Tatsache, dass mein Vater gerade seine Zwölf-Stunden-Schicht angetreten hatte.

»Mag sein, aber für mich ist das nichts«, gab ich knapp zurück. Mir war überhaupt nicht danach, mich von Helmut in ein Gespräch verwickeln zu lassen. Am liebsten wäre ich in mein altes Zimmer gegangen, hätte meine Sachen eingepackt und wäre postwendend zurück nach Kiel gefahren.

Helmut musterte mich kurz wie eine Spinne, die ihr Opfer im Netz hatte, während er sich seine Zigarette anzündete. Noch bevor er seinen zweiten Zug getan hatte und erneut versuchen konnte, ein Gespräch aufzubauen, kam Mutter mit dem Essen.

»Willst du hier essen oder dich drüben an den Tisch setzen?«, fragte sie und hielt einen Teller Nudelauflauf in der Hand.

Ich warf kurz einen demonstrativen Blick auf Helmuts Zigarette, das hielt ihn jedoch nicht davon ab, eine dicke Rauchschwade an die Decke zu pusten. »Ich denke, ich esse am Tisch.«

Mutter nickte und stellte mir den Teller auf den Esstisch. »Was trinkst du?«

»Ein Wasser.«

Nachdem sie mir auch das gebracht hatte, setzte sie sich wieder zu Helmut, und ich begann zu essen. Jedes Mal, wenn Helmut an seiner Zigarette zog, sank sein Wert auf der Sympathieskala weiter gegen null. Ich war es gewohnt, dass in Kneipen und Bars geraucht wurde. Wenn Alkohol im Spiel war, dann sah ich das nicht so eng. Aber im Wohnzimmer meiner Eltern wurde nie geraucht, wenn jemand am Tisch saß und aß. Was bildete sich diese Brillenschlange überhaupt ein?

Während ich den aufgewärmten Nudelauflauf weiter in mich hineinschaufelte, beobachtete ich mit einem Auge das Gespräch der beiden. Ich hatte das Gefühl, dass Helmut irgendwie gehemmt wirkte und nicht über das sprach, worüber er eigentlich sprechen wollte. »Lasst euch von mir nicht stören. Oder gibt es irgendwelche Vereinsgeheimnisse?« Irgendwie musste ich noch etwas sagen.

Ich konnte den Blick, den Mutter mir zuwarf, nicht deuten, doch ich war offensichtlich auf der richtigen Fährte. Das bestätigte auch Helmuts kurzes Räuspern, bevor er sich wieder der Kladde zuwandte, die vor ihm auf dem niedrigen Tisch lag.

»Keine Geheimnisse«, erwiderte Mutter. »Und jetzt iss auf, dann kannst du mir erzählen, wie es in der Uni läuft.« Lag da ein genervter Unterton in ihrer Stimme?

Ich kaute und lauschte. Was konnte ich auch anderes tun? Eine Zeitschrift war nicht in Reichweite, und weghören war nicht möglich. Eigentlich wollte ich nicht lauschen, aber ich konnte nicht anders.

»Ich habe mit Harald gesprochen«, sagte Helmut gerade, als wollte er beweisen, dass sie tatsächlich über belanglose Dinge sprachen. »Er hat bis nächste Woche Mittwoch die Transparente fertig. Es gab Stress bei ihm in der Firma wegen der Dinger.« Er hustete kurz. »Wenn er es nicht rechtzeitig hinbekommt, dann machen wir es eben ohne. Ein paar Banner können wir auch mit der Hand malen.«

Wenn meine Mutter den größten Teil ihrer Freizeit mit solchen Typen abhing, wunderte es mich nicht, dass Vater kaum noch zu Hause war. Existierte ihre Ehe überhaupt noch? Meine Zweifel wurden größer. Ein hässlicher Gedanke drängte sich mir auf: meine Mutter mit diesem Helmut im Bett, während Vater zwölf Stunden schob. Ich verdrängte den Gedanken jedoch schnell wieder und berief mich auf das, was ich über meine Mutter wusste. Und Fremdgehen gehörte eindeutig nicht dazu. Obwohl sich Menschen ändern können, musste ich mir eingestehen.

»Transparente wären schon gut«, antwortete Mutter und nahm sich eine Zigarette aus der Schachtel, die Helmut ihr reichte. Irgendwie schien sie jedoch meinen Blick zu spüren und legte die Zigarette wie eine ertappte Göre auf den Tisch. Helmut drehte sich kurz zu mir herum. »Ach, sorry, stört dich der Qualm?«

»Ist schon okay. Der Rauch einer weiteren Zigarette macht es auch nicht schlimmer.«

Mutter seufzte und öffnete ein Fenster. Vielleicht merkte sie ja langsam, dass mich ihr unangekündigter Besuch nervte.

»Was ist mit den Flyern?«, fragte sie, nachdem sie sich wieder gesetzt hatte. »Hat Jessica die schon verteilt?«

»Das darfst du mich nicht fragen. Das war nicht meine Baustelle.« Helmut warf die Arme in die Höhe, und ich sah die Schweißränder in seinen Achseln. Nein, beim besten Willen. Mit so einem Kerl würde Mutter nicht ins Bett gehen. Im Großen und Ganzen wirkte Helmut mit seiner glatt rasierten Gesichtshaut und dem sauber gescheitelten Haar nicht ungepflegt. Aber seine Fassade offenbarte nach und nach kleine Risse, die mir nicht entgingen.

Irgendwie schaffte ich es doch, das Gespräch für die nächsten Minuten auszublenden und meinen Auflauf in Ruhe aufzuessen. Ich stellte den Teller anschließend in die Spüle und war drauf und dran, in mein Zimmer zu gehen und meine Sachen zu packen.

»Bleibst du heute Nacht?« Im ersten Moment glaubte ich, Mutter hätte Helmut gemeint. Dann realisierte ich erleichtert, dass sie mich meinte.

»So war's geplant. Die Anschlüsse sind ab zehn Uhr echt mies.« Der Gedanke daran drückte meine Laune weiter nach unten.

»Gut, dann hast du ja noch Zeit. Setz dich doch zu uns.« Hatte Mutter bereits getrunken?

Ich setzte mich neben sie. Möglichst auf Abstand zu Mister Achselschweiß. »Habt ihr hier so eine Art Vorstandssitzung?«, fragte ich.

»Helmut ist unser Kreativpart in der Organisation«, erklärte Mutter. »Er entwickelt neue Konzepte, um bestimmte Themen an die Öffentlichkeit zu bringen und später bei den Politikern durchzusetzen.«

Vielleicht erklärte das sein Äußeres? Kreative liefen immer anders herum als der Durchschnitt.

»Helmut weiß meine Ratschläge zu schätzen«, fuhr Mutter fort. »Meine Erfahrung als Verwaltungsbeamte holt ihn wieder auf den Boden der Tatsachen zurück. Sie schärft den Blick für die Dinge.«

Helmut grinste und drückte den Stummel seiner Zigarette in den Aschenbecher. Seine Fingerspitzen waren gelb. »Ich denke einfach, wir beide sind ein gutes Team«, ergänzte er. »Ich habe gehört ihr plant, die nächste Strandsegel-EM wieder hier in Ording zu veranstalten?«, wandte er sich an mich. Seine Miene war lauernd, sein Sympathiewert lag jetzt endgültig bei null.

»So ist es geplant, und ich denke, dass wir auch bald das Okay bekommen werden«, sagte ich, ohne mit der Wimper zu zucken.

»Vielleicht sollten wir das jetzt nicht thematisieren«, hakte meine Mutter ein und griff nach der beinahe vergessenen Zigarette. »Bjarne kennt meine Einstellung zu diesem Sport.«

»Die kenne ich, und sie ist vollkommen überzogen.«

»Inwiefern überzogen?« Helmut kniff die Augen zusammen.

»Strandsegeln ist ein sauberer Sport. Nichts, was die Umwelt in erheblichem Maße beeinträchtigt.«

»Und das ist eben nicht so«, legte Helmut nach. »Genau das Gleiche sagen die Skifahrer in den Alpen auch. Auch ihr hinterlasst Öl, Schmutz und vor allem eine ganze Menge zermahlener Organismen.«

»Blödsinn!« Warum hatte Mutter mir das angetan? Ich war in Frieden gekommen, und nun saß ich in einer Diskussion, die ich niemals wieder hatte führen wollen.

»Lassen Sie mich mit ihrem Gefasel bloß in Ruhe. Sie gehören doch auch zu den Typen, die überall, wo andere Leute Spaß haben, mit dem ›Dagegen‹-Schild herumlaufen. Vielleicht sollten Sie auch Sport treiben und weniger an ihren Glimmstängeln nuckeln.« Ich stand auf und warf Helmut einen bösen Blick zu.

Er zündete sich eine neue Zigarette an und schaute zu meiner Mutter. »Du hast mir gar nicht erzählt, dass er so schnell an die Decke geht.«

»Lass es einfach …« Meine Mutter warf ihm einen vielsagenden Blick zu.

Bevor ich den Raum verließ sagte ich: »Was hat sie Ihnen denn sonst noch so über unsere Familie erzählt?«

»Bjarne!« Jetzt war auch meine Mutter aufgestanden.

Ich antwortete, indem ich die Tür meines Zimmers zuschlug. Noch war alles so, wie ich es verlassen hatte, aber das würde sich bald ändern. Ich war das leidige Thema satt. So satt! Im Grunde genommen war es nur etwas Vorgeschobenes, um den wahren Problemen unserer Familie eine Plattform bieten zu können. Was Vater wohl sagen würde, wenn er von Helmuts Besuch wüsste? Vielleicht sollte ich ihm einen Tipp geben. Helmut hätte dann sicher nicht mehr viel zu lachen.

Vorsichtig hängte ich die Poster und Wimpel von den Strandseglern ab, rollte sie zusammen und steckte sie vorsichtig in meinen Rucksack. Ich hätte die paar Teile, die in meinen Rucksack passten, ohne Probleme auch später holen können, aber ich war ja auch wegen meiner Mutter gekommen. Umso wütender machte mich die ganze Situation. Am liebsten hätte ich Helmut mit seiner Lederjacke vom Balkon geschmissen. Doch wie es aussah, war er nur ein Waschlappen. Da lohnte der Stress nicht.

Kassetten, ein paar Bücher und Klamotten passten noch in den Rucksack, dann ließ ich mich auf das Bett fallen und dachte nach. Kurz darauf klopfte es an der Tür. »Nein, jetzt nicht!«, rief ich. Natürlich kam sie angekrochen, um zu retten, was noch zu retten war. Ich glaubte immer weniger, dass noch viel zu retten war. Meine Mutter hatte mich in ihre Midlife-Crisis hineingezogen und versuchte sich nun an Schadensbegrenzung.

Sie klopfte nicht noch einmal, und ich vernahm nur noch die gedämpften Stimmen aus dem Wohnzimmer. Ich kramte in meinem Rucksack und holte ein Mixtape hervor, das ich in meine alte, verstaubte Stereoanlage schob. Die Musik lenkte mich ab, und ich musste ihre Stimmen nicht mehr hören.

Irgendwann schrak ich hoch und stellte fest, dass ich eingenickt war. Ein Blick auf meine Uhr zeigte mir, dass es bereits dreiundzwanzig Uhr war. Das Tape war zu Ende. Die Stimmen aus dem Wohnzimmer hörte ich noch immer. Inzwischen sogar lauter. Also war Helmut noch da. Ich stand auf und schlich zur Tür. Im Wohnzimmer war niemand zu sehen. Also wagte ich mich nach draußen. Der Rauch hatte sich etwas verflüchtigt, und ich hörte Stimmen vom Balkon. Als ich ins Wohnzimmer ging, sah ich meine Mutter und Helmut lachend am Geländer lehnen. Sie hielten beide eine Bierflasche in der Hand und nahmen keine Notiz von mir.

Auf dem Wohnzimmertisch lag Helmuts geöffnete Kladde. Eigentlich interessierte mich der Inhalt nicht, doch mir fielen Fotos von Strandseglern ins Auge. Bei näherem Hinsehen erkannte ich Baupläne, Fotografien von Rennen und Bilder einzelner Fahrer. Was genau hatte Helmut damit vor? Vielleicht sollte ich meine Mutter zur Rede stellen. Als ich jedoch noch einmal zum

Balkon blickte, wo sie gerade einen tiefen Schluck aus ihrer Flasche nahm, wurde mir klar, dass sie am heutigen Abend zu keinem normalen Gespräch mehr fähig sein würde. Es war wohl auch nicht verwunderlich, dass solche Dinge in Helmuts Kladde existierten. Schließlich boykottierten sie meinen Sport.

Einen Moment lang zögerte ich, dann ging ich in den Flur, zog meine Jacke über, löschte das Licht in meinem Zimmer, nahm meinen Rucksack und zog die Wohnungstür leise hinter mir zu.

Die Nacht verbrachte ich in der Bahnhofsmission, und Toni staunte nicht schlecht, als ich sie gegen ein Uhr nachts aus dem Schlaf klingelte. Es tat so unendlich gut ihre Stimme zu hören. Obwohl wir uns noch kaum kannten, hörte sie zu, als ich sprach. Sie lauschte meinen Worten, als wäre es das Normalste von der Welt, dass ich sie um diese Uhrzeit anrief und sie mit meinen Problemen belastete.

Da wusste ich endgültig, dass sie die Richtige war.

Die Zauberlinie

Sommer 1984, Heide, Nordfriesland

Diesmal war die Orientierung sofort da. Ich wusste, wo ich mich befand. Das sterile Zimmer, die Geräuschlosigkeit. Ich war wieder an diesem seltsamen Ort. Ich sehnte mich nach meinem Traum, aus dem ich gerade erwacht war. Auch wenn der Traum mich an eines dieser Hörspiele erinnerte, die ich als kleiner Junge zum Einschlafen gehört hatte. Man lag im Bett, hatte die Augen geschlossen und lauschte der Stimme des Erzählers. Die Bilder zu der Geschichte entstanden im Kopf. Nach und nach wurden die Dinge lebendig.

Genauso war es in meinem Traum gewesen.

Ich hatte Stimmen gehört. Bekannte Stimmen. Vertraute Stimmen. Erst eine, dann mehrere. Doch ich konnte niemanden sehen. An eine Stimme jedoch erinnerte ich mich genau: an die von Toni. Es gab gar keinen Zweifel. Sie war da gewesen.

Die Erinnerungen an sie überwältigten mich. Ich wollte ihr antworten. Aufstehen. Sie in die Arme schließen. Doch ich war dazu verdammt, dem Geschehen teilnahmslos beizuwohnen. Ich konnte mich kaum noch an ihre Worte erinnern. Sie hatte definitiv zu mir gesprochen und ich hatte ihr zugehört.

Ich setzte mich auf und steckte die Füße in meine Pantoffeln. Den Blick aus dem Fenster sparte ich mir. Es erinnerte mich an die amerikanischen Sitcoms, die im Studio abgedreht wurden. Die Fenster waren immer mit der gleichen Schönwetterfolie beklebt. Nur fühlte ich mich keineswegs wie ein Schauspieler in einer Sitcom.

Dass ich nach dem Aufstehen nicht pinkeln musste, war zwischenzeitlich bis in mein Unterbewusstsein gesickert. Durst verspürte ich keinen. Ich lief zum Waschbecken und drehte den Hahn auf. Nichts geschah. Kein Wasser. Warum sollte auch Wasser fließen, wenn schon kein Strom für mich floss? Vielleicht ging es bei Jochen.

Ich schlurfte über die leeren Gänge und schleppte mich durch das Treppenhaus, bis ich vor seiner Tür stand. Nachdem ich geklopft hatte und nichts zu hören war, öffnete ich vorsichtig.

»Sie sind ein gemeiner Hund!«, hörte ich Jochen sagen.

»Ich spiele nach den Regeln.« Das war Heinz' Stimme.

»Ich trau Ihnen nicht, Heinz.«

Jochen saß auf seinem Bett, und Heinz hockte auf einem Stuhl daneben. Sie spielten Backgammon.

»Bjarne.« Jochen schien sich zu freuen, mich zu sehen.

»Hallo«, murmelte Heinz und schien voll und ganz auf das Spiel konzentriert. Sein Kopf war noch röter als bei unserem ersten Treffen.

»Störe ich?«

»Keineswegs«, sagte Jochen und warf die Würfel. »Kennst du Backgammon?«

»Nie wirklich gespielt«, antwortete ich.

»Sie sind dran!« Heinz klang ungeduldig.

Jochen machte seinen Zug, indem er die runden Steine bewegte. »Du hattest Kontakt.«

Ich war verwirrt. »Meinst du mich?«

»Woher kennen Sie den Jungen?« Hatte Heinz nur schlechte Laune, oder war er immer so ein Miesepeter, fragte ich mich?

»Weil ich ihn duze?« Jochen sah Heinz herausfordernd an. »Sie wollten das nicht. Wahrscheinlich eine alte Berufskrankheit.«

»Sie sind dran.« Heinz ging nicht darauf ein.

»Schon gut.« Jochen würfelte erneut und sprach, während er überlegte. »Ja, ich meinte dich. Ich sehe es dir an. Du siehst glücklicher aus, als an den ersten beiden Tagen. Wer war es?«

»Ich hatte einen Traum«, sagte ich. »Meine Freundin hat mit mir gesprochen. Aber ich konnte nur ihre Stimme hören. Ich habe sie nicht gesehen.«

Heinz sah mich an, als hätte ich etwas Unanständiges erzählt. In diesem Augenblick war er mir äußerst unsympathisch.

»Es ist gut, dass du *geträumt* hast.« Jochen betonte das Wort auf eigenartige Weise. »Bei manchen dauert es viel länger, und wieder andere träumen nie.« Er sah Heinz herausfordernd an.

»Was meintest du mit Kontakt?«

»Du kennst die Antwort. Du traust dich nur nicht, sie auszusprechen«, gab Jochen zurück, während er Heinz' Zug beobachtete. Es störte mich plötzlich, dass dieser Heinz zwischen uns saß und einerseits teilnahmslos war, andererseits alles mit anhören konnte.

»Wenn du schläfst, bist du deinem Körper ganz nahe. Das ist wichtig, damit du die Bindung nicht verlierst. Das ist wie bei dem Walkman meines Patenkindes. Der muss abends auch zurück an die Steckdose, um die Akkus aufzuladen.« Jochen schnalzte mit der Zunge. Wahrscheinlich war er stolz, dass er ein so modernes Gerät überhaupt beim Namen nennen konnte. »Manche von uns haben das Glück, dass sie im Schlaf Kontakt zur Außenwelt haben. Hören, fühlen und manchmal auch riechen. Es ist, als würdest du blinde Kuh spielen.« Jochen blickte vom Spiel auf und suchte meinen Blick. »Verstehst du?«

»Ich denke schon«, sagte ich und setzte mich. War Toni wirklich an meinem Krankenbett gewesen und hatte zu mir gesprochen? Bei dem Gedanken bekam ich eine Gänsehaut.

Heinz räusperte sich. »Soll ich später wiederkommen? Wir müssen die Partie nicht jetzt zu Ende spielen.«

Jochen kniff die Augenbrauen zusammen. »Hatten *Sie* schon Kontakt?«

Heinz sah Jochen herablassend an. »Wie meinen Sie das?«

»Ach, kommen Sie. Wen gibt es in Ihrem Leben? Irgendjemand wird doch auch an Ihrem Bett stehen.« Jochen gefiel es offensichtlich, Heinz aus der Reserve zu locken.

»Vielleicht war meine Frau ein- oder zweimal da.« Heinz warf die Würfel, er hatte jedoch zu fest geworfen, und ein Würfel rollte unter das Bett. Er stand auf und begann unter dem Bett nach ihm zu suchen. Jochen bedachte mich mit einem eigenartigen Blick, und ich ahnte, dass auch er Heinz' Gesellschaft nur wegen des Spiels duldete.

»Ich hab ihn.« Heinz' Stimme klang dumpf unter dem Bett hervor.

»Stoßen Sie sich nicht den Kopf«, sagte Jochen und grinste.

Heinz Kopf war noch ein Stück röter geworden, als er wieder auftauchte. »Ich werde jetzt zurück in mein Zimmer gehen.«

»Haben Sie Kinder?«, fragte Jochen unvermittelt.

Heinz zögerte einen Augenblick, dann fing er sich wieder und antwortete: »Wissen Sie, Jochen, ich mochte Ihre wortkarge Seite lieber.«

»Haben Sie?« Jochen war unnachgiebig.

»Ja, habe ich!« Heinz klang gereizt.

Jetzt blickte Jochen ihn beinahe mitleidig an. »Und Sie haben keinen Kontakt? Ich meine im eigentlichen Sinn«, ergänzte Jochen.

»Das Verhältnis zu meinem Sohn ist nicht das Beste«, gab Heinz zurück und nestelte an einer unsichtbaren Krawatte. »Belassen wir es dabei.«

Jochen schien nachzudenken. »Es geht mich ja nichts an, aber ich denke, Ihre Karriere ist Ihnen sehr wichtig.«

»Ich bin gut in meinem Job und erfolgreich.« Es klang trotzig, wie Heinz es vorbrachte.

»Ihr Sohn wird das jedoch nicht sehen. Er misst Sie nicht an der Menge des Geldes, die Sie nach Hause bringen. Er misst Sie an den Dingen, die einen Vater ausmachen: lieben, Vorbild sein und Spielkamerad.«

Heinz hatte die Tür erreicht, wandte sich aber noch einmal um. »Haben *Sie* Kinder?« Sein Finger zeigte bedrohlich in Jochens Richtung

»Nein, leider nicht«, gestand Jochen. »Meine Frau konnte keine bekommen.«

»Hah! Und Sie wollen mir etwas von Kindererziehung erzählen?«

»Vielleicht sollte ich auch gehen.« Ich erhob mich von meinem Stuhl.

»Bleib!«, sagte Jochen barsch.

»Ja, bleiben Sie«, sagte Heinz. »Sie scheinen besser mit diesem alten Sturkopf klarzukommen.«

»Jetzt werden Sie beleidigend.« Jochen schlug die Decke zur Seite und schickte sich an, in seinen Rollstuhl zu steigen, blieb dann aber auf der Bettkante sitzen. »Was verdienen Sie? 150.000? Sie sind eingebildet und egoistisch. Kein Wunder, dass Sie nicht träumen.«

»Wer beleidigt hier wen?«, wollte Heinz wissen. »Und warum sollte ich Ihnen auf die Nase binden, was ich verdiene? In jedem Fall genug, um meinem Sohn und meiner Frau ein luxuriöses Leben zu bieten.«

»Und Sie meinen, das reicht?«

»Durchaus.«

»Ich gehe jetzt wirklich«, sagte ich.

»Du bleibst! Ich möchte dir noch etwas zeigen.« Jochen ließ sich mühsam in seinen Rollstuhl gleiten.

»Sie wissen nichts über mich oder mein Leben, und so soll es auch bleiben!« Heinz drehte sich um und ging zur Tür.

»Ich weiß, dass Sie einsam sterben werden.« Jochen musste tief Luft holen. »Hier oder an irgendeinem anderen verfluchten Ort.« Er fing an, sich ernsthaft aufzuregen.

»Sie sind ein alter, bemitleidenswerter Mann.« Heinz wandte sich ein letztes Mal um. »Jeder von uns stirbt einsam. Auch Sie. Ganz bestimmt.« Heinz schloss die Zimmertür mit einem lauten Knall.

»Es tut mir leid«, sagte ich.

»Warum?« Jochen saß zusammengesunken in seinem Stuhl.

»Wegen mir ist die Diskussion überhaupt erst ins Rollen gekommen.«

»Blödsinn! Ich wollte ihn schon immer fragen.« Jochen legte die langen Arme auf die Räder des Stuhls. »Ich werde dir wohl Backgammon beibringen müssen.«

Ich lächelte und trat hinter ihn. »Was wolltest du mir zeigen?«

»Wir machen einen kleinen Spaziergang.«

Ich seufzte. Der alte Mann war immer so geheimnisvoll.

Als wir auf dem Gang waren und in die Richtung liefen, in die das Schild *Aufenthaltsräume* wies, fragte ich: »Was genau ist eigentlich Heinz' Problem?«

»Wie meinst du das?«, fragte Jochen.

»Er wirkt so ... verstört.«

»Alle Karrierefuzzies sind verstört. Aber hier kommen wir alle auf den Boden der Tatsachen zurück.«

»Jochen, darf ich dich etwas Persönliches fragen?«

»Nur zu!«

»Du sagtest, du seist sehr krank und nur die Tabletten würden dich noch am Leben halten. Warum bist du dann noch hier?« Ich machte eine kleine Pause, um die richtigen Worte zu finden. »Ich meine, welchen Sinn macht das?«

»Du meinst, warum ich nicht längst in der Kiste liege.« Jochen blieb unbeeindruckt.

»So würde ich es nicht ausdrücken. Doch so ähnlich.«

»Weißt du, es gibt Dinge im Leben, über die möchte man sich keine Gedanken machen. Und dann ist plötzlich der Moment gekommen, da bereut man es schwer, dass man nicht früher daran gedacht hat. Stopp! Wir nehmen den Aufzug.«

Ich hielt vor dem Aufzug, und Jochen betätigte den Knopf.

»Wieso fließt kein Wasser im Krankenhaus? « fragte ich unvermittelt.

Jochen schaute mich verdutzt an. »Interessante Frage. Meine Theorie ist, dass es hier nichts Organisches gibt. Sogar wir sind nicht wirklich organisch.« Er hob die Augenbrauen und fügte leise und geheimnisvoll hinzu: »Eher so eine Art Geist.«

Ich nickte stumm und wir warteten auf den Aufzug. Dann fuhren wir Richtung Erdgeschoss.

»Ich würde gerne gehen, ich darf jedoch nicht«, sagte er leise.

Ich stand neben ihm, verstand aber nicht, was er meinte. »Wieso?«

»Ich habe keine Patientenverfügung, und jetzt sind diese dämlichen Ärzte verpflichtet, meinen kaputten Körper tagein, tagaus weiter am Leben zu halten.«

»Selbst Geister scheinen nicht allmächtig zu sein«, murmelte ich, lauter wandte ich mich wieder an Jochen: »Finden sich alle Komapatienten hier wieder?«

»Nicht alle«, erklärte Jochen. »Ein paar schaffen es nicht hierher.«

»Das wusste ich nicht.«

»Hier drinnen gibt es eigene Regeln und Gesetze. Wenn du so lange hier bist wie ich, wirst du das alles lernen.« Der Aufzug hielt mit einem Ruck. »Aber ich hoffe für dich, dass dein Aufenthalt nur von kurzer Dauer ist. Im positiven Sinne meine ich.«

»Wir sind im Eingangsbereich«, stellte ich fest.

»Und genau hier wollten wir hin«, antwortete Jochen. »Fahr mich bis zur Pforte.«

Ich tat, was Jochen wünschte, und mir fiel wieder das flackernde Licht der Straßenlaternen jenseits des Krankenhauses auf. Es war jedoch auch jetzt niemand zu sehen. Ich sah keine Menschen. Kein Leben da draußen. Es war nur heller erleuchtet.

»Warum ist immer Nacht, wenn ich wach bin?«

Jochen hatte die Hände im Schoß gefaltet und blickte mit einem seltsamen Blick über die Auffahrt des Krankenhauses. »Ich komme häufig hierher. Und immer wieder habe ich die gleiche Angst.«

»Angst? Wovor?«

»Es ist keine Nacht.« Jochen schien meine letzte Frage überhört zu haben. »Du assoziierst es mit Nacht. Aber es ist etwas ... anderes.«

»In meiner ersten Nacht wolltest du nicht, dass ich das Krankenhaus verlasse. Was erwartet mich da draußen?«

Jochen drehte seinen Rollstuhl, sodass er mich direkt ansehen konnte. »Als ich klein war, haben wir viel auf der Straße gespielt. Es war keine schöne Zeit. Der Erste Weltkrieg hatte seine Spuren hinterlassen, und das Geld war immer knapp. Spielzeug gab es keines, und die Spanische Grippe forderte ihre Opfer. Aber wir waren Kinder, und die Welt war ein Ort voller Abenteuer und Entdeckungen.« Jochen zuckte gedankenverloren mit den Schultern. »Eine blühende Fantasie war unser bester Gefährte. In den Sommermonaten waren wir nach der Schule den ganzen Tag draußen. Dann spielten wir am liebsten Räuber und Gendarm. Es gab einen Bereich, in den alle gefangenen Räuber gebracht wurden. Dort durfte niemand hinaus oder hinein. Wenn innerhalb von zwanzig Minuten nicht alle Räuber gefangen waren, durfte jede weitere Minute ein Räuber das Gefängnis wieder verlassen. Natürlich hatte keiner von uns eine Uhr, wir hatten jedoch eine genaue Vorstellung davon, wie lang eine Minute zu sein hatte. Wir zogen also eine Linie um diesen Bereich und nannten sie die *Zauberlinie*.« Jochen räusperte sich und zeigte auf die erste Reihe der Laternen. »Dort entlang zieht sich die *Zauberlinie*.«

Zunächst dachte ich, Jochen verlöre sich in den Erinnerungen seiner Kindheit.

»Diese Linie darfst du nicht übertreten«, erklärte er. »Ich nenne sie nicht umsonst *Zauberlinie*. Denn in unserem Spiel bedeutete das Übertreten der Linie, dass der Räuber sofort tot umfallen musste.«

»Du meinst ...«

»Ich meine, dass das Übertreten dieser Linie zu deinem Tod führt. Und das hier ist kein Spiel.«

»Was ist da draußen wirklich?« Ich wollte es wissen, bekam es jedoch gleichzeitig mit der Angst zu tun.

»Da draußen ist die Grenze. Wenn du sie übertrittst, entfernt sich dein Geist zu weit von deinem Körper, und das führt im realen Leben unausweichlich zu deinem Tod.«

»Also ist das alles hier nur eine Art Zwischenwelt?«

»Wenn du es so nennen willst, ja.« Jochen nickte.

»Deswegen hast du mich also so energisch aufgehalten.« Ich dachte an den kleinen Robert. »Und Robert will die Linie übertreten?«, fragte ich.

»Ja, er ist zu klein für das hier. Er versteht es nicht. Aber er darf nicht gehen. Er verdient mehr als wir alle eine zweite Chance, in sein Leben zurückzukehren.«

Ich blickte auf die verlassene Straße, die keine gewöhnliche Straße war, wie ich soeben gelernt hatte. Jochen war seit mehr als zwei Jahren hier. Für ihn war dies hier nichts anderes als eine Art Gefängnis. Wir waren alle in unserem Körper gefangen, die meisten hatten jedoch eine Chance, diesen Ort zu verlassen und die Kontrolle über ihr Leben zurückzuerlangen.

Jochen war alt und des Lebens überdrüssig. Er müsste nicht hier sein.

»Wovor hast du Angst, Jochen?«

Jochen starrte durch die milchigen Scheiben nach draußen. Stille umgab uns, und ich musste an Toni denken, als ich Jochens Blick folgte. Wo sie im Augenblick wohl war? Vielleicht war sie wieder im Krankenhaus und saß vor meiner leeren Hülle. Ich vermisste sie so sehr.

»Ich kann nicht loslassen«, Jochen riss mich mit seiner rauen Stimme aus meinen Gedanken. »Es ist so unendlich schwer. Auch wenn mein Leben vorbei ist. Das Schicksal hat mich um ein paar letzte Monate mit meiner Frau betrogen. Ich sollte gehen, ich weiß. Es wären nur ein paar Meter. Diese Tür öffnen, dem Stuhl einen Schubs geben, und es wäre vorbei. Aber ich kann nicht.« Jochen senkte den Blick. Seine schmalen, knochigen Schultern zitterten, und ich sah, wie er sich mit unruhigen Händen Tränen aus dem Gesicht wischte. »Ich bin ein solcher Feigling.« Er blickte mich mit geröteten Augen an. »Anfangs hatte ich gehofft, Marie noch einmal zu sehen. Ihr noch einmal in die Augen zu schauen und Lebewohl sagen zu können. Doch auch als ich die Hoffnung auf ein Erwachen verloren hatte, habe ich es nicht fertiggebracht. Jetzt bin ich hier, starre jeden Tag auf diese verdammte Linie und warte darauf, dass diese vermaledeiten Maschinen es drangeben, meinen alten Körper am Leben zu halten.« Jochen fasste sich mit der Hand an seine kahle, fleckige Stirn. »Möge Gott Erbarmen haben und mich bald zu sich holen.« Seine Stimme wurde leiser. »Verzeih' mir, Marie ...«

Ne mohotatse

Mai 1983, Kiel

»Danke!«

»Morgens um sieben seid ihr raus, okay?« Martins Stimme summte in der Lautsprechermuschel meines alten Apparats.

»Wie versprochen«, sagte ich. »Du hast Wort gehalten, also werde ich auch Wort halten. Wir kommen morgen Abend um sieben. Wie verabredet!«

»Hau rein!« Ich hörte das Klicken, als Martin auflegte.

Es sah mehr als chaotisch in meiner kleinen Bude aus, und ich seufzte, als ich auf die Uhr schaute. Keine zwei Stunden Zeit, dann den Rest des Tages Vorlesung. Toni würde ich erst morgen wiedersehen. Und es gab nicht einen Moment seit letzter Woche, an dem ich mich nicht auf diesen Tag freute.

Ich hatte Toni gebeten, mich nicht mehr auf den Besuch bei meiner Mutter anzusprechen. Ich hatte ihr in jener Nacht von meinen schwierigen Familienverhältnissen erzählt, die Beziehung zu meinen Eltern hatte in diesem Teil meines Lebens jedoch nichts verloren. Toni würde anfangen Fragen zu stellen. Erklärungen suchen und versuchen Lösungen zu finden, wo keine waren. So wie Frauen eben waren. Aber ich war nicht bereit für Antworten und schon lange nicht für Erklärungen.

Als ich am Tag darauf zurück nach Kiel gefahren war, hatte ich den Besuch zunächst für komplett überflüssig gehalten, doch dann musste ich wieder an den Komiker Helmut denken. Sein selbstsicheres, arrogantes Auftreten und die Art und Weise, wie er sich an meine Mutter heranschmiss. Er hatte mir gezeigt, wie sehr sich meine Mutter verändert hatte. Das ganze Ausmaß der Midlife-Crisis und Selbstverachtung. Es widerstrebte mir, sie als hoffnungslosen Fall zu betrachten. Ich war mir sicher, dass der Umzug nach Kiel die beste Entscheidung gewesen war, die ich treffen konnte. Ich brauchte Abstand. Im Augenblick sah ich keine Möglichkeit, in ihr Leben einzugreifen und größeren Schaden abzuwenden. Sie musste selbst aus diesem Schlamassel herausfinden. Was meinen Vater betraf, er führte ein Leben in einer Parallelwelt. Einer Welt, die in keinster Weise mit der meiner Mutter verbunden war. Aber beide Welten konnten nicht voneinander gelöst existieren. Das war die bittere Realität.

Meine Bude war ein einziger Saustall. Mit der Wäsche hing ich hoffnungslos hinterher, und die kleine Küchenzeile hatte schon länger keinen Küchenschwamm mehr gesehen. Tassen und Teller standen ungespült herum. Wenn Toni mich morgen Nachmittag abholte, durfte nichts mehr zu sehen sein. Ich war bisher nur bei ihr gewesen und hatte es zunächst verstanden, sie davon abzubringen, zu mir zu kommen. Nun aber war der Moment gekommen, an dem ich ihr meine Wohnung nicht mehr vorenthalten konnte. Wichtig war, ein System in die Dinge zu bringen. In zwei Wochen trat ich meinen Job im Marktforschungsinstitut an, und dann würde ich noch weniger Freizeit haben.

Ich brauchte über eine Stunde für die Wäsche und weitere dreißig Minuten für den Abwasch. Anschließend ließ ich meinen Blick durch den Raum schweifen und war einigermaßen zufrieden. Toni konnte kommen.

Die Vorlesungen an diesem Tag zogen sich wie Kaugummi. Daran änderten auch Andrés leidenschaftliche

Ausführungen über das Motorradfahren nichts. André besuchte fast die gleichen Vorlesungen wie ich. Er erinnerte mich an Martin. Was einerseits gut war, weil es mir ein Gefühl der Vertrautheit gab. Andererseits war es anstrengend, weil Typen wie Martin oder André ruhelos waren und ihr Tag achtundvierzig Stunden hatte.

Wenn ich André vom Strandsegeln erzählte, hörte er zunächst aufmerksam zu, nur um mir anschließend zu erklären, dass etwas Entscheidendes an den Seglern fehlte: der Motor.

Andrés Fingerspitzen waren von diesem unverkennbaren dunklen Ton, den das Motorenöl mit der Zeit verursachte. Auf seinen rechten Unterarm hatte er sich einen Kolben mit Gesicht tätowieren lassen, und ich fand es ausgesprochen ungewöhnlich, so einen Typen in meinem Studiengang anzutreffen.

Irgendwie brachte ich den Tag hinter mich, und als ich am nächsten Tag erwachte, spürte ich dieses erwartungsvolle Kribbeln in meinem Bauch. Ich wollte es auf keinen Fall vermasseln.

Punkt vier klingelte es an meiner Tür, und einer der schönsten Tage meines Lebens begann.

»Wo hast du sie versteckt?«, fragte Toni, nachdem sie mir einen leidenschaftlichen Kuss gegeben und sich auf meine kleine Couch fallen gelassen hatte.

»Wovon sprichst du?« Ich schenkte ihr ein Glas Wasser ein.

»Na, von den Postern, den schmuddeligen Zeitschriften und den Videos.« Sie grinste mich an.

»Ach, du meinst also, eine Männerwohnung ist zwangsläufig mit solchen Dingen angefüllt?«

»Sag du es mir. Schließlich durfte ich noch nie hierherkommen. Wenn ich mich umsehe, riecht das verdammt nach einer gründlichen Aufräumarbeit, die dich sicherlich einen halben Tag gekostet hat.«

Ich setzte mich neben sie und betrachtete ihr hübsches Gesicht. »Du hast mich absolut durchschaut. Also, womit fangen wir an: mit den Zeitschriften oder mit den Videos?«

»Am besten hiermit.« Toni beugte sich vor und zog mich zu sich heran. Sie konnte so unendlich gut küssen, dass mir Hören und Sehen verging. Nach einer Ewigkeit lösten wir uns voneinander. »Wann fährt der Zug?«, fragte sie.

»In einer Stunde.«

»Und du willst mir immer noch nicht verraten, wohin wir fahren?«

»Das wirst du spätestens am Bahnhof erfahren. Ansonsten müsste ich dir den ganzen Weg über die Augen verbinden. Aber wo es genau hingeht, bleibt bis zum Schluss mein Geheimnis.«

Sie boxte mich leicht in den Bauch. »Du Schuft!«

»Ich packe noch schnell ein paar Sachen ein, und dann geht's los.« Ich zwinkerte ihr zu und warf ein paar Klamotten aus meinem Schrank in die ausgebeulte Nike-Tasche.

Um Punkt 17:01 Uhr fuhren wir in Richtung Husum. Es fühlte sich gut an, nach Hause zu fahren, ohne die Angst im Nacken sitzen zu haben, wie sich der Besuch entwickeln würde. Denn ich hatte nicht vor, in Sankt Peter-Ording vorbeizuschauen.

Toni lächelte die meiste Zeit während der Fahrt, und ich sah ihr an, dass sie sich darauf freute, mit mir gemeinsam zu dem Ort zu fahren, an dem mein Herz wohnte. Ich saß neben ihr und hielt ihre Hand. Am liebsten hätte ich sie nie wieder losgelassen. Kurz vor Husum legte sie ihren Kopf an meine Schulter und schlief ein. Ich hörte ihren gleichmäßigen Atem und atmete ihren Duft ein. Erst als der Zug vollkommen zum Stillstand gekommen war, küsste ich sie wach. »Aufwachen, Schlafmütze. Wir müssen umsteigen.« Sie rieb sich die Augen, und als wir im Eilzug nach Sankt Peter-Ording saßen, redete sie so viel, dass sie unmöglich noch einmal einschlafen konnte.

In Ording angekommen hatte ich doch ein mulmiges Gefühl im Magen. Ich wollte meinen Eltern unter keinen Umständen begegnen. Das laute Hupen von Martins altem Käfer riss mich aus meinen Gedanken.

»Das ist Martin. Martin, das ist Toni.« Ich warf unsere Rucksäcke in den kleinen Kofferraum, der sich vorn unter der Haube versteckte. »Nur angucken. Nicht anfassen.« Ich sah Martin an, dass er positiv überrascht war. Er nutzte den Moment, als Toni nach hinten auf die Rückbank kletterte, und reckte einen Daumen nach oben.

»Ich fahre euch jetzt in den entlegensten Winkel Deutschlands«, erklärte Martin, als wir alle im Wagen saßen. »Hier sagen sich Hase und Igel gute Nacht.«

»Hört sich spannend an«, sagte Toni. »Sollte ich Angst haben, dass ihr zwei mich entführt?«

Ich drehte mich zu ihr um. »Du denkst viel zu schlecht von uns Männern.« Dann klopfte ich Martin auf die Schulter. »Beinahe hätte sie meine Pornosammlung entdeckt, doch mein Versteck war einfach zu gut.«

Toni verschränkte die Arme vor der Brust, lächelte und blickte aus dem Fenster.

»Hör nicht auf ihn«, sagte Martin, ohne den Blick von der Straße zu nehmen. »Der Typ ist ein Freak. Obwohl ich sagen muss, auch einer der besten Strandsegler Deutschlands.«

»Danke auch«, sagte ich. »Nur den Freak nimmst du zurück!«

Martin zog das Steuer nach links und schlitterte gefährlich nahe an einem schilfbewachsenen Siel vorbei. Toni kreischte auf.

»Du Penner!« Ich lachte, und Toni stimmte ein.

»Was denn?«, fragte Martin und verzog keine Miene. »Dudu braucht Bewegung.«

»Dudu? Ist das nicht dieser Käfer, der wie ein Mensch reagiert?«, fragte Toni.

Martin schnippte mit dem Finger. »Mensch, die Frau kennt sich aus. Bist aber auch ein Glückspilz Bendixen!«

Einen Augenblick lang blieb es still in dem alten Käfer, und man hörte nur das laute Rasseln des Boxermotors unter der Haube. »Wusstet ihr, dass Dudu Swahili ist und Käfer bedeutet?« Martin schaltete das Radio ein.

»Nein, ich dachte immer, das wäre ein Kosename«, sagte Toni.»Auf jeden Fall habe ich das damals mit meinen Brüdern geschaut. Ich glaube ich war neun, als der erste Teil im Kino lief.«

»Ich hab's auch gerne gesehen«, sagte Martin. »Vor vier Jahren lief der letzte Teil. Der Hauptdarsteller mit seinem Cowboyhut war doch einmalig!«

»Hast du mir nie erzählt, dass du darauf standest«. Ich klopfte mit dem Zeigefinger auf das Armaturenbrett, suchte den Lautstärkeregler vom Radio und drehte »Maid of Orleans« von OMD lauter.

»Das war der Grund, mir einen Käfer zu kaufen. Nur im Winter bereue ich meine Entscheidung. Die Heizung fällt regelmäßig aus.«

»Alte Käferkrankheit«, warf Toni ein.

»Seit wann kennst du dich mit Autos aus?«, fragte ich erstaunt.

»Meine Brüder haben sich zu Hause fast täglich über Autos unterhalten. Du weißt vieles von mir noch nicht.« Toni legte eine Hand in meinen Nacken und streichelte mich sanft.

Wir fuhren über einen Deich, der für den Fall einer Flutwelle aufgeschüttet worden war und das sich hinter dem Hauptdeich zurückstauende Wasser aufhalten sollte. Der Motor des Käfers heulte auf, und ich drehte die Musik noch etwas lauter. Martin fing an mitzusingen. Toni und ich stimmten ein.

Dann passierten wir das Ortsschild *Westerhever*. Hinter dem Deich konnte man die Spitze des Leuchtturms erkennen. Es ging an Feldern und Wiesen vorbei. Durch das halb geöffnete Fenster strömte der Geruch der Siele herein. Die Grillen zirpten, und es wurde langsam warm in Martins Käfer. Es war bereits kurz vor halb acht, aber immer noch warm und sonnig. Martin fuhr bis an den Deich heran. Ein Gatter versperrte den Zufahrtsweg.

»Moment. Bin sofort wieder da.« Martin stieg aus, kramte in seiner Hosentasche und schloss das Gatter auf.

»Wow, was habt ihr vor?«, fragte Toni, als wir langsam über den Deich fuhren und eine Schafherde blökend zur Seite wich.

»Überraschung«, sagte ich knapp und lächelte.

Unterhalb der Kuppe breitete sich die ausgedehnte Salzwiesenlandschaft aus, in deren Zentrum der Leuchtturm prangte. Durch seine Rot-Weiß-Streifung war er weithin zu sehen. Gegen Abend waren nicht mehr viele Spaziergänger unterwegs, und wir konnten problemlos bis vor den Leuchtturm fahren. Martin parkte vor einem der beiden Häuschen, die daneben gebaut worden waren. »Da wären wir.«

Ich stieg aus und klappte für Toni den Sitz vor, dann reichte ich ihr die Hand. »Das sieht echt klasse aus. Ich war noch nie an einem Leuchtturm«, sagte sie.

»Morgen um sieben hole ich euch wieder ab«, sagte Martin. »Entschuldigt diese unchristliche Zeit, aber eigentlich dürftet ihr gar nicht hierbleiben, und wenn mein Chef das herausbekommt ...«

»Mach dir keine Sorgen«, beruhigte ich meinen Freund. »Wir sind pünktlich abfahrbereit und machen nichts kaputt.« Ich klopfte Martin auf die Schulter. »Dank dir!«

»Keine Ursache. Hab einen gut bei dir.«

»Wir verbringen die Nacht im Leuchtturm?«, fragte Toni und blickte zur Spitze hinauf.

»Ganz genau. Oder magst du lieber wieder fahren?«

Toni antwortete nicht. Sie riss den Kofferraum auf, holte ihren Rucksack hervor und drückte Martin einen Kuss auf die Wange. »Danke!«

»Viel Spaß!«, sagte Martin, warf mir meine Tasche zu, und eine Minute später sahen wir nur noch die Rücklichter seines Käfers.

»Warst du schon mal im Turm?«

»Einmal?« Ich lächelte. »Komm, wir bringen die Sachen hinein. Ich zeige dir später alles. Zuerst machen wir einen Spaziergang.«

Nachdem wir die Taschen im Eingangsbereich abgelegt und die Tür wieder abgeschlossen hatten, nahm ich Toni an die Hand, und wir gingen in Richtung Meer. Eine leichte Brise strich über uns hinweg, und wir wurden vom Kreischen einer Möwe begleitet.

»Gefällt es dir hier?« Toni hatte ihren Arm um meine Taille gelegt und ihren Kopf an meine Schulter gedrückt.

»Es ist wunderschön. Es war eine super Idee, mich hierherzubringen.« Sie schmiegte sich noch enger an mich.

Wir waren nahezu allein. Nur die Schafe und Vögel beobachteten uns, wie wir über die Salzwiese liefen und am Horizont die wabernde Kimmlinie ausmachten. Wir konnten nicht weit gehen, da die Flut im Anmarsch war und die Siele sich langsam füllten.

»Ich habe dort gelebt, wo andere ihren Urlaub verbringen«, erklärte ich. »Ein schönes Gefühl.«

»Und wo fährst du mit deinem Strandsegler?«

»Direkt am Ordinger Strand. Den zeige ich dir beim nächsten Mal.«

Wir liefen, bis wir das Watt erreichten und beobachten konnten, wie die Priele sich langsam zu einer großen spiegelnden Fläche verbanden und die letzten Flecken Sand einschlossen. Ich griff nach unten und angelte einen Taschenkrebs aus einer kleinen Pfütze. »Wahhh!«

Toni wich erschrocken vor den zappelnden Scheren des Schalentiers zurück. »Na warte!« Toni lachte.

Ich warf den Krebs zurück ins Wasser und rannte los. Toni folgte mir, und wir liefen am Rand der Salzwiese parallel zum Wasser. Irgendwann ließ ich mich fallen und rollte über den Boden. Toni war sofort über mir, und wir kullerten gemeinsam über die grüne Fläche. Dann blieben wir liegen, und ich strich ihr eine Strähne aus dem Gesicht. Sie schloss die Augen, und ich küsste sie zärtlich auf die Augenlider.

Während ich meine Arme um ihren Körper schlang, presste sie ihre Lippen auf meinen Mund, und ich roch ihren süßen Atem. Nach einem endlos langen Kuss setzte ich mich auf und beobachtete das Spiel der Gezeiten. Toni saß still neben mir. Ich suchte ihre Hand und nahm sie ganz fest in meine. In diesem Augenblick wusste ich, dass ich für immer mit Toni zusammenbleiben wollte, und mein Herz hüpfte freudig in meiner Brust auf und ab.

Ein paar Wolken schoben sich vor die Sonne, und das Wasser schwappte bereits über die Ränder der Salzwiese. »Wir sollten jetzt gehen«, erklärte ich. »Das Wasser ist schneller, als man glaubt. Es gab schon Spaziergänger, die die Flut unterschätzt haben und vom Wasser eingeschlossen wurden.«

Toni nickte, nahm meine Hand, und wir gingen langsam Richtung Leuchtturm zurück. Ich blickte zum Himmel und sah, dass immer mehr Wolken aufzogen. Das Wetter konnte am Meer sehr schnell drehen.

»Was genau macht Martin am Leuchtturm«, fragte Toni, als wir wieder dort waren.

»Er überprüft einmal am Tag den Maschinenraum, der die Lichtbogenlampe antreibt«, sagte ich. »Der letzte Leuchtturmwärter ist vor drei Jahren in Rente gegangen. Der Betrieb des Turms ist mittlerweile vollkommen automatisiert.«

»Und wir dürfen heute Nacht hierbleiben?«, Toni blickte mich ungläubig an, als ich den Turm aufschloss.

»Es gibt eine kleine Kammer in der Spitze des Turms. Dort hat früher der Leuchtturmwärter gearbeitet und geschlafen. Komm, ich zeige es dir.« Eine schmale Holztreppe wand sich in der Turmsäule nach oben.

»Hier hinten befindet sich der Maschinenraum. Früher wurden die Lichtsignale per Hand ausgelöst. Ähnlich wie die Kirchenglocken von einem Glöckner.« Wir waren auf einer Zwischenebene angekommen. Es war nur auf einem schmalen Sockel Platz, und dahinter war eine metallene Platte angebracht mit der Aufschrift: »*Betreten verboten! Lebensgefahr!*«.

»Komm. Ein paar Stufen sind es noch.« Ich stieg weiter hinauf. »Der Leuchtturm besteht aus neun Stockwerken und ist knappe zweiundvierzig Meter hoch.«

Toni blieb an einem der Bullaugen stehen. »Wahnsinn! Was für ein Ausblick.«

»Warte nur, bis wir oben sind.«

Als wir die letzte Ebene erreicht hatten, öffnete ich die Tür zum Laternenraum, und wir traten ein.

»Hundertsiebenundfünfzig Stufen!«, sagte Toni.

»Du hast tatsächlich gezählt?«

»Klar.« Toni grinste übers ganze Gesicht.

Der Raum war klein und vollkommen rund. Die Decke war inzwischen abgehängt worden und somit recht niedrig. »Früher hat der Wärter die Bogenlampe von hier aus bedient. Die Mechanik wurde gänzlich entfernt und durch einen Motor und eine elektronische Steuerung ersetzt. Der Motor sitzt da.« Ich zeigte nach oben.

»Und der Leuchtturmwärter hat wirklich hier oben geschlafen?«

»Nein, nicht wirklich«, ich lächelte. »Der wohnte unten in einem der beiden Häuschen. Nur manchmal hat er die Nacht hier oben verbracht. Heute wohnen in den Häusern Zivis.«

Toni zeigte auf das Futonbett und das kleine Bücherregal. »Und das hier?«

»Das hat Martin hier raufgebracht. Im Moment hat nur er den Schlüssel. Ich wusste selbst lange Zeit nicht, dass er manchmal hier oben wohnt. Martin ist schon ein eigenartiger Kerl. Er verbringt teilweise ganze Wochenenden hier draußen.«

»Ich finde es romantisch.«

»Deswegen bin ich mit dir hierhergekommen.«

Sie küsste mich flüchtig und lief zu einem der großen Fenster. »Sieh dir das an. Dort hinten über dem Meer.

Die Sonne, hinter den Wolken. Was für ein Blick!« Tonis Augen gingen beinahe über. Ich umfasste ihre Taille, während ich hinter sie trat. »Gefällt es dir?«

»Es ist traumhaft!«

Vor uns ausgebreitet lagen weite Teile der Halbinsel Eiderstedt. Wir sahen die zahlreichen Halligen, die kleinen Hügel, auf denen die reetgedeckten Häuser standen, die bei Flut vollkommen eingeschlossen wurden. »Siehst du die Halligen?«, fragte ich. »Dort wohnen das ganze Jahr über Menschen. Immer den Naturgewalten ausgesetzt.«

»Das wäre nichts für mich«, sagte sie.

»Es gibt immer Menschen, die eine alternative Lebensweise suchen. Die bewundere ich.«

Die Wolkendecke war jetzt noch dichter geworden, und die Sonne versank am Horizont wie ein sterbender Stern in trübem Licht. Es war nicht der Sonnenuntergang, den ich mir erhofft hatte, aber dennoch sehenswert.

Während Toni den Ausblick genoss, öffnete ich den Schrank, der neben dem Bett stand, und stellte erleichtert fest, dass Martin an die Sandwiches gedacht hatte. »Magst du etwas zu essen?«

»Nein, später vielleicht. Komm doch wieder zu mir.« Toni wandte sich kurz um.

Ich ging zu ihr und nahm sie in den Arm. Wortlos betrachteten wir das Spiel der sich auftürmenden Wolken über dem Meer. »Ich glaube, wir bekommen Regen«, erklärte ich nach einer ganzen Weile. »Es könnte sogar ein Gewitter werden.«

»Bist du sicher?«

»Es sieht ganz danach aus.«

»Können wir dann überhaupt hier oben bleiben?«, fragte Toni mit einem enttäuschten Unterton.

»Natürlich, der Turm hat einen guten Blitzableiter«, beruhigte ich sie. »Hier passiert uns nichts.«

Toni blickte mich einen Augenblick lang an, dann küsste sie mich. Ich erwiderte ihren Kuss und spürte das heiße Verlangen auf ihren Lippen. Meine Hände fuhren unter ihren Pullover und berührten ihre weiche Haut. Unsere Zungen fanden sich, und die Welt um uns herum verblasste.

Ich wollte die Nacht mit ihr an diesem Ort verbringen. Ihr so nahe wie möglich sein und ihr zeigen, was ich für sie empfand. Bis zu diesem Augenblick hatte ich alles genauestens geplant. Doch von dem Moment an, als unsere Lippen sich fanden, ging alles seinen eigenen Weg.

Meine Hände glitten weiter nach unten, während Tonis Zunge immer verlangender wurde. Ich griff unter ihren Po und hob sie hoch. Sie schlang ihre Beine um meine Hüften, und so bewegten wir uns langsam in Richtung Bett. Als meine Schienbeine die Bettkante berührten, beugte ich mich vor und ließ Toni behutsam auf die Matratze gleiten.

Während meine Lippen über ihren zart duftenden Hals hinabglitten, knöpfte sie mein Hemd auf. Ich tat es ihr nach, und schon bald trug sie nur noch ihren BH. Kurz hielt ich inne und flüsterte: »Willst du es wirklich tun?«

Sie nahm mein Gesicht in beide Hände und flüsterte zurück: »Ich wünsche mir nichts sehnlicher.«

Ich lächelte sanft und küsste sie erneut. Ich legte mich auf den Rücken und sie kam rittlings auf mir zum Sitzen. Ich streichelte ihren Bauch und ließ meine Hände langsam über ihren Rücken nach oben wandern, wo sie den Verschluss ihres BHs fanden. Einen Augenblick kämpfte ich mit der Klammer, dann glitt sie auf, und der

BH rutschte nach unten. Ich beugte mich vor und liebkoste langsam mit der Zunge ihre Brüste, deren Knospen sich mir gierig entgegenreckten. Sie warf den Kopf in den Nacken und stöhnte leise auf. Weit entfernt vernahm ich die ersten Regentropfen, die auf die Stahlkonstruktion des Leuchtturms auftrafen.

Toni löste sich sanft von mir und begann, die Knöpfe meiner Hose zu öffnen. Ich beobachtete sie und strich durch ihr volles, weiches Haar. Die Lust pulsierte in meinen Lenden, und als sie meine Männlichkeit berührte, war es an mir, kurz aufzustöhnen. »Jetzt du«, flüsterte ich erwartungsvoll. Ich setzte mich ganz auf, während sie vor mir stand, und küsste ihren Bauch. Dann öffnete ich ihre Jeans.

Ein erster Lichtblitz am Horizont zeigte mir, wie dunkel es plötzlich geworden war. Die Abenddämmerung war schlagartig hereingebrochen, und die Wolken hatten das letzte Tageslicht nahezu vollkommen erstickt. Als Toni sich von ihren letzten Kleidungsstücken befreite, griff ich zu dem kleinen Tischchen, das neben dem Bett stand, und betete, dass noch Streichhölzer in der Schachtel waren. Ich hatte Glück. Es zischte kurz, und dann brannte die Kerze, die Martin dort stehen gelassen hatte.

Toni kletterte hinter mich auf das Bett und küsste meinen Nacken, während ihre zierlichen Hände meinen Brustkorb streichelten. Langsam wandte ich mich zu ihr um und suchte ihre Lippen. Sie küsste mich kurz und stieß mich dann mit einem Lächeln sanft auf das Laken zurück. Dann glitt sie auf mich und nahm mein Glied in die Hand. Es war, als entfachte sie eine Feuersbrunst in meinen Lenden. Durch halb geschlossene Lieder sah ich ihre ganze Schönheit über mir, und ich hatte das unbändige Verlangen, in ihr zu sein. Eins mit ihr zu werden.

Ich sah in ihren Augen, dass auch sie es wollte, und so zog ich sie langsam näher zu mir her.

Vorsichtig bewegte sie ihre Hüften und suchte mich. Ich passte mich ihrer Bewegung an, und als wir uns vereinten, lief ein wohliger Schauder über meinen Rücken. Es war wie die Verbindung zweier Lebewesen, die vom Anbeginn der Zeit füreinander bestimmt waren. Sie bewegte sich vor und zurück, und ich fügte mich in ihren Rhythmus. Während sie sich auf meinem Bauch abstützte, streichelte ich ihre Brüste und lauschte ihrem anschwellenden Atem.

Ein weiterer Blitz zuckte vor einem der Bullaugen vom Himmel herab, und kurz darauf ertönte ein tiefes Grollen. Der Regen wurde stärker, und man hörte das Prasseln der dicken Tropfen in gleichmäßigem Stakkato dumpf von den metallenen Wänden widerhallen.

Toni schien es nicht wahrzunehmen. Ihre Bewegungen wurden hingegen immer schneller, und ihre Lippen waren halb geöffnet, während ihr Atem schwerer wurde. Meine Erregung wuchs mit jeder Sekunde, und ich fühlte, wie ihre Fingerspitzen sich in meine Haut gruben.

Während draußen das Gewitter losbrach und die Elemente einen Tanz aufführten, trieben wir dem Höhepunkt entgegen. Toni ließ sich nach vorn fallen, und ihr Gesicht lag an meinem Hals. Ich hörte ihren Atem, der stoßweise an meinem Ohr ging, und spürte plötzlich, wie eine mächtige Welle der Lust über mir zusammenschlug und etwas in meinem Unterleib explodierte. Toni warf sich wieder zurück und klammerte sich wie eine Ertrinkende an mir fest, während ihr Unterleib unkontrolliert zuckte. Sie stöhnte laut auf.

Im gleichen Moment gab es einen gewaltigen Lichtblitz, der die Kammer für einen Augenblick taghell erleuchtete, gefolgt von einem Krachen, das die Grundfesten des Leuchtturms erschüttern ließ.

Ich stemmte meinen Oberkörper hoch und umklammerte Toni. Ihr Herz klopfte wild gegen meine schweißnasse Brust, und ich strich ihr mit einer Hand das feuchte Haar aus dem Nacken. Sie hielt mich so fest, dass ich kaum atmen konnte. Als wollte sie mich nie wieder loslassen.

Meine Lippen glitten zu ihrem Ohr, und ich flüsterte: »*Ne* mohotatse.«

Sie zog die Stirn kraus und fragte: »Was bedeutet das?«

»Es ist indianisch, aus der Sprache der Cheyenne, und bedeutet: Ich liebe Dich.«

Schattenspiel

Spätsommer 1981, St. Peter-Ording, deutsche Nordseeküste

»Komm herein.«

Großvater hatte sich verändert. Seine Haltung, sein Teint waren anders. Und er trug einen Bademantel. Früher hätte er niemals im Bademantel die Haustür geöffnet. Im T-Shirt vielleicht, aber niemals in so etwas Intimen wie einem Bademantel. Großvater hatte Prinzipien. Doch die Krankheit schien ihn daran zu hindern, sich weiterhin an diese Prinzipien zu halten.

Es war bereits nach neun Uhr abends. Großvater hatte angerufen, und seine Stimme hatte seltsam geklungen. Dringlich. Bei mir hatten sofort alle Alarmglocken geläutet, und ich hatte mich auf meinen Drahtesel geschwungen.

»Nun guck nicht wie ein Kaninchen im Bau. Ich lebe noch und werde es wohl auch noch eine Weile tun.« Jahn grinste.

Ich trat ein und öffnete den Reißverschluss meiner Jacke. »Du hast mich noch nie um diese Uhrzeit angerufen.«

»Es gibt für alles ein erstes Mal.« Ich merkte ihm an, dass er versuchte, etwas zu überspielen.

»Geht es dir nicht gut?«, fragte ich.

»Ach«, er winkte ab. »Immer das Gleiche. Die dämlichen Schmerzen. Jeden Tag diese Pillen. Und das Klo ist mein bester Freund geworden. Ich traue mich kaum mehr als zehn Schritte weit weg.« Er seufzte. »Ich glaube, die Tabletten machen meine Beine schwer, und es dauert eine halbe Ewigkeit, bis ich dort bin. Also heißt es: Kontakt halten.« Er zwinkerte mir zu.

»Du musst vor mir nicht den starken Mann spielen«, bemerkte ich.

»Ich bin, wer ich bin. Wenn ich so nicht mehr sein kann, dann weißt du, dass es zu Ende geht.« Großvater ging gemächlichen Schrittes in Richtung Wohnzimmer. »Komm mit.«

Es war längst dunkel geworden. Während der Hausflur durch die Straßenlaternen erleuchtet wurde, herrschte im Rest des Hauses ein mattes Halbdunkel. »Warum machst du kein Licht an?«, fragte ich verwundert.

Ich hörte, wie Großvater sich im dunklen Wohnzimmer räusperte. »Komm einfach her.«

Die Luft war abgestanden, und ich konnte im Halbdunkel mehrere Kleidungsstücke erkennen, die auf der Couch herumlagen. Großvater lebte bereits seit einiger Zeit allein, aber unordentlich war er noch nie gewesen. »Wann hast du das letzte Mal aufgeräumt?« Ich tastete mich langsam durch den Raum.

»Ach, jetzt lass doch dieses unwichtige Zeug. Du hörst dich ja schon an wie deine Großmutter.« Ich konnte Großvater auf seinem Stuhl vor dem Terrassenfenster erkennen. »Was tust du da?«

»Ich habe dir doch von meinen Nachbarn erzählt«, begann er zu erklären.

»Richtig, deine Spannerei.« Ich stellte mich neben ihn und blickte zum Fenster hinaus.

»Wenn du es so nennen willst.« Er deutete nach oben. »Dort, hinter dem großen Fenster. Gleich geht das Schauspiel los.« Großvater rieb sich die Hände.

Ich schrieb es den Medikamenten zu. Er hatte sich tatsächlich verändert. Doch war ihm dies zu verübeln? Ich beschloss ihm seinen Spaß zu lassen.

Eines der Fenster des gegenüberliegenden Hauses - es war das Haus der Petrovskis - war hell erleuchtet. Weiße Gardinen waren vorgezogen. Mehr war nicht zu sehen.

»Aber ...«

Großvater hob die Hand. »Warte, gleich geht's los. Heute Abend passiert es.«

Ich schluckte die nächste Frage hinunter.

Es dauerte eine Weile, bis sich etwas tat. Ich kam mir schon albern vor, wie ein kleiner Junge im dunklen Wohnzimmer zu stehen und Versteck zu spielen. Doch gleichzeitig war ich beruhigt, dass Großvater so weit wohlauf war. Wenn mich auch sein Verhalten und der Zustand des Hauses verwirrten.

»Siehst du?«

Ein Schatten tauchte hinter den Vorhängen auf, offenbar eine Frau. Eine Silhouette mit langen Haaren war zu erkennen. Frau Petrovski.

Ich kannte die Petrovskis eigentlich nur aus Großvaters Erzählungen und dem üblichen Austausch von Höflichkeiten am Gartentor. Sie kamen ursprünglich aus Oberschlesien. Während sie fließend Deutsch sprach, schien sich ihr Mann vorwiegend der polnischen Sprache zu bedienen und sprach mit starkem Akzent. Im Großen und Ganzen waren es ruhige, nette Leute. Er betrieb einen Laden im Stadtzentrum von Garding.

Frau Petrovski - wenn sie es tatsächlich war - huschte hin und her. Sie schien nervös zu sein. Dann verharrte der Schatten plötzlich. Augenblicke später verschwand er, und es wurde schlagartig dunkel.

»Hm, und jetzt?« Ich konnte meine Langeweile kaum verbergen.

»Geduld, mein Junge.« Großvater saß regungslos da und beobachtete. Wie James Stewart in *Das Fenster zum Hof*. Ein echter Klassiker.

Ich erkannte, dass mein Großvater in einem anderen Zeitkorridor zu leben schien. Während für mich eine Stunde kostbar war wie Gold - es gab so viele Aktivitäten, die ich unter einen Hut bekommen wollte -, war für ihn ein Tag endlos lang. Er hatte alle Zeit der Welt. Aber hatte er die wirklich?

Ich vernahm das Geräusch eines Wagens, der unmittelbar vor dem Haus der Petrovskis anhielt. Der Motor wurde abgestellt, eine Autotür zugeschlagen. Dann eine zweite. Schritte. Hohe Absätze.

Großvater klopfte sich auf den Oberschenkel. »Ich wusste es. Diese Frau hat einen siebten Sinn.«

Keine Ahnung, was Großvater mir sagen wollte, doch ich übte Geduld. Es dauerte wieder eine Weile bis etwas geschah, und als das Schauspiel losging, wusste ich, dass sich das Warten gelohnt hatte.

Das Licht wurde wieder angeschaltet. Das große Fenster war in der Tat wie eine große Bühne. Ich erkannte den Schatten eines Mannes. Breite Schultern. Groß. Herr Petrovski. Ein weiterer Schatten. Zierlich. Zwei Köpfe kleiner. Eine Frau. Eindeutig *nicht* Frau Petrovski.

Jetzt wurde es spannend. Ich rückte noch näher an Großvater heran und starrte zwischen den Gardinen hindurch zum Fenster der Petrovskis.

Frau Petrovski. Sie erschien plötzlich als dritte Figur des Stückes. Der kleinere weibliche Schatten wich erschrocken zur Seite. Herr Petrovski erstarrte. Man konnte nur ihre Umrisse erkennen, aber allein die Haltung der Körper drückte so vieles aus, dass ich gebannt zusah.

Frau Petrovski trat vor. Ihr Arm zuckte in einer schnellen Bewegung nach oben, während sich Herr Petrovski nur minimal bewegte. Fräulein Unbekannt floh hinter seinen gewaltigen Schatten.

»Hol uns ein Bier. Ich habe zwei kalt gestellt.« Ohne seinen Blick abzuwenden, deutete Jahn rüber zur Küche.

Mir begann Großvaters neues Hobby zu gefallen. Ich beeilte mich mit dem Bier und reichte ihm die geöffnete Flasche Jever. Die Aufstellung der Protagonisten hatte sich nicht verändert. Frau Petrovskis Schatten wippte vor und zurück, während die anderen beiden regungslos dastanden wie in einem großen Scherenschnitt.

»Er geht fremd, während sie Nachtschichten schiebt, um die olle Hütte abzahlen zu können«, erklärte Großvater, nachdem er einen tiefen Schluck aus seiner Flasche genommen hatte. »Ich glaube, der Laden geht den Bach runter. Kein Wunder, wenn er noch nicht mal richtig Deutsch spricht.« Großvater hatte früher nie so abwertend gesprochen.

»Sie hat sie auf frischer Tat ertappt«, ergänzte ich folgerichtig.

»Diese Frau hat Pfeffer im Hintern. Das kleine Flittchen macht sich gerade bestimmt mächtig ins Höschen.«

Ich drehte die kalte Flasche in meiner Hand und war überrascht über die Worte meines Großvaters. So hätte er früher niemals geredet. Sollte ich ihn während unseres letzten Spaziergangs im Watt zum letzten Mal *normal* erlebt haben?

»Er wird ihr doch nichts antun?«, fragte ich besorgt.

»Wir werden sehen. Aber ich denke nicht, und wenn doch, gibt es Zeugen. Will ich meinen.«

Der Schatten von Frau Petrovski versuchte sich an dem Schatten ihres Mannes vorbeizuschieben. Das gelang ihr nur halbwegs. Sie schaffte es jedoch, den kleinen Schatten zu packen und zu sich hin zu ziehen.

Und damit ging das Handgemenge los. Frau Petrovski und Frau Unbekannt fassten sich an den Haaren und begannen ein zähes Tauziehen, das sich in absehbarer Zeit zu Gunsten von Frau Petrovski entscheiden musste. Herr Petrovski betätigte sich mehr schlecht als recht als Kampfrichter und versuchte, das Handgemenge aufzulösen.

»Ich wette auf die gute Gertrud«, sagte Großvater nüchtern.

Es ging hin und her, und man konnte zwischenzeitlich die drei Schatten nicht mehr voneinander unterscheiden. Wir konnten von unserer Position aus nichts hören, aber die Nachbarn auf der anderen Seite schienen sehr wohl etwas zu hören. Frau Reinert und ihr Mann waren bereits im Rentenalter und gingen für gewöhnlich früh zu Bett. Der Lärm hatte sie offensichtlich geweckt, denn jetzt ging auch bei ihnen das Licht an.

Inzwischen flogen diverse Einrichtungsgegenstände durch das Zimmer der Petrovskis, und es war nicht mehr zu erkennen, wer auf wessen Seite stand.

»Wir sollten die Polizei rufen«, sagte ich schnell. »Sie werden sich ernsthaft verletzen. Herr Petrovski macht einen kräftigen Eindruck.«

»Schon passiert«, antwortete Großvater in ruhigem Tonfall. »Die Reinerts haben ihre Aufgabe bereits erfüllt.«

Es dauerte keine zwei Minuten, und ich vernahm das Martinshorn. Kurze Zeit später leuchtete das grelle Blau des Signallichts durch die Büsche im Vorgarten.

Das Schauspiel endete abrupt. Die Schatten der Polizisten tauchten auf, und es kam zu einem letzten unhörbaren Wortgefecht. Dann wurde das Licht gelöscht. Erneut Schritte. Die Absätze von Fräulein Unbekannt. Das Blaulicht wurde ausgeschaltet. Der Motor des Polizeiwagens sprang an, und während sich das Auto entfernte, kehrte wieder Ruhe in der Straße ein.

Nicht lange danach wurde das Licht bei den Reinerts ebenfalls gelöscht. Großvater hob seine Flasche. »Gute Nacht und Prost.« Er stemmte sich aus seinem Stuhl hoch und stellte die Flasche auf den Esstisch. »Ende der Vorstellung!« Großvater seufzte. »Eigentlich schade. Obwohl der Zeitpunkt passt. In Kürze werden in der Straße wohl *zwei* Häuser frei.«

Seine Worte machten mich wütend. »Sag nicht so was.«

»In einer Woche werde ich abgeholt. Sie fahren mich nach Aachen. Mein Hausarzt hat das angeleiert. Dort gibt es ein Modellprojekt. Sie nennen es Hospiz. Kommt wohl aus England. Man könnte es aber auch Sterbeklinik nennen.« Großvater sagte es in einem Tonfall, als spräche er über das Wetter. »Schaust du dir den Laden mit mir an?«

Drei Kameraden

Sommer 1984, Heide, Nordfriesland

»Komm hierher. Dann kannst du es besser sehen.«
Schritte. Eine Berührung.
»Pack sie aus.« Die Stimme war warm. Routiniert. Die Stimme einer Frau, die bereits die Lebensmitte überschritten hatte.
»So?« Eine weitere Stimme. Jünger. Unsicher.
»Du musst auf die Hygiene achten.« Eine Pause, dann: »Ja, so.«
Rascheln.
»Das nennt man Butterfly.« Die ältere Frau. »Hier mit diesen Flügeln kannst du die Kanüle fixieren, damit sie nicht wieder verrutscht.«
Einen Moment lang herrschte Stille. Dann ein leichter Schmerz und ein Brennen. »Richtig so?«
»Ja, das sieht gut aus. Jetzt musst du nur noch die Klemme öffnen, damit das Medikament durchläuft.«
»Spürt er etwas von dem, was wir hier tun?«, flüsterte die jüngere Frau. »Oder kann er uns hören?«
»Das ist schwer zu sagen. Er liegt in einem tiefen Koma. Die Meinungen der Ärzte gehen stark auseinander. Im Normalfall ist jedoch davon auszugehen, dass er nichts von dem, was um ihn herum vorgeht, mitbekommt. Es ist wie ein tiefer, traumloser Schlaf.«
»Es sieht so ... beängstigend aus.«
»Was meinst du?«
»Die ganzen Schläuche, Kabel und die Geräte um uns herum.«
»Für dich ist nur dieser Monitor interessant«, erklärte die ältere Frau. »Hier siehst du die EKG-Kurve. Sie gibt Auf-

schluss über die Herzfrequenz. In der Kurve darunter werden die Sauerstoffsättigung im Blut und der Puls abgeleitet. Wie du siehst, ist alles im Normbereich. Er ist stabil.«

»Und wenn die Geräte ausfallen?« Die jüngere Frau klang besorgt.

»Lange würde er ohne die Geräte wahrscheinlich nicht überleben. Aber für einen solchen Fall gibt es die Notstromaggregate.«

»Wer entscheidet, wie es mit solchen Patienten weitergeht?«

»Der liebe Gott? Die Konstitution des Patienten?«

»Nicht die Maschinen?«

Einen Moment war es wieder still. Nur ein leises, monotones Piepen war zu vernehmen.

»Die Maschinen geben ihm eine Chance«, antwortete die ältere Frau. »Es ist an ihm, sie zu nutzen.«

Eine zaghafte Berührung. Wärme. »Hat er eine realistische Chance?«

»Auf diese Frage kann ich keine Antwort geben. Ich bin kein Arzt. Das Leben hält immer wieder Wunder bereit.«

Ein Rascheln. Schritte.

»Ich …«

Ein Klopfen.

»Herein!«

»Darf ich?« Eine vertraute Stimme.

»Bitte, kommen Sie herein«, sagte die ältere Frau. »Wir machen nur unseren morgendlichen Besuch und sind gerade fertig.«

»Danke.«

Plötzliches Rauschen. Wie unter einem Wasserfall. Dann Stille.

Und Schwerelosigkeit.

Ich schrak hoch und fasste instinktiv an meinen Unterarm. Dann blickte ich zur Tür. Wie immer war ich allein, und das Zimmer lag im trüben Halbdunkel. Ich wollte zurück in meinen Traum. Diese Stimme. Kurz bevor ich aufgewacht war. Es konnte nur ... Ich wagte nicht, den Gedanken zu Ende zu denken. Warum nur war ich aufgewacht? Ich seufzte und drehte mich, zusammengerollt wie ein Embryo, auf die Seite. Meine Fingernägel gruben sich in meine Handinnenflächen, doch ich spürte es kaum. Der Schmerz in meinem Inneren war größer. Ich wollte nicht länger an diesem Ort sein. Ich wollte zurück in meinen Traum, die Augen aufschlagen und das Sonnenlicht sehen, das durch die halb geöffneten Fenster hereinflutete. Ich wollte die Menschen sehen, die über mich sprachen. Ich wollte *sie* sehen. Toni.

Wie ein geprügelter Köter schwang ich mich aus dem Bett und streifte meine Pantoffeln über. Ihr kräftiges Blau war so viel strahlender als alles andere an diesem Ort. Es schien, als hätte man mir diese Pantoffeln als Erinnerungsstück an das wirkliche Leben mitgegeben. Ich verabscheute und liebte sie zugleich.

Mit hängenden Schultern und gesenktem Haupt trat ich auf den Gang. Nichts an diesem Ort schien sich zu verändern. Außer den Menschen, die an diesem Ort gefangen waren. Sie waren die einzige Variable in einer ansonsten starren Gleichung.

Das gleiche Licht. Die gleichen Farben. Die gleiche Geräuschlosigkeit. Würde dieser Ort auch noch existieren, wenn das Krankenhaus längst den Veränderungen der Zeit zum Opfer gefallen war? Wenn vielleicht ein riesiges Felsmassiv, entstanden durch einen unterirdischen Vulkanausbruch, die ganze Stadt verschlungen hätte? Wie in einem meiner Lieblingsfilme. *Die Zeitmaschine.* Aus den sechziger Jahren.

Existierte dieser Ort nur, weil er in meiner Erinnerung und meiner Fantasie existierte? Ich war nie in diesem Krankenhaus gewesen. Wie konnte ich also wissen, wie es von innen aussah? Oder war alles doch ganz anders? Es gab keine Antworten auf diese Fragen. Meine Stimmung wurde nicht besser.

Ich schlurfte über die leeren Gänge und spürte die Einsamkeit wie einen kalten Dolch in mein Herz eindringen. Ich hätte zu Jochen gehen können. Aber der Gedanke an seine zwanghaft erstickte Verzweiflung und die bohrende Hoffnungslosigkeit, die seinen klapprigen Körper wie ein eigennütziger Parasit heimsuchte, passte nicht in meine jetzige Gefühlswelt. Ich wollte allein sein und saugte die kalte Atmosphäre wie ein trockener Schwamm auf.

Inzwischen kannte ich mich in dem Gebäude aus, und die leeren Räume mit den kalten, toten Geräten weckten Erinnerungen an einen Schulausflug. In der zehnten Klasse hatten wir ein sogenanntes Hilfskrankenhaus besucht, das unter einer benachbarten Schule errichtet worden war. Ein bizarres Symbol des Kalten Krieges. Alles dort unten war auf den Ernstfall vorbereitet gewesen. Es war gespenstisch. Leere Operationssäle. Endlose Reihen von Krankenbetten, auf denen noch nie ein Mensch gelegen hatte. Eine Unmenge wertvollster Geräte, durch die wohl nie Strom geflossen war. Verschlossen in dunklen, einsamen Gängen. Dem Verfall und der Vergessenheit gnadenlos ausgeliefert.

An diesem Ort hier war es das Gleiche. Es war wie eine Krypta. Still, bewegungslos und kalt. Ich verdrängte die Erinnerung und ging weiter.

»Bjarne?«

Erschrocken fuhr ich herum. Es war Elke.

»Sie haben mich vielleicht erschreckt!«

»Das tut mir leid«, sagte sie. »Aber ich wollte mich ungern von hinten an Sie heranschleichen.« Elke sah müde aus. Jetzt, als sie vor mir stand, bemerkte ich wieder, wie klein sie war. Mit breiten Hüften und schmalen, eingefallen Schultern. Ihr Nachthemd spannte sich straff über ihrem flachen Busen. Doch ihre Augen strahlten Wärme aus. Ich betrachtete sie einen Augenblick und versuchte zu ergründen, was für ein Mensch sie war.

»Was gibt es?«

»Hätten Sie kurz Zeit für mich?«, fragte sie. Wie sie so dastand, stellte ich fest, dass sie zu der Sorte Mensch gehörte, die ohne ihren angestammten Platz in dieser Welt verloren wirkten. Elke war Lehrerin, und ich ahnte, dass sie hinter ihr Pult gehörte, vor den grünen Hintergrund einer kreidebeschmierten Schultafel. In jenem Augenblick wirkte sie nackt. Verloren.

»Worum geht's? Kann nicht Jochen …?«

»Nein, ich habe bewusst nach Ihnen gesucht«, unterbrach sie mich, und ich erkannte wieder die Lehrerin in ihr. »Ich weiß, wir kennen uns fast gar nicht, aber wir sind hier drin nicht viele, und ich könnte Ihre Hilfe gebrauchen.«

»Nun gut. Was soll ich tun?« Die Situation wirkte sehr seltsam. Wie wir uns auf diesem sterilen Gang gegenüberstanden. Bis auf das Nachthemd, wie uns Gott geschaffen hatte. Losgelöst von allen gesellschaftlichen Konventionen und Zwängen. Und die reale Welt war so weit weg wie ein zweites Sonnensystem.

»Es gibt ein neues Mitglied in unserem Kreis«, sagte Elke.

»Und?« Ich hob eine Augenbraue, weil ich nicht recht verstehen wollte.

»Es ist eine junge Frau, und sie ist etwas verstört. Vielleicht können Sie mit ihr reden und sie beruhigen.«

»Ich? Ich bin selbst erst ein paar Tage hier und weiß so gut wie nichts über diesen Ort.«

»Sie wissen genug. Ich weiß, was Jochen Ihnen erzählt hat.« Sie ließ nicht locker.

»Wo ist sie?«, wollte ich wissen.

»Auf meinem Zimmer.« Ohne eine Antwort abzuwarten, marschierte Elke los.

Welche Wahl hatte ich? Ich folgte ihr.

Die junge Frau hatte hohe Wangenknochen und ein schmales, zerbrechlich wirkendes Kinn. Sie sah aus wie eine Märchenfee. Zart und durchscheinend. Ihre dunklen mittellangen Haare rahmten ihr Gesicht ein, und ihre runden Augen musterten mich kurz, bevor sie wieder auf ihre kleinen Hände starrte.

»Darf ich Ihnen Bjarne vorstellen?«, begann Elke, nachdem wir ihr Zimmer betreten hatten und sie die Tür hinter uns geschlossen hatte.

Ich trat auf Svenja zu und reichte ihr zaghaft die Hand. Sie gab mir ihre Hand, die in meiner vollkommen zu verschwinden schien. »Hallo«, sagte sie. »Svenja.«

Elke nahm auf ihrem Bett Platz. »Ich dachte mir, es könnte helfen, wenn ich Bjarne herhole. Ihr müsstet im gleichen Alter sein. Und das Gespräch mit einem Gleichgesinnten kann manchmal helfen.«

Es missfiel mir, dass mich Elke ungefragt als Seelsorger heranzog, aber ich wollte nicht unhöflich sein. Also setzte ich mich zu Svenja an den Tisch. »Wie lange bist du schon ... hier?«

Svenja blickte auf, und ich bemerkte, dass sie eine Frau war, die unmittelbar meinen Beschützerinstinkt weckte. Sollte Elke das geahnt haben?

»Seit gestern Abend«, gab sie knapp zurück.

»Ich bin seit vier Tagen hier. Also nicht gerade alteingesessen.« Ich versuchte mich an einem Lächeln, während mein Blick Elke streifte.

Svenja blickte auf. »Warum bist du hier?«

»Ich hatte einen Unfall«, sagte ich.

»Ich verstehe. Eigentlich dürfte ich gar nicht hier sein.« In ihren Augen lag ein trauriges Funkeln. Eine unberührte Schönheit lag in ihrer zerbrechlichen Zartheit, die mich sanft in meinem Innersten berührte.

»Wie meinst du das?«, hakte ich interessiert nach.

»Ich sollte keine Unterhaltungen mehr führen.« Svenja schien mehr mit sich selbst zu sprechen als mit mir. »Keine Angst mehr haben und mich nicht mehr einsam fühlen.«

Ich blickte Hilfe suchend zu Elke, doch sie nickte nur beruhigend, als hätte sie alles unter Kontrolle.

»Was ist dir zugestoßen?«

Svenja begann zu schluchzen. Ich fühlte mich überfordert. Was sollte ich tun? Einen Augenblick zögerte ich, dann legte ich meine Hand auf ihre. Sie zuckte leicht zurück, doch dann ließ sie es geschehen. »Ich hatte entschieden, nicht mehr zu leben. Es ist *mein* Leben. Also kann ich es auch beenden.«

Ich begann langsam zu verstehen. Was die Situation nicht gerade einfacher machte. Ich wurde allmählich sauer auf Elke, dass sie mir das aufbürdete.

»Warum …?«, begann ich leise und löste meine Hand wieder von ihrer. Beinahe hätte ich sie dort vergessen.

»Er gehörte mir. Ich habe ihn geliebt. Er hätte mir das nicht antun dürfen!« Sie sprach mit sich selbst.

»Dein Freund?«

Jetzt fixierte sie mich und schien verstanden zu haben, dass ich versuchte, ein Gespräch mit ihr zu führen. »Er hat mich für eine andere verlassen.«

»Und deshalb hast du dir etwas angetan?«

»Tabletten. Es waren Tabletten. Ich wollte nicht, dass es wehtut.« Sie wischte sich mit einer Hand das Gesicht trocken.

»Oh, ich verstehe.«

»Ich möchte jetzt schlafen.« Svenja stand plötzlich auf.

Elke schaltete sich wieder ein. »Ich bringe Sie, mein Kind.«

»Das kann *ich* schon tun«, sagte ich bestimmt und war gewillt, Svenja zu helfen. »Ist das in Ordnung?«, fragte ich vorsichtig in Richtung Svenja.

»Ich denke schon«, antwortete sie.

»Gut, geh voraus.« Ich folgte ihr, ohne mich noch einmal zu Elke umzublicken.

Ich schätzte Svenja auf höchstens neunzehn Jahre. Nur ein Mann ohne die richtigen Instinkte konnte so eine Frau sitzen lassen, schoss es mir durch den Kopf. Ich dachte an Toni und daran, wie anders sie war. Und doch sah ich auch Ähnlichkeiten. Äußerlich waren sie vollkommen verschieden. Aber sie beide besaßen eine gewisse Sensibilität.

Ich beschloss, Svenja zu helfen. Was sollte ich hier auch anderes Sinnvolles tun?

»Hier ist es.« Svenja blieb vor Zimmer 5.16 stehen.

»Wir können morgen weiterreden«, sagte ich. »Dann stelle ich dir Jochen vor. Er weiß alles über diesen Ort.«

»Danke.« Svenja schaute mich dankbar an, dann verschwand sie wie ein Schatten hinter der Tür, und ich vernahm nur noch das Klicken des Schlosses.

Ich machte mich leicht verwirrt auf den Rückweg zu Elke.

»Warum haben Sie das getan?«

Elke sortierte einen Stapel Bücher. Ich war, ohne zu klopfen, eingetreten.

»Da sind Sie ja schon wieder.« Sie schaute kurz auf.

»Ich lasse mich ungern benutzen.«

»Ich habe Sie nicht benutzt. Ich habe Sie lediglich um einen Gefallen gebeten.«

»Dieses Mädchen hat versucht, sich das Leben zu nehmen!« Meine Stimme war lauter geworden. »Augenscheinlich erfolglos. Warum wollten Sie, dass ich mit ihr spreche?«

Elke wandte sich mit einem Buch in der Hand um. »Weil sie jemanden braucht, der jung ist und etwas von der Liebe versteht.«

Ich zog die Stirn in Falten. »Wie kommen Sie darauf, dass ich etwas von der Liebe verstehe?«

»Ich habe Pädagogik und Psychologie studiert. Na ja, Letzteres drei Semester.«

»Und?«

»Sie sind ebenfalls verliebt.«

»Das ... stimmt.« Ich schüttelte den Kopf. »Woher wissen Sie das? Pure Annahme?«

»Nein, wir alle lieben jemanden. Wir alle, die wir hier sind. Sonst wären wir längst nicht mehr hier.«

»Ich verstehe nicht.« Elke verwirrte mich.

»Die Liebe lässt uns ausharren.« Sie setzte sich wieder auf die Bettkante. »Sie lässt uns verweilen. Der Körper hat schon aufgegeben, aber unser Geist noch lange nicht.«

Ich dachte über ihre Worte nach. Sie erschienen mir unlogisch. »Ich wage zu behaupten, dass Heinz keinen Menschen hat, den er liebt. Er scheint nur seine Arbeit zu lieben.« Meine Annahme war kühn und doch nicht vollkommen aus der Luft gegriffen. »Und sollte es dann nicht so sein, dass wir schnellstens wieder in unseren Körper zurück wollen?«

Elke legte das Buch neben sich aufs Bett. *Drei Kameraden. Erich Maria Remarque.* »Das stimmt nicht. Auch Heinz liebt jemanden. Bestimmt hat er bereits seinen

Sohn erwähnt.« Sie musterte mich eindringlich, und ich verstand. Dann fuhr sie fort. »Wenn wir ohne Weiteres in unseren Körper zurück könnten, würden wir es tun. Aber uns sind nur kurze Eindrücke von dem Leben da draußen vergönnt. Dem einen mehr. Dem anderen weniger. Wenn es nicht so wäre, wären wir gar nicht erst hierhergekommen.«

»Was ist mit all den anderen Menschen, die ins Koma fallen und nach kurzer Zeit wieder erwachen?«

»Die werden wir hier nicht treffen.«

In meinem Kopf kreisten die Gedanken. Mir war mulmig zumute, und meine Hände fühlten sich eigenartig taub an. »Was genau wollen Sie mir damit sagen?«

»Haben Sie geträumt? Ich meine, bevor Sie heute aufgewacht sind?«

Ich dachte an das Gespräch, das ich belauscht hatte. »Ich kann hören, wie sie sich unterhalten. Ich spüre sogar ihre Berührungen.«

»Sie wissen nicht, dass wir das können. Das führt manchmal zu den skurrilsten Situationen«. Ihre Hand strich sanft über den Buchrücken. »Und? Konnten Sie dem Gespräch irgendetwas entnehmen?«

»Es waren zwei Krankenschwestern, die sich unterhalten haben.«

Elke nickte und schien nachzudenken. »Jochen hat mir erzählt, dass er Ihnen die Linie gezeigt hat.«

»Hat er«, bestätigte ich und sehnte mich wieder nach den leeren Gängen.

»Ich mag Jochen. Ganz ehrlich. Er ist ein begnadeter Künstler. Aber er ist auch ein bemitleidenswerter Tropf.«

»Weiß er, dass Sie so über ihn denken?«, wollte ich wissen und erkannte mit einem Mal, dass Elke diejenige war, die das Heft in der Hand hielt. Nicht Jochen. Wenn er auch das Recht des Ältesten auf seiner Seite hatte.

»Ich sage Jochen, was ich denke, so wie ich es Ihnen sage. Hier drinnen gibt es keinen Grund, falsche Eitelkeiten oder unnötige Höflichkeiten zu pflegen.« Elkes direkte Art war ein Bollwerk, dem man wenig entgegenzusetzen hatte. »Jochen ist ein hoffnungsloser Fall.«

»Inwiefern?«

»Er ist ein Romantiker. Gott, wäre mein Mann nur auch so gewesen.« Sie faltete die Hände im Schoß. »Er glaubt tatsächlich daran, seiner Liebsten noch einmal Lebewohl sagen zu können. Obwohl sein Verstand ihm sagt, dass er nie wieder in die Welt der Lebenden zurückkehren wird.«

»Was ist mit Ihnen?« Ich setze mich auf den Stuhl, auf dem Svenja eben noch gesessen hatte.

»Ich bin nur noch aus einem Grund hier: meinem Sohn. In diesem Punkt habe ich eine Gemeinsamkeit mit Heinz. Mit dem Unterschied, dass ich mir dessen bewusst bin. Ich will wissen, dass es Frank gut geht. Dass er das erreicht, was ich mir für ihn wünsche.«

»Und danach? Gehen Sie über die Linie?« Ich klang herausfordernd.

Elke blickte zu Boden, bevor sie antwortete. »Ja, das werde ich!«

»Was ist mit dem kleinen Robert?«

»Robert ist eine Ausnahme. Er ist noch so jung. Wir müssen ihn solange wie möglich hierbehalten. Er kann es schaffen.« Sie seufzte. »Er muss es schaffen!«

»Ich habe den Eindruck, dass Sie sich Ihre eigenen Regeln und Grundsätze schaffen. Ganz wie es Ihnen beliebt. Sie haben kein Recht, über andere Menschen zu urteilen oder gar zu bestimmen.«

»Vielleicht haben Sie recht. Es ist nur so, dass die meisten Menschen, die hierherkommen, jemanden brauchen, der sie leitet.«

»So wie Svenja, bei der Sie *meine* Hilfe brauchten?«, fragte ich verächtlich.

Elke zog die Augenbrauen zusammen. »Ich brauchte Sie nicht wirklich. Aber es hat ihr geholfen. Es war ein psychologischer Trick.«

»Wissen Sie, dass Sie ein typischer Lehrer sind? Sie wissen alles besser und haben für alles eine Lösung parat.« Ich stand auf, weil die Wut wie kribbelnde Elektrizität in meine Beine schoss. »Die Wahrheit ist, dass Sie genauso hilflos und unsicher sind wie wir alle. Ihr Auftreten ist eine reine Schutzmaßnahme.«

Elke antwortete nicht sofort. Sie erhob sich von ihrem Bett und legte das Buch zurück auf den Stapel. Einen Moment verharrte sie davor. »Es ist mein Lieblingsbuch. Ich habe es bereits dreimal gelesen. Doch Pat stirbt am Ende jedes Mal wieder. Ich glaube, ich werde es kein viertes Mal lesen.«

»Sie versuchen, mir auszuweichen«, sagte ich.

»Sie haben recht, Bjarne. Ich missachte meine eigenen Grundsätze, die ich für diesen Ort aufgestellt habe.« Elke drehte sich wieder um. Dann kam sie langsam herüber zu mir an den Tisch. »Wir alle werden nicht für immer an diesem Ort bleiben. Ich glaube, es gab bisher niemanden, der länger hier war als Jochen. Aber auch er wird gehen müssen, ob er will oder nicht. Die Menschen erzählen in der Regel nicht, was sie träumen. Sie betrachten es als ihr Geheimnis. Ihre private Angelegenheit. Ich erkenne es in ihren Augen, dass die Träume sie plagen, weil sie dort Dinge erfahren, die sie lieber nicht hören möchten.«

»Im Gegenteil«, entgegnete ich. »Ich wäre gern noch länger in meinem Traum geblieben.«

»Wenn Sie ehrlich sind, Bjarne, wissen Sie, dass wir es nur die Welt der Träume nennen. In Wahrheit ist es eine Umschreibung der harten Realität. Der Welt, in der unser Körper am Leben gehalten wird. Weil es ihre verdammte menschliche Pflicht ist.« Jetzt klang Elke verbittert, und ihre Selbstsicherheit zerfloss wie eine wächserne Maske. »Tatsache ist, dass es nur jeder Zehnte von uns schafft, ins Leben zurückzukehren.« Elke machte eine kurze Pause, um ihre Worte auf mich wirken zu lassen. Als wollte sie einen letzten Triumph erringen. »Wir alle können es so machen wie Jochen und warten, bis der Tod uns abholt. Oder wir können über die Linie gehen und unserem Schicksal selbst die Stirn bieten.«

Herbst

Herbst 1981, Aachen

Irgendwo stand eine Zimmertür offen und ich hörte Schuberts *Der Tod und das Mädchen* aus dem Zimmer. Als wir daran vorbeikamen, sah ich eine alte Dame auf einem Stuhl sitzen. Sie freute sich, als sie mich sah, und winkte mir herzlich zu. Ob sie die Ironie der Situation verstand?

Es beruhigte mich, dass nicht der übliche Alte-Leute-Geruch in den Gängen hing. Vielleicht lag es daran, dass längst nicht alle Menschen, die hier *wohnten*, zur älteren Generation gehörten. Die Räume waren lichtdurchflutet. Die Flure waren breit, und Bilder aus der Natur hingen an den Wänden. Auf Hüfthöhe waren Griffstangen angebracht, die ich sonst nur aus einer Ballettschule kannte. Es roch nach Pfefferminztee und nach Apfelkuchen, die auf einem Küchenwagen standen.

Großvaters Hand lag auf der Stange, und ich erkannte, dass sie durchaus ihren Zweck erfüllte. Er sah meinen Blick und schmunzelte. »Ich bin froh, dass sie diese Dinger haben. Mit Krücken wirst du mich nicht sehen.«

Es war mein zweiter Besuch, seit Großvater nach Aachen gezogen war. Die Behandlung war gut, und die Station war sauber. Jahn hatte sein eigenes kleines Apartment, das ihn jedoch meistens nur in der Nacht sah. Mein Großvater war ein ruheloser Geist, und die Medikamente, die er gegen die Schmerzen nahm, machten ihn noch unruhiger.

»Hast du dich bereits eingelebt?«, fragte ich.

»Keine Sorge, alles bestens. Es ist so, wie ich es mir vorgestellt habe.«

Mir lagen so viele Fragen auf der Seele, aber im Moment traute ich mich nicht, auch nur eine zu stellen. Es war alles so schnell gegangen. Er hatte alles selbst organisiert. Den Papierkram, den Umzug und die finanziellen Angelegenheiten. Die Unterbringung in der Klinik war nicht gerade billig, doch Großvater bekam als ehemaliger Beamter eine ordentliche Rente.

»Hat dir deine Mutter die Fahrt bezahlt?«, wollte Jahn wissen.

»Warum sollte sie? Sie weiß nicht einmal, dass ich hier bin.«

Großvater schaute mich fragend an.

»Es läuft in letzter Zeit nicht gut zwischen uns«, erklärte ich ausweichend.

»Deine Mutter war schon immer eigensinnig. Das wird sich wohl nie mehr ändern.«

»Wann war Mutter das letzte Mal ...«

»Herr Doktor!« Großvater war stehen geblieben. Ein hochgewachsener Mann in weißem Kittel blieb neben uns stehen. »Herr Borsch. Wie geht es Ihnen?«

Großvater überging die Frage. »Das ist mein Enkelsohn«, stellte er mich vor.

Leitung Palliativ, Dr. Brenner. Mein Blick huschte über das kleine Schild, das schief an seinem Kittel hing.

»Freut mich.«

Dr. Brenner reichte mir die Hand. Meine Hand verschwand in seiner. Er war mindestens einen Kopf größer als ich und trug einen sauber gekämmten Seitenscheitel. Seine Haut war so stark gebräunt, als käme er gerade aus dem Urlaub. Wenn mich nicht alles täuschte, waren seine Augenbrauen und Wimpern gefärbt, was seine Augenpartie ungewöhnlich deutlich hervorhob. Es hätte mich nicht gewundert, wenn er bei den Schwestern ein beliebter Anblick war.

»Guten Tag«, sagte ich. »Sind Sie hier der behandelnde Arzt?« Ich hatte nicht erwartet, einem der Ärzte über den Weg zu laufen. Nicht um diese Uhrzeit.

»Der bin ich.« Er lächelte und hakte seine Daumen in die Taschen seines Kittels.

Ich blickte zu Großvater.

»Ich gehe nach draußen«, sagte er schnell. »Unten, in den Park.« Er hatte verstanden.

Ich nickte und wandte mich wieder an Dr. Brenner. »Haben Sie fünf Minuten für mich?«

»Aber sicher. Wollen wir in mein Zimmer gehen?« Er deutete den Gang entlang. Während sich Großvater auf den Weg machte, folgte ich Dr. Brenner.

Sein Zimmer war sehr modern eingerichtet. Der Schreibtisch war aus Glas, und der Stuhl, den er mir anbot, schmiegte sich angenehm an mein Rückgrat. Viele private Bilder hingen an den Wänden. Offensichtlich war er verheiratet und hatte zwei Kinder. Die Bilder zeigten ihn mit der Familie beim Skifahren. Alles in diesem Raum war durchscheinend oder glänzend lackiert. Ich sah nichts, das mich an seine Tätigkeit als Arzt erinnerte. Vielleicht war aber auch gerade das seine Intention.

Dr. Brenner lehnte sich zurück und musterte mich. »Was kann ich für Sie tun? Herr Borsch?«

»Bendixen. Es ist mein Großvater mütterlicherseits.«

»Ich verstehe. Entschuldigen Sie.«

»Ich will nicht lange um den heißen Brei herumreden«, begann ich. »Wie lange wird mein Großvater noch zu leben haben?«

Dr. Brenner drehte einen Kugelschreiber zwischen seinen großen Händen. Ihn schien die Frage keineswegs zu überraschen. »Ich könnte Ihnen eine Prognose geben, die auf Erfahrungswerten basiert. Aber ich tue so etwas ungern. Der Mensch ist keine Maschine. In der Medizin ist alles möglich.«

»Dann eben ein Zeitfenster«, beharrte ich.

»Machen wir uns nichts vor. Ihr Großvater ist ein selbstbewusster Mann. Er ist der erste Patient, den ich betreue, der sich selbst eingewiesen hat. Der Krebs ist recht fortgeschritten. Eine Operation des Tumors ist nicht mehr ratsam, weil der Nutzen geringer ist als der Schaden.«

»Wie lange?« Es musste möglich sein, ihn festzunageln. Auch wenn ich wusste, dass Ärzte sich ungern festlegen.

»Ein bis zwei Monate.« Er heftete seinen Blick auf mich. Vielleicht erwartete er eine erschrockene Reaktion, aber ich blieb äußerlich ungerührt.

»Wann wird er in die Phase kommen, in der er das Bett nicht mehr verlassen kann?«

»Wissen Sie«, der Doktor legte den Stift auf seinen Schreibtisch, »ich kann Ihre Sorge und Unsicherheit nachvollziehen, aber versuchen Sie, einen Rat anzunehmen: Genießen sie den heutigen Tag mit ihrem Großvater, und versuchen Sie, noch so viele Besuche wie möglich einzuplanen. Ihr Großvater ist ein tapferer Mann. Ich denke, er hatte seine Gründe, seine Heimat zu verlassen und sich in unsere Obhut zu begeben. Versuchen Sie nicht, die Kontrolle zu übernehmen. Ihr Großvater hat bereits alles unter Kontrolle.«

Ich dachte kurz über seine Worte nach. Er hatte recht. Die medizinischen Fragen waren längst beantwortet. Die persönlichen Fragen, die noch ausstanden, konnte er mir nicht beantworten. »Sie melden sich bei mir, wenn sein Zustand sich verschlechtert?«

Dr. Brenner erhob sich. »Selbstverständlich.« Er reichte mir die Hand und drückte sie fest. »Machen Sie sich keine Sorgen. Ihr Großvater ist in guten Händen.« Ein aufmunterndes Lächeln. Mir wurde bewusst, dass er solche Gespräche wahrscheinlich tagtäglich führte und darauf trainiert war, den Angehörigen ein ebenso gutes Gefühl zu geben wie den Patienten.

Nachdem mich Dr. Brenner verabschiedet hatte, fuhr ich mit dem Aufzug nach unten. Es war ein herrlicher Herbsttag. Die Parkanlage lag direkt neben der Palliativstation. Wenn das Wetter es zuließ, hielt sich Großvater dort auf. Ich telefonierte regelmäßig mit ihm, und von seinen Erzählungen hatte ich eine genaue Vorstellung von der weitläufigen Anlage.

Ich brauchte nicht lange zu suchen. Großvater saß auf einer Bank zwischen zwei ausladenden Buchen. Das Laub hatte sich wie ein gelbbrauner Teppich über die verschlungenen Wege und die Rasenfläche gelegt. Jahn saß zurückgelehnt auf der Bank und ließ sich von einer späten, fast noch sommerlichen Sonne wärmen.

»Der Doktor ist wie ein Horoskop«, Großvater blinzelte in die Sonne. »Du liest es und bist genauso schlau wie vorher.«

»Es ist schön hier draußen«, entgegnete ich ausweichend. »Nicht so schön wie im Watt, aber durchaus angenehm.«

»Du willst wissen, warum ich hierhergekommen bin?«, fragte er. »Dachtest also tatsächlich, ich würde es mir doch noch anders überlegen.«

»Ich verstehe es nicht so richtig.«

»Als wir damals im Watt waren und ich dir die Stelle gezeigt habe, an der ich deiner Großmutter einst einen Antrag gemacht habe, war es auch ein Abschied für mich.« Großvaters Hände lagen auf seinen Oberschenkeln. Seine Beine waren dünn geworden, und die Hose flatterte lose darum. »Ich liebe den Norden und werde ihn in meinem Herzen tragen. Aber irgendwann ist der Zeitpunkt gekommen, an dem man loslassen muss.«

»Wir wären für dich da gewesen«, warf ich ein.

»Ich weiß, doch ich möchte niemandem zur Last fallen. Weder deinen Eltern, noch dir. Dr. Arndt ist ein guter Arzt. Ich kenne ihn seit vielen Jahren, und er hat mir diese Klinik empfohlen.«

Ich löste meinen Blick von ihm und betrachtete den Blätterteppich. Es war, als spiegele die Natur den Weg meines Großvater wider. Mir gingen die ersten Zeilen von Rilkes *Herbst* durch den Kopf:

Die Blätter fallen, fallen wie von weit, als welkten in den Himmeln ferne Gärten.

Deutsch. 8. Klasse. Das Gedicht bekam plötzlich eine ganz neue Bedeutung für mich.

»Ich vermisse den Großvater, den ich kannte, bevor Großmutter gestorben ist«, sagte ich.

»Und ich vermisse deine Großmutter. Sicher, wir waren manchmal wie Hund und Katze. Aber das gehört zum Spiel des Lebens dazu. Vielleicht ist mit ihrem Tod bereits ein Teil von mir gegangen.« Großvaters Stimme wurde eindringlicher. »Weißt du, es war meine persönliche Entscheidung hierherzukommen. Noch kann ich sie treffen. In absehbarer Zeit treffen andere Menschen die Entscheidungen für mich. Dies hier ist mein freier Wille.«

Ich knetete eine Hand und dachte über seine Worte nach. Langsam begann ich, ihn besser zu verstehen. Aber es war so verdammt schwer, sich in seine rationale Sichtweise einzufügen. Aus meiner jugendlichen Perspektive tat es sehr weh, die unausweichliche Tatsache seines baldigen Todes zu akzeptieren. Ich lebte im Sommer. Nicht im Herbst. »Ich verstehe«, brachte ich trotzdem mühsam hervor.

»Uns allen ist eine bestimmte Lebenszeit vergönnt. Wenn du älter wirst, lernst du diese Grundregel des Lebens kennen und beginnst dich langsam darauf vorzubereiten. Aus deiner Perspektive wäre es unvorstellbar zu wissen, dass man nur noch wenige Wochen zu leben hat. Hat man sein Leben jedoch gelebt, fällt es wesentlich leichter, das zu akzeptieren. Hier habe ich Zeit, auf mein Leben zurückzublicken. Auf all die guten Zeiten und auch die schlechten. Ich kann mit mir ins Reine kommen. Ohne Angst haben zu müssen, dabei irgendjemandem zur Last zu fallen.«

Ich hörte nur zu. Irgendwie beruhigten mich seine Worte. Zum ersten Mal setzte ich mich ernsthaft mit dem Gedanken auseinander, wie es sein mochte, wenn Großvater nicht mehr da war. Es schmerzte, doch seine Worte gaben mir Kraft und Zuversicht. Dafür war ich ihm dankbar.

»Die Entscheidung, hierherzukommen, ist nicht über Nacht gefallen. Es hat viele Nächte gebraucht. Nächte auf meinem Stuhl, vor dem Terrassenfenster. Ich habe jedes Quäntchen Mut aus meinem alten Körper gequetscht und in die Waagschale geworfen. Schlussendlich hat es gereicht.« Ein zufriedenes Lächeln huschte über seine müden Züge. Seine Hand legte sich auf mein Bein. »Ich habe einen Wunsch, und ich möchte, dass du dich darum kümmerst. Es ist alles niedergeschrieben. Du musst nur noch ein paar Formalitäten erledigen.«

Ich schaute ihn fragend an.

»Ich wünsche mir eine Seebestattung. Meine Asche soll in der Nordsee verstreut werden.« Sein Blick war fest und entschlossen, so wie ich ihn einst kannte. »Wenn du im Watt bist, kannst du dich an mich erinnern. Ganz beiläufig. Nicht gezwungen. Kein Grab, das gepflegt werden muss. Keine Verpflichtungen. Verstehst du?«

Ich nickte. »Wenn das dein Wunsch ist«, brachte ich leise hervor.

»Ich bin stolz, dass ich mich dazu entschieden habe, loszulassen. Das kann nicht jeder von sich behaupten. Aber weißt du was? Ich habe die Gewissheit, dass es Zeit ist, zu gehen. Nichts hält mich mehr hier. Ich bin zu nichts mehr zu gebrauchen.« Großvater seufzte. »Ich war nie ein besonders gläubiger Mensch. Das heißt im kirchlichen Sinne. Doch ich glaube an die Liebe. Es gibt viele Wagnisse im Leben, aber nur eines, dass sich wirklich lohnt: die Liebe.«

Großvaters Augen begannen in einem eigenartigen Glanz zu leuchten, und ich sah ihm an, dass Erinnerungen hinter seiner fleckigen Stirn wach wurden. »Irgendwo hinter dem Horizont wartet deine Großmutter auf mich. Ich kann nicht sagen in welcher Form, aber ich weiß, dass es so ist. Und das gibt mir die Kraft, hier an diesem Ort zu sein und mein jetziges Leben hinter mir zu lassen. Jeder weitere Tag in diesem Leben, ist ein Tag ohne sie.«

Mir war nie bewusst gewesen, wie tief empfunden seine Liebe zu meiner Großmutter war.

»Das Wagnis der Liebe«, sagte Großvater noch einmal und blickte zum Horizont. »Geh es ein, mein Junge. Es ist das einzige auf dieser Welt, das sich lohnt.«

Graue Herren

Sommer 1984, Heide, Nordfriesland

»Warum müssen die immer die Fenster so weit aufreißen?« Es war schon eine Weile her, dass ich diese Stimme gehört hatte. Doch sie war mir so vertraut, wie eine Stimme nur sein kann. Mutter.

»Die scheinen immer noch nicht kapiert zu haben, dass der Sommer eine Pause macht.« Ihre Stimme klang monoton. So kannte ich sie nicht. Es war wie eine Inszenierung. Oder ein Ablenkungsmanöver.

Schritte. Ein Rascheln. Das langsame Nachgeben der Matratze unter mir. Eine Berührung.

»Mein Liebling.« Es musste Äonen her sein, seit sie so etwas zu mir gesagt hatte. »Was haben sie nur mit dir gemacht?« Jetzt klang ihre Stimme wieder menschlich. »Das alles hätte nicht passieren dürfen. Musste Gott mir so sehr zürnen?« Der Druck auf meinen Arm wurde stärker. »Jede Nacht bete ich zu ihm und hoffe, dass er mich erhört. Die Ärzte sind so verschlossen. Niemand gibt mir eine klare Antwort. Ich wünschte, du könntest mit mir sprechen. Es gibt so vieles, was ich dir sagen möchte. Ich will, dass es wieder so ist wie früher. Bevor mein Leben zu einer Achterbahnfahrt wurde und mir die Kontrolle darüber entglitten ist.« Sie seufzte. Einen Augenblick lang herrschte Stille. »Ich hätte mich nicht in dein Leben einmischen dürfen, indem ich deine Leidenschaft für das Strandsegeln verurteilt habe. Es war so falsch. Ich habe mich mitreißen lassen. Vor allem von Helmut. Er war mein größter Fehler. Aber es ist nicht so, wie du denkst. Ich hatte nichts mit ihm. Es war rein platonisch. Aber er hat mich verändert. Inzwischen weiß ich, dass es nicht zum Guten war.« Ein Schluchzen. Ihre Hand löste sich von meinem Kopf. »Er ist so *ehrgeizig und so ideenreich, dass ich den Fanatismus in ihm nicht erkannt habe.«* Wieder ein Schluchzen. *»Das Schlimmste daran ist, dass ich dich und deinen Vater verraten habe. Ich wollte es zunächst nicht wahrhaben, Helmuts Worte habe ich nur als dummes Gerede abgetan. Doch nach dem, was am Strand passiert ist, weiß ich, dass er seinen Plan in die Tat umgesetzt hat. Natürlich wollte er niemanden verletzten, aber nun hat er den Menschen verletzt, den ich am meisten liebe.«* Schritte. Schnäuzen. *»Natürlich kann ich ihm nichts beweisen. Seine Unterlagen sind längst vernichtet, und er hat sich aus dem Staub gemacht. Einfach die Stadt verlassen. Für die Behörden war es ein tragischer Unfall.«* Erneut ein Schluchzen. *»Oh, mein Liebling. Ich würde alles geben, um deinen Unfall ungeschehen zu machen.«* Sie setzte sich wieder auf die Matratze. *»Ich soll dich von Vater grüßen. Er weiß nichts von der Sache mit Helmut. Das darf er auch nicht. Es würde das Unglück noch mehr vergrößern. Ich hoffe auf Gott. Er wird die Sache in die Hand nehmen. Er muss.«* Ihre Lippen berührten meine Stirn. *»Ich liebe dich!«*

Ich setzte mich ruckartig auf und betastete meine schweißnasse Brust. Das sterile Halbdunkel meines Zimmers hatte mich wieder, und ich war nicht weiter zum Zuhören verdammt. Wut brodelte in meinen Eingeweiden. Fassungslosigkeit und die Erkenntnis, wer für den Unfall verantwortlich war.

Ich wollte schreien, aber die Töne blieben mir im Hals stecken, als ich die nackten Wände anstarrte und mir bewusst wurde, dass Mutter mich nicht hören konnte. Ihr galten mein Zorn und meine Verachtung. Warum musste sie in meine Träume eindringen und mir Dinge erzählen, die ich niemals hätte erfahren dürfen und wollen? Ich hatte all die Jahre unter ihrer Zurückweisung gelitten. Wie sehr hatte ich mich nach der Mutter gesehnt, die mich einst zur Schule gebracht und Nachmittage mit mir gelernt hatte. Die mit mir ins Theater gegangen war und gesungen und gelacht hatte. Eben war sie für einen Moment bei mir gewesen. Meine richtige Mutter. Nicht ihr neues, verabscheuungswürdiges Ego. Der Hass, der nun in mir kochte, tat weh. Es schmerzte mich zu erfahren, dass erst ein solches Unglück ihr altes Ich wach gerüttelt hatte.

Ich stand auf und wollte mein Gesicht mit Wasser benetzen. Aber die Leitung gab nach wie vor keinen Tropfen her. Ich stützte mich auf dem Emaillerand ab und schloss die Augen. Langsam ließ das Pochen hinter meiner Stirn nach. Als ich die Augen wieder öffnete und in den Spiegel blickte, sah ich nicht mein Gesicht. Es war das von Helmut.

Ich schrie auf und hieb meine Faust in den Spiegel. Das Glas barst mit einem Knall, und die Scherben fielen klirrend in das Waschbecken. Einzelne Tropfen Blut benetzten die Splitter, und meine Hand pochte. Aber es tat nicht weh – und nach nur wenigen Sekunden schloss sich die Wunde wieder, und die Hand war unverletzt wie zuvor. Wenigstens etwas Positives an diesem beschissenen Ort, dachte ich bitter.

Meine Wut ebbte ab, und zurück blieb eine schmerzende Leere. Zaghaft trat ich auf den Gang und zögerte. Ich dachte an den Augenblick, als ich das Krankenhaus verlassen wollte. Als Jochen mich aufgehalten hatte und eine Art Freundschaft mit ihm begonnen hatte. Doch was bedeutete diese Freundschaft hier drinnen? Vielleicht hatte Elke recht, und er war nur ein bemitleidenswerter alter Mann, der Angst davor hatte, sein Leben loszulassen. Wenn Jochen die Wahrheit erzählte, war es einfach, dies alles hinter sich zu lassen. Loszulassen. Ich müsste nur durch die Drehtür gehen.

Also beschloss ich, nicht länger zu warten und meinem Schicksal die Stirn zu bieten. Aber ich kam nicht weit.

»Hallo Bjarne!« Es war Robert. Er kam um die Ecke gelaufen und stieß beinahe mit mir zusammen. Meine düsteren Gedanken flogen hinfort wie die Schirmflieger vom Löwenzahn.

»Was tust du hier?«, fragte ich.

»Ich werde verfolgt.« Robert presste einen Finger auf seinen kleinen Mund »Psst.«

Ich schaute mich um. »Von wem?«

»Den grauen Herren.« Er blickte gehetzt hinter sich.

»Den grauen Herren?« Ich sah ihn verwundert an. Dann verstand ich plötzlich. »Du meinst die Zeitdiebe?«

»Ja!« Robert schaute mich genervt an. »Wen sonst?«

»Dann sollten wir schnell verschwinden.« Ich fasste Robert an der Hand und wir liefen gemeinsam den Gang hinunter.

»Wir müssen uns verstecken. Hier hinein.« Robert riss an meiner Hand und zog mich zu einer schmalen Tür. Sie ließ sich öffnen, und dahinter war ein kleiner Raum, in dem ein Besen und mehrere Eimer standen. Schnell zog Robert die Tür hinter uns zu, und wir standen im Dunkeln. »Ganz leise«, flüsterte er.

Ich roch Kinderschweiß und spürte Roberts feuchte kleine Finger in meiner Hand. Was gab es Größeres als die Fantasie eines Kindes? Vielleicht die dunklen Träume eines Erwachsenen? Als ich neben Robert im Dunkeln stand und wir die grauen Herren abhängten, verstand ich langsam, warum Elke den kleinen Robert nicht gehen lassen wollte. Das Leben pulsierte regelrecht in ihm. Wenn er gehen sollte, waren wir alle längst überfällig. Ob Robert wusste, warum er an diesem Ort war?

»Weißt du, wo deine Eltern sind?« Ich war gespannt, wie er auf diese Frage reagieren würde.

»Meine Eltern haben mich im Stich gelassen«, brachte er mit tiefer Empörung hervor.

»Wie meinst du das?«, fragte ich erstaunt.

»Papa ist wieder einmal zu schnell gefahren. Mama hat es ihm schon so oft gesagt«, erklärte Robert. »Dann ist es passiert. Ein lauter Knall und alles wurde schwarz.« Einen Moment lang blieb es still. »Und jetzt hindern mich die grauen Herren daran, zu meinen Eltern zurückzukehren.«

Ich bezweifelte, dass Robert wusste, wie es um seine Eltern stand. Ob sie den Unfall überlebt hatten. »Also haben dich nicht deine Eltern im Stich gelassen, sondern die grauen Herren sind schuld«, versuchte ich es.

»Vielleicht«, gab Robert zu. »Auf jeden Fall muss ich etwas unternehmen.«

»Du musst ein wenig Geduld haben. Deine Eltern würden dich niemals aufgeben. Ganz sicher nicht.«

Es dauerte eine ganze Zeit, bevor Robert sich wieder regte. »Komm, ich glaube sie sind weg.« Vorsichtig öffnete er die Tür einen Spalt breit. Dann nickte er. »Die Luft ist rein.«

Seine Gedanken waren längst einen Schritt weiter.

Wir traten wieder auf den Gang. »Woher weißt du eigentlich, dass es die grauen Herren waren?« Es war schon ein paar Jahre her, dass ich Momo gelesen hatte.

»Weil die Zeit hier drinnen still steht. Nichts bewegt sich. Sie haben uns hier eingesperrt, doch ich werde gehen. Und bevor ich zu meinen Eltern gehe, werde ich Hilfe holen. Dann befreie ich euch alle.«

Ich beugte mich zu ihm hinunter. »Du musst mir versprechen, keine Dummheiten zu machen.«

Robert schaute mich mitleidig an. »Warum seid ihr Erwachsenen nur immer so anstrengend? Ich dachte wirklich du wärst anders.« Er klang enttäuscht.

Ich kam mir plötzlich furchtbar alt vor. Dieser Bengel besaß Charisma, musste ich feststellen.

»Ich wollte gerade eine Freundin besuchen. Kommst du mit?«, fragte ich zaghaft.

»Warum sollte ich? Die Zeit steht doch eh still.« Robert verschränkte die Arme vor der Brust.

»Sie ist nett, und sie würde sich bestimmt freuen, dich kennenzulernen«, setzte ich nach.

Einen Moment lang zögerte Robert, dann knickte er ein. »Okay, aber nicht lange. Die Zeit läuft uns davon.«

»Und ich dachte gerade, sie wäre stehen geblieben«, sagte ich schmunzelnd.

»Das verstehst du nicht.« Robert machte eine wegwerfende Handbewegung.

Ich klopfte an Svenjas Tür. Es dauerte nicht lange, bis sie öffnete.

»Bjarne!« Svenja wirkte überrascht und erfreut zugleich. »Ich wollte gerade ...«

»Das ist deine Freundin?«, unterbrach Robert sie. »Die ist aber nicht hübsch.«

Svenja lächelte verlegen. »Ich komme sofort. Ich wollte gerade zu Elke gehen.«

»Das ist Robert«, sagte ich. »Robert, das ist Svenja.«

Svenja wirkte ausgeruhter und gefasster als bei unserer ersten Begegnung. »Wolltet ihr auch zu Elke?«, fragte sie.

»Was gibt es bei Elke?«

»Sie wollte, dass wir uns alle treffen. Ich weiß nicht, worum es geht.«

»Bestimmt um die grauen Herren«, erklärte Robert.

Svenja zog die Stirn kraus. »Lasst uns sie doch einfach fragen.«

Ich nickte, und wir gingen los. Robert folgte uns mit großem Abstand. Er machte eine grimmige Miene.

»Ach, da ist der Bengel ja«, rief Elke aus, als wir ihr Zimmer betraten. Sie wirkte erleichtert, und ich ahnte plötzlich, warum sie uns zusammengerufen hatte.

»Ihr könnt hier warten. Jochen und Heinz kommen auch gleich. Ich bringe Robert auf sein Zimmer.«

»Du bist nicht meine Mutter!«, begehrte Robert auf. »Ich gehe nirgendwo alleine hin.«

»Das sollst du auch gar nicht«, beruhigte Elke ihn. »Aber wir müssen etwas Wichtiges besprechen, das nicht für Kinderohren bestimmt ist.« Sie schob Robert aus dem Zimmer und ließ ihm keine Gelegenheit zur Widerrede.

Svenja zuckte mit den Schultern. »Ich wusste, dass hier auch ein Kind ist, aber ich sehe ihn zum ersten Mal. Offenbar hat Elke die Mutterrolle übernommen.«

»Ich glaube langsam, dass Elke hier so manche Rolle übernimmt«, entgegnete ich.

»Ich denke, sie ist in Ordnung.«

Ich antwortete nicht.

Es klopfte. Heinz öffnete und schob Jochen in seinem Rollstuhl ins Zimmer. Als ich Heinz sah, musste ich auf einmal an Helmut denken. Nicht, weil sie sich ähnlich sahen. Keineswegs. Vielmehr, weil sie beide die gleichen Gefühle in mir auslösten. Dann sah ich Jochen an, und auch er löste bestimmte Gefühle in mir aus. Mir kam ein kühner Gedanke. Sollten all diese Menschen mit meinem realen Leben verknüpft sein? Wie ein Spiegel der Realität? Heinz und Helmut. Jochen und Jahn. Elke und meine Mutter. Svenja und Toni. Und Robert? Vielleicht war Robert der kleine Bjarne. Der Bjarne, der noch eine Beziehung zu seiner Mutter gehabt hatte. Ich schüttelte meine Gedanken schnell wieder ab.

»Ich glaube, wir haben uns noch nie alle zusammen getroffen.« Jochen wirkte beschwingt. »Und Sie sind sicherlich das Fräulein Svenja.«

Svenja nickte. »Hallo.«

Heinz sagte nichts. Er wirkte gelangweilt und missmutig.

»Was möchte Elke von uns?«, fragte ich.

»Ich denke, es geht um den Knaben«, erklärte Jochen.

Elke ließ uns nicht lange warten. »So, Robert schläft jetzt. Er ist immer so aufgedreht.« Elke setzte sich auf ihr Bett. Ihre Haare waren ungekämmt, und sie sah gestresst aus.

»Um was geht es hier?«, wollte Heinz wissen.

»Es geht um den Kleinen«, sagte Elke. »Ich habe bereits mit Jochen darüber gesprochen, dass der Kleine an einer Paranoia leidet und das Krankenhaus verlassen möchte. Aber, wie wir alle inzwischen wissen, geht das nicht.«

»Es geht schon«, warf Jochen ein und blickte zu Boden.

»Du weißt, was ich meine, Jochen. Also bitte!« Elkes Tonfall wurde strenger.

»Was sollen wir tun?« Ich hatte keinerlei Idee.

»Wir müssen abwechselnd auf Robert aufpassen«, sagte Elke. »Ich kenne seinen Zustand nicht, doch ich bin davon überzeugt, dass er in Kürze den komatösen Zustand verlassen wird. Solange müssen wir ihn beschützen. Er darf das Krankenhaus unter keinen Umständen verlassen.« Svenja sah mich an. Ich begegnete ihrem Blick und sah wieder die zerbrechliche Frau, die ich kennengelernt hatte.

»Ich werde bestimmt nicht den Babysitter für eine kleine Rotznase spielen.« Heinz machte keinen Hehl aus seinem Standpunkt.

»Wir sind eine Gemeinschaft, ob wir wollen oder nicht.« Elke setzte eine grimmige Miene auf.

»Blödsinn!«, stieß Heinz hervor. »Ich weiß nicht, wie ich das hier nennen soll. Aber es wird Zeit, dass ich aus diesem dämlichen Albtraum erwache und wieder in mein Leben zurückkehre.«

Elke musterte ihn, während wir anderen das Wortgefecht der beiden beobachteten. Elke hatte tatsächlich gut daran getan, den Kleinen in sein Zimmer zu bringen.

»Ich muss gestehen, dass ich Sie kaum kenne, aber ich kenne Ihre Sorte Mensch. Und das, was Sie Leben nennen, ist doch in Wirklichkeit keines.«

»Sie maßen sich an, die Menschen in Schubladen zu stecken«, entgegnete Heinz in kühlem Tonfall. »Das Gleiche könnte ich mit Ihnen tun. Halten Sie sich gefälligst aus meinem Leben heraus, und ich urteile nicht über Ihres.«

»Noch mal, wir alle sitzen im selben Boot«, beharrte Elke. »Und es ist unsere verdammte Pflicht, dass wir uns gegenseitig Hilfe und Trost spenden. Etwas, das Sie offensichtlich verlernt haben.« Man sah Elke an, dass sie zu explodieren drohte.

»Sie tun es schon wieder.« Heinz erhob einen Zeigefinger, und das Rot seines Gesichts steigerte sich langsam zu einem Purpurrot.

»Ruhe jetzt!« Jochen fuhr dazwischen. »Warum, in Gottes Namen, können wir uns nicht wie gesittete Menschen benehmen und Elkes Vorschlag annehmen? Was spricht dagegen, den kleinen Robert vor einem Unglück zu bewahren?«

»Ich werde helfen!« Svenja wirkte entschlossen.

»Ich bin auch dabei!«, sagte ich.

»Keine Frage«, schloss sich Jochen an.

»Gut, ich danke euch.« Elke schien erleichtert.

»Das sollte genügen. Ich werde mich jetzt hinlegen und darauf warten, dass das hier endlich vorbei ist.« Heinz verließ den Raum und schloss die Tür geräuschvoller als nötig.

Jochen seufzte. »Er ist, wie er ist. Ich habe nichts anderes erwartet. Brauchen wir ihn wirklich?«

»Ich denke nicht«, gab Elke zu. »Aber ich habe immer noch die Hoffnung, dass er an seiner Einstellung arbeitet.«

»Und als geläuterter Mensch aus dieser Sache hervorgeht?«, fragte Jochen. »Ich bitte dich!«

»Er soll bleiben, wo der Pfeffer wächst«, sagte Elke. »Ich wünschte, wir alle könnten diesen Ort verlassen und in unser normales Leben zurückzukehren. Aber in seinem Fall weiß ich nicht so recht.«

»Versündige dich nicht, Elke«, erwiderte Jochen.

»Du hast recht. Also, wer übernimmt die erste Schicht?«

»Ich kann das machen«, meldete sich Svenja.

»Danke!«

Ich wandte mich an Svenja. »Gehen wir noch eine Runde?«

»Gerne.«

»Bis später«, sagte ich, und wir ließen Elke und Jochen allein.

»Was tust du, wenn du nicht gerade an solch einem Ort bist?«, fragte Svenja, während wir durch die toten Gänge schlenderten.

»Ich bin Student. Geologie und Mineralogie.«

»Warum studiert man denn so etwas?« Svenja rümpfte die Nase.

»Ich würde gerne irgendwann in die Forschung gehen«, erklärte ich. »Globale Erderwärmung und so etwas. Das wird in einigen Jahren bestimmt noch ein ganz wichtiges Thema.«

»Studieren kam für mich nie infrage. Ich wünsche mir drei Kinder, einen Mann mit Geld, und dann werde ich Hausfrau.« Svenja lächelte gedankenverloren.

»Hat er dir das Herz gebrochen?«, fragte ich unvermittelt.

Sie schaute auf. »Ja, das hat er. Ich wollte nicht mehr leben, so sehr hat es geschmerzt. Ich habe ihn geliebt. Wirklich geliebt. Verstehst du?«

»Ich glaube schon. Ich habe ein Mädchen. Und seit ich mit ihr zusammen bin, weiß ich, wie stark Liebe sein kann. Ich glaube, sie kann alles überwinden.«

»Ja, das kann sie«, gab Svenja zu. »Aber Liebe und Hass liegen nah beieinander.«

»Es tut mir leid. Das mit deinem Freund, meine ich.«

»Du scheinst etwas mehr Glück mit der Liebe zu haben«, sagte Svenja.

»Ich vermisse sie«, gab ich zu. »Jeder Tag, den ich hier bin, ohne sie zu sehen, schmerzt.«

»Weißt du, wie es um dich steht?«

Ihre Frage versetzte mir einen Stich. Ich hatte sie mir selbst noch nicht gestellt. Und das nur aus einem einzigen Grund: Ich hatte Angst vor der Antwort.

In meinem Kopf begann sich alles zu drehen, und zum ersten Mal dachte ich ernsthaft über die Möglichkeit nach, Toni niemals wiederzusehen. Der Gedanke schnürte mir die Kehle zu.

Svenja griff nach meinem Arm. »Bjarne …«

»Ich glaube, ich lege mich etwas hin, es …« Weiter kam ich nicht.

»Schnell! Wir müssen Robert finden.« Elke kam hinter uns hergelaufen. Ihr Gesicht war kreidebleich.

»Was?« Ich vergaß Svenjas Frage.

»Ich wollte eben nach ihm schauen«, berichtete Elke. »Aber seine Zimmertür stand offen. Er muss aufgewacht sein und ist fortgelaufen.«

»Wir suchen ihn.« Svenja versuchte, Elke zu beruhigen.

»Er kann überall sein«, sagte ich.

»Ich hoffe, er ist nicht nach unten gelaufen.« In Elkes Stimme lag Panik.

»Dann lasst uns dort als Erstes nachschauen!« Svenja setzte sich in Bewegung. Ich folgte ihr, und wir ließen Elke hinter uns.

»Meinst du, er ist wirklich zur Pforte gelaufen?«, fragte Svenja auf dem Weg nach unten.

»Keine Ahnung, aber wir sollten es schnellstens herausfinden.«

Als wir den Haupteingang erreichten, entdeckten wir Heinz. Er saß zusammengesunken vor der Drehtür.

Ich lief zu ihm. »Wo ist er?«

Heinz sagte zuerst nichts, dann deutete er nach draußen. »Er ist gegangen. Ich wollte ihn aufhalten, aber er war zu schnell.«

»Nein!« Elkes schrille Stimme erscholl hinter uns. Auch sie fiel auf die Knie und warf die Hände vors Gesicht.

Robert hatte uns verlassen und es dauerte einen Augenblick, bis ich begriff, dass er uns in beiden Welten verlassen hatte.

Der Rabe

Herbst 1981, Nordsee und St. Peter Ording

Petrus hatte ein Einsehen. Es war windig und kühl, aber trocken. Die MS *Horizont* lag in ruhigem Gewässer, und in der Ferne war die nordfriesische Küstenlinie zu erkennen. Wir befanden uns inzwischen über »rauem Grund« außerhalb der Dreimeilenzone. Dies bedeutete, dass wir uns jenseits der Fischerei- und Wassersportgebiete befanden.

Ich war die einzige Person, die Zivil trug. Und das hatte ich Holger zu verdanken. Denn er hatte dafür gesorgt, dass ich der stillen Seebestattung beiwohnen durfte, bei der normalerweise keine Trauergäste an Bord waren. Dem Kapitän, Holgers Onkel, war es eine Ehre, mich mit an Bord zu nehmen, da ich Holger schon von Kindesbeinen an kannte.

Ich war hier, um Großvaters letztem Wunsch beizuwohnen. Er hatte eine Verfügung hinterlassen, in der stand, dass die Urne mit seiner Asche während einer stillen Seebestattung dem Meer übergeben werden sollte.

Ich blickte zu dem schmalen Tisch, auf dem die Urne mit den Überresten meines Großvaters stand. Die Trauerfeier hatte im engsten Familienkreis stattgefunden, und niemand wusste, dass ich Großvater an diesem Tag auf seiner letzten Reise begleitete. Auch wenn er still und leise gehen wollte, war ich davon überzeugt, dass er sich gewünscht hätte, dass ich ihm an diesem Tag ein letztes Mal Lebewohl sagte.

Er war alleine in Aachen gestorben. Die Nachtschwester hatte ihn an einem verregneten Morgen gefunden. Er hatte nicht in seinem Bett gelegen. Zusammengesunken in seinem Ohrensessel hatte er gesessen, den Blick hinaus in den Buchengarten gerichtet. Ich denke, es war so gekommen, wie er es sich gewünscht hatte. In seinen letzten Wochen hatte ich ihn so häufig besucht, wie es mir möglich gewesen war, und ich hatte gespürt, dass er jede Minute mit mir genossen hatte.

Nun hieß es also endgültig Abschied nehmen, und ich war Holger unendlich dankbar, dass er mir dies ermöglicht hatte. Was ist das Leben ohne Freunde?

Alle Besatzungsmitglieder trugen ihre standesgemäße Marineuniform. Sie standen in zwei Reihen hinter ihrem Kapitän, als er vortrat und seinen Blick auf die Urne richtete. Es sollten an diesem Tag noch zehn weitere Urnen ins Meer gelassen werden. Großvaters Urne war die Erste.

Der Kapitän kramte in seiner Tasche und beförderte ein Stück Papier hervor. Ich erhob mich, und während mir der kalte Nordwind um die Ohren pfiff, zitierte er Henry Scott.

Ich bin nur in einen anderen Raum gegangen.
Ich bin ich, ihr seid ihr.
Das, was ich für euch war, bin ich immer noch.
Gebt mir den Namen,
den ihr mir immer gegeben habt.
Sprecht mit mir,
wie ihr es immer getan habt.
Gebraucht nie eine andere Redeweise,
seid nicht feierlich oder traurig.
Lacht weiterhin über das
worüber wir gemeinsam gelacht haben.

Betet, lacht und denkt an mich.
Betet für mich
damit mein Name im Haus ausgesprochen wird
so wie es immer war
ohne die Spur eines Schattens.
Das Leben bedeutet das, was es immer war.
Der Faden ist nicht durchgeschnitten.
Warum soll ich nicht mehr in euren Gedanken sein,
nur weil ich nicht mehr im eurem Blickfeld bin?
Ich bin nicht weit weg.
Ich bin nur auf der anderen Seite des Weges.

Einen Moment lang hielt der Kapitän inne. Dann blickte er zu mir, trat vor und reichte mir die Hand. Ich war ihm dankbar für diese kurze Ansprache. Seine Worte berührten mich, und ich spürte, wie meine Augen feucht wurden.

Drei Besatzungsmitglieder stimmten mit ihren Instrumenten die Nationalhymne an. Die Flagge wurde gehisst, und nachdem der letzte Ton verklungen war, wurde die Bootsmannspfeife geblasen.

Der Kapitän trat vor und griff den Tampen, der an der Urne festgemacht war. Die Urne bestand aus einem wasserlöslichen Material und garantierte, dass keine Rückstände im Meer verblieben. Holgers Onkel ließ die Urne langsam ins Wasser hinab, und ich sah sie noch lange unter der Wasseroberfläche bläulich schimmern. Bis sie für immer verschwand. Die sterblichen Überreste meines Großvaters würden sich mit dem Wasser und dem Sand der Nordsee vermischen. Und er würde für immer mit dem Ort verbunden sein, der seine Heimat gewesen war und den er sein Leben lang geliebt hatte. Ich warf eine einzelne Rose ins Meer und flüsterte leise »Lebewohl«.

Nachdem er die übrigen Urnen zu Wasser gelassen hatte, trug der Kapitän die genauen Koordinaten in sein Logbuch ein. Die Motoren wurden gestartet, und wir fuhren eine Ehrenrunde um das Seegrab. Mit drei Signaltönen verabschiedeten wir uns und fuhren langsam zurück. Großvaters letzter Wille war erfüllt.

In alter Gewohnheit war ich versucht auf den Klingelknopf zu drücken, doch allzu deutlich wurde mir bewusst, dass niemand mehr öffnen würde. Ich konnte die Leere fühlen und riechen, als ich das Haus meiner Großeltern zum letzten Mal betrat.

Die Rollläden waren zur Hälfte heruntergelassen, und das graue Herbstlicht vermochte die Räume kaum zu erhellen. Noch stand und lag alles unberührt da, als müssten meine Großeltern jeden Moment aus einem der Räume kommen. Ich zog ein paar Rollläden hoch und öffnete die Terrassentür im Wohnzimmer. Einen Augenblick verharrte ich vor der Tür, als mir bewusst wurde, dass Großvaters Stuhl noch immer vor dem Terassenfenster stand. Kurz blickte ich hinauf zum Fenster der Petrovskis und sah, dass deren Vorhänge geöffnet waren. Ob die Wogen sich geglättet hatten? Ich musste schmunzeln, als ich an den Abend zurückdachte, an dem ich mit Großvater dem kleinen Kammerspiel beigewohnt hatte.

Gierig atmete das Haus die frische Luft von draußen ein, und die Gardinen flatterten vor und zurück. Mutter war das letzte Mal im Haus gewesen, kurz nachdem Großvater verstorben war. Sie hatte nicht viel verändert und nur das Nötigste aufgeräumt.

In einer Woche sollten die Möbelpacker kommen und das Haus leer räumen. Anschließend sollte es zum Verkauf angeboten werden. Mutter hatte mir geraten, noch einmal hierherzukommen, um das eine oder andere Kleinod in Sicherheit zu bringen. Ich wusste, dass sie bezweifelte, dass man noch irgendetwas Brauchbares finden würde. Aber deswegen war ich nicht gekommen. So wie ich von Großvater Abschied genommen hatte, wollte ich auch von diesem Haus Abschied nehmen. Es war anzunehmen, dass neue Käufer das Haus komplett sanieren würden, und dann würde man es nicht mehr wiedererkennen. Dieser Moment gehörte mir allein. In dem Haus meiner Großeltern, mit all den Dingen, die sie viele Jahre ihres Lebens begleitet hatten, fühlte ich mich ihnen ein Stück näher.

Einzelne Teller und Tassen standen auf dem Abtropfgitter neben der Spüle. Mutter hatte sich nicht mehr die Mühe gemacht, sie in den Schrank zu räumen. Es schien, als hätte sie nicht vor, noch irgendetwas von der Einrichtung zu behalten. Vielleicht hatte sie einen guten Preis erzielt.

Ich hörte auf darüber zu grübeln. Wenn ich später die Tür hinter mir schließen würde, konnte mit dem Haus passieren, was auch immer meine Mutter geplant hatte. Mir wäre es dann gleichgültig. Es war sowieso nicht zu ändern und entsprach dem Lauf der Dinge.

Ich ließ die Terrassentür offen stehen und ging nach oben.

Großmutters Nähzimmer sah aus wie einer dieser nachgestellten Räume in einem Museum. Ich glaube, Großvater hat diesen Raum nach ihrem Tod nicht mehr betreten. Alles war so unendlich penibel aufgeräumt und sortiert. Einen Augenblick wünschte ich mir, diesen einen Raum unberührt lassen zu können. Ihn auszusparen und für immer zu konservieren. Auch Mutter hatte offensichtlich nichts angerührt. Sie hatte sich nie viel aus den Interessen meiner Großeltern gemacht, und Vater war zu selten zu Hause, als dass er sich noch mit der Auflösung eines Hausstands beschäftigen wollte.

Das Bett im Schlafzimmer war sorgfältig aufschlagen und mit einer braunen Tagesdecke abgedeckt worden. Auf Großvaters Nachttisch stand ein Bild von Großmutter. Es zeigte sie in jüngeren Jahren bei einem Spaziergang durchs Watt. Sie lächelte verschmitzt in die Kamera und präsentierte stolz einen großen Bernstein zwischen Daumen und Zeigefinger. Neben dem Bild lagen mehrere Tablettenschachteln, und ohne die Medikamente zu kennen, wusste ich, dass es Schmerzmittel waren. Großvaters letzte stille Begleiter.

Ich verließ das Schlafzimmer wieder und ging in Großvaters Arbeitszimmer. Auch dort war alles aufgeräumt und nicht ein Teil schien an einem falschen Platz zu liegen.

Auf dem wuchtigen Schreibtisch lag seine Kladde mit den Briefmarken. Als ich sie aufschlug, erkannte ich, warum er sie liegen gelassen hatte. Es waren nur zwei Marken in der ansonsten leeren Mappe. Offensichtlich hatte er gerade eine neue Mappe angefangen. Die anderen Mappen wollte er einem Museum vermachen, hatte er mir gesagt. Es war ihm wichtig, die Sammlung an einem sicheren Ort zu wissen, statt in den Händen von Laien, die ihren wahren Wert nicht zu schätzen wussten.

Es widerstrebte mir, auch nur einen Schrank oder eine Schublade zu öffnen. Es kam mir falsch vor, in den persönlichen Dingen meiner Großeltern herumzuschnüffeln. Aber mir wurde klar, wie albern dieser Gedanke war. Wenn meine Mutter nichts mehr an sich nahm, dann würde alles in die Hände Fremder fallen. Also überwand ich mich und öffnete zaghaft eine der Schreibtischschubladen.

Vielleicht war es Schicksal oder einfach nur Zufall. Mein Blick fiel auf eine Bleistiftzeichnung, und es war unschwer zu erkennen, dass es sich dabei um einen Segelwagen handelte. Neugierig setzte ich mich in den ledernen Drehstuhl. Dann griff ich nach dem Zeichenblock und legte ihn mir auf die Oberschenkel. Seite für Seite blätterte ich um und staunte nicht schlecht, als ich erkannte, dass Großvater tatsächlich an einer Weiterentwicklung meines *Wattläufers* gearbeitet hatte. Augenscheinlich ein verborgenes Talent. Warum hatte er mir nie davon erzählt? Vielleicht hatte er vorgehabt, es mir zu zeigen, aber Großmutters Tod und seine eigene Krankheit hatten ihm einen Strich durch die Rechnung gemacht. Und die Pläne waren in seiner Schublade in Vergessenheit geraten.

Diese Pläne waren mir mehr wert als alle Wertgegenstände, die noch im Haus herumstanden. Ich betrachtete sie aufmerksam und erkannte an jedem Detail, wie viel Mühe Großvater sich mit den Zeichnungen gemacht hatte. Jedes kleinste Schräubchen war aufgezeichnet und mit Anmerkungen versehen. Er musste sich viele Elemente von anderen Segelwagen abgeschaut haben und zu einem neuen, weiterentwickelten Fahrzeug ergänzt haben. Die Form war äußerst aerodynamisch und mutete sehr fortschrittlich an. Die Zusammensetzung der Materialien war so gewählt, dass möglichst viel an Gewicht gespart wurde. Jede Leimung und jede Verschraubung war detailliert auf das Papier gebracht worden.

Als ich auf der letzten Seite des Blocks angelangt war stand dort in großen Lettern: *Wattläufer II.*

Ich spürte, dass dieser letzte Besuch im Haus meiner Großeltern genau diesem Zweck gedient haben musste: die Baupläne des Segelwagens zu finden. Vielleicht war ich der einzige Mensch, der von Großvaters verborgenen

Talenten wusste, aber ich war sicher, dass er es genauso gewollt hatte.

Ich schob die Schublade wieder zu, klemmte mir den Block unter den Arm und verließ das Arbeitszimmer.

Die alte Holztreppe ächzte unter meinem Gewicht, und mir fiel ein, dass die Terrassentür noch offen stand. Nachdem ich sie geschlossen hatte, machte ich mich auf den Weg in den Keller.

Der ehemalige Partyraum war ein muffiges Loch geworden, in dem all das Platz gefunden hatte, was im Rest des Hauses im Weg stand. Die vertäfelten Holzwände waren gespickt mit Wimpeln, Bierdeckeln und weisen Sprüchen. Vor der ehemaligen Theke, die jetzt von einer dicken Staubschicht und toten Fliegen bedeckt war, stand eine alte Leinwand. Der passende Diaprojektor stand nicht weit entfernt.

Großvater hatte alle Reisen, die er mit meiner Großmutter gemacht hatte, auf Dias festgehalten. Obwohl er mir oft davon erzählt hatte, waren wir nie dazu gekommen, auch nur ein Bild anzuschauen.

Das Gerät war ebenfalls eingestaubt. Ich bezweifelte, dass es noch funktionstüchtig war, aber ich probierte es trotzdem. Als der Stecker in der Steckdose steckte, legte ich den ON/OFF-Schalter um. Ein Summen ertönte, und die Kontrollleuchte blinkte. Ich entfernte die Schutzkappe vor der Linse, und die Leinwand erstrahlte in einem weißen Licht. Das Gerät funktionierte einwandfrei. Also nahm ich das Steuergerät in die Hand und drückte eine Taste. Es machte Klick, und ein Bild erschien auf der Leinwand.

Es zeigte meine Großeltern vor einem hohen Gebäude, an dessen Fassade Leuchtreklamen hingen. Asiatische Schriftzeichen waren zu erkennen. Den Gesichtern meiner Großeltern nach zu urteilen war das Bild höchstens fünfzehn Jahre alt. Es musste auf ihrer Asienrundfahrt gemacht worden sein.

Während der Diaprojektor rauschte, schob ich ein Bild nach dem anderen vor die Linse. Ich erwartete weitere Bilder aus Asien, musste aber feststellen, dass die Bilder bunt gemischt waren. Doch alle hatten sie eines gemeinsam: Auf allen Bildern war meine Großmutter zu sehen. Es waren Portraits von meiner Großmutter dabei, Landschaftsaufnahmen, Bilder von Gebäuden und Bilder mit der Familie. Und immer war Großmutter der Mittelpunkt des Bildes.

Ich warf einen Blick auf die Diakassette und las: *Bayern '63*. Doch die Bilder waren offensichtlich aus verschiedenen Kassetten genommen worden, und langsam ahnte ich, dass Großvater sie bewusst so umsortiert haben musste. Er hatte nur Bilder herausgesucht, auf denen Großmutter besonders gut getroffen war. Ich fragte mich, wie oft er hier unten gesessen und in Erinnerungen geschwelgt hatte. Ich verstand immer mehr, wie sehr ihn Großmutters Tod getroffen haben musste.

Hatte ich meine Skrupel bezüglich der Schubladen meiner Großeltern inzwischen aufgegeben, packten sie mich nun erneut, und es erschien mir falsch, diese Bilder länger zu betrachten. Schnell schaltete ich den Projektor aus, zog den Stecker und löschte das Licht. Was mit all den Bildern wohl geschehen mochte? In Kürze würden sie höchstwahrscheinlich in einer Müllverbrennungsanlage landen, die Zeugnisse eines Menschen, der von einem anderen geliebt worden war, für immer verloren. Aber es waren Erinnerungen, die nur für meinen Großvater wirklich von Bedeutung gewesen waren. Und da seine eingeäscherten Überreste inzwischen auf dem Grund der Nordsee verstreut lagen, hielt ich es für passend, auch diese Überreste seines Lebens dem Feuer zu übergeben.

Es war dämmrig geworden. Da die Heizung abgeschaltet war und die Tür im Wohnzimmer lange offen gestanden hatte, war es empfindlich kühl im Haus geworden. Eigentlich Zeit zu gehen, aber ich wollte mich noch nicht trennen.

Auf der Couch im Wohnzimmer lag eine Wolldecke. Ich nahm sie, wickelte mich hinein und setzte mich auf Großvaters Stuhl vor das Terrassenfenster. Dann blickte ich hinaus. Meine Hände lagen auf den Lehnen, wie noch vor nicht allzu langer Zeit die meines Großvaters darauf gelegen hatten. Es war ein seltsames Gefühl, seinen Platz einzunehmen. Noch seltsamer zu wissen, dass er nie mehr in diesem Stuhl Platz nehmen würde. Hatte ich damals nicht sofort verstanden, warum er sein Haus freiwillig verlassen hatte, tat ich es inzwischen sehr gut. Er wollte sein Haus mit aufrechtem Haupt und eigenem Willen hinter sich lassen. Es hatte ihm widerstrebt, eingepackt in einem schwarzen Plastiksack aus seinem Haus getragen zu werden, während die Nachbarn mit neugierigen Blicken hinter den Fenstern klebten. Das Schicksal hatte bestimmt, dass Großmutter zuerst gehen musste. Sie hätte womöglich nicht den Mut besessen an einen fremden Ort zu gehen, um allein zu sterben.

Draußen vor dem Fenster bewegte sich etwas, und ich schrak aus meinen Gedanken hoch. Es war ein Rabe. Ein großes Tier mit einem schimmernden, tief schwarzen Federkleid. Die Sonne war längst am Horizont verschwunden, und ich wunderte mich, dass der Vogel noch unterwegs war.

Er hüpfte vor die Scheibe und legte den Kopf schief. Täuschte ich mich, oder musterten mich seine pechschwarzen Augen prüfend? Ich rieb mir die Augen und schaute genauer hin. Noch immer saß der Rabe dort und schien auf irgendetwas zu warten. Wartete er auf etwas Essbares? Hatte mein Großvater vielleicht einen Freund gehabt, der ihn regelmäßig besucht hatte und der sich nun wunderte, dass jemand anderes seinen Platz eingenommen hatte?

Ich schlug die Decke zur Seite und öffnete langsam die Terrassentür. »Wer bist du denn? Suchst du meinen Großvater?« Der Rabe drehte den Kopf und öffnete seinen Schnabel. Dann verharrte er in dieser Position. Vielleicht hat er Angst vor mir, überlegte ich. Also trat ich wieder zurück und setzte mich zurück auf den Stuhl.

Es dauerte einen Augenblick, dann machte der Rabe einen Satz und hüpfte ins Wohnzimmer. Er stand unmittelbar vor mir, als er plötzlich zu sprechen anfing. »Hab keine Angst. Ich bin es, Großvater.« Ich schrak zusammen. Aber die Stimme klang so warm und angenehm, und es tat so gut, sie noch einmal zu vernehmen, dass ich ruhig blieb und den Worten lauschte.

»Ich habe nicht viel Zeit«, sagte der Rabe. »Ich muss weiter. Ich will dir nur sagen, dass es so ist, wie ich es mir vorgestellt habe und doch vollkommen anders. Und das Schönste ist, dass ich sie wiedergefunden habe. Wir sehen unsere Geliebten wieder. Du musst nur in dich hineinlauschen. Irgendwann ist es so weit, und du wirst es erkennen. Glaube daran, mein Junge. Und bewahre, was ich dir sage, immer in deinem Herzen.«

Ich war unfähig zu antworten. Vielleicht war das auch gar nicht notwendig. Großvater schien direkt vor mir zu stehen. Seine Worte waren klar und verständlich. Auch wenn ich nicht mit Sicherheit sagen konnte, was er genau meinte, erkannte ich doch unbewusst die Bedeutung seiner Worte.

»Unser Band ist stark. Lass dir gesagt sein, dass ich da sein werde, wenn du mich brauchst. Denke daran, was ich dir immer gesagt habe: Die Liebe macht dich stark und gibt dir Kraft. Sie ist wie ein Leuchtturm in der Ewigkeit. Sie leitet dich und führt dich. Halte nach dem Licht Ausschau, und du wirst nicht verloren gehen.«

Ich erhob mich wieder und bückte mich zu dem Tier hinab. Ich wollte sein Gefieder berühren. Ich wollte spüren, dass er tatsächlich da war. Dass Großvater da war.

In dem Moment, als meine Fingerkuppen seine schwarzen Federn streiften, schrak ich hoch und atmete laut in die kühle Luft des Raumes aus. Meine Beine kribbelten. Es war dunkel um mich herum geworden. Ich musste eingeschlafen sein. Ein Blick zur Tür zeigte mir, dass sie noch immer verschlossen war und der Rabe nur eine Traumgestalt gewesen war. Trotzdem wärmte der Gedanke an den Traum mein Herz, und ich wollte das Gefühl, dass mein Großvater ein letztes Mal von der anderen Seite des Weges zu mir gesprochen hatte, bewahren. Genau so, wie es Holgers Onkel in seinem Text gesagt hatte.

Ich legte die Decke zurück auf die Couch und griff nach dem Zeichenblock.

Nachdem ich den Schlüssel im Schloss gedreht hatte und ein paar Schritte die Einfahrt hinuntergegangen war, sah ich mich noch einmal um. Ich hatte etwas Wertvolles gefunden. Wertvoller als all die Gegenstände, die Mutter zu Geld machen würde. Ich hatte Großvaters Zeichnungen gefunden, und gleich am nächsten Tag wollte ich die notwendigen Materialien kaufen.

War es eine Sinnestäuschung, oder sah ich tatsächlich die Silhouette eines Raben, die sich dunkel vor dem Nachthimmel abhob, auf dem Schornstein sitzen?

Die Aufgabe

Sommer 1984, Heide, Nordfriesland

»*Ich weiß nicht, was ich sagen soll. Meine Kehle ist wie zugeschnürt.*« Ich liebte den Klang ihrer Stimme, doch ich fürchtete die Bedeutung ihrer Worte.

Ich spürte den Druck ihrer Hand auf meiner Brust. Dann das sanfte Streicheln ihrer Finger über meine Wangen und die Lippen.

»*Sie sagen, du bist noch zu jung, als dass sie die Maschinen übereilt abstellen wollen.*« Pause. »*Mein Gott, was ist das denn für eine Aussage?*« Verzweiflung schwang in ihrer Stimme mit. »*Es ist alles so schrecklich. Ich weiß nicht, was ich tun soll.*«

Etwas Schweres drückte auf meinen Brustkorb. Ich meinte einen zarten Blütenduft wahrzunehmen. Ein Kitzeln an meinem Kinn. Toni hatte ihren Kopf auf meine Brust gelegt. Ich konnte ihren Herzschlag spüren und ihre Atmung hören. Oh mein Gott, ich nahm alles wahr und konnte mich ihr doch nicht mitteilen.

»*Du darfst nicht sterben. Ich habe dich doch gerade erst gefunden. Alles war so perfekt.*« Ich hörte sie schluchzen. Spürte die Verzweiflung aus ihr heraussickern und in mich eindringen. Sie breitete sich wie ein giftiges Gas in mir aus und schien mich zu ersticken. Was sollte ich bloß tun? Ich war gefangen in meinem Körper und konnte nichts gegen ihr Leid tun.

Doch. Ich konnte durchhalten. Am Leben bleiben. Aber wie lange?

»*Sie will dich auf keinen Fall gehen lassen. Deine Mutter hat eine Verfügung unterschrieben, dass die Maschinen unter allen Umständen angeschlossen bleiben. Es soll jede nur erdenkliche Maßnahme ergriffen werden, um dich am Leben zu halten.«* Ich hörte sie weinen. *»Aber es ist so aussichtslos!« Ein Schluchzen. »Ich liebe dich so sehr!«*

Eine einzelne Träne rollte meine Wange hinab und benetzte ihr goldenes Haar. Sie bemerkte es nicht ...

Ich erwachte und wischte eine Träne von meinem Kinn. Nun hatte ich also Gewissheit: Ich würde sterben. Der Gedanke erzeugte Ernüchterung in mir. Einen Moment lang war ich nicht fähig, die gleichen Gefühle wie im wirklichen Leben zu entwickeln. Ich war genauso kalt wie meine Umgebung.

Dann schlug ich die Augen auf und hörte Tonis traurige Stimme in meinem Gedächtnis nachklingen. Die Gefühle schlugen wie eine meterhohe Welle über mir zusammen, und ich schwang mich schnell aus dem Bett, bevor die Trauer mich doch noch verschlingen konnte.

Robert! Der Junge. Er war gegangen. Ich musste nach Elke sehen. Irgendwie musste ich mich ablenken. Ich wollte nicht über mein Schicksal nachdenken. Noch nicht.

Elke saß am Fenster. Die Jalousien waren hochgezogen, und sie blickte in die unwirkliche Nacht hinaus. Sie hörte mich kommen, aber sie schaute sich nicht um.

»Es tut mir leid«, sagte ich. Obwohl ich den Jungen nicht richtig kennengelernt hatte, war es schmerzhaft zu wissen, dass sein Leben vielleicht hätte gerettet werden können. Im Gegensatz zu meinem.

»Das hätte nicht passieren dürfen.« Elkes Stimme klang monoton. Sie sprach zu einem unsichtbaren Beobachter jenseits des Fensters. »Es ist meine Schuld. Ich hätte besser auf ihn aufpassen müssen.«

»Sie haben alles getan, was Sie konnten. Es war nicht Ihre Schuld.« Ich versuchte, sie zu beruhigen. »Sie konnten nicht rund um die Uhr auf ihn aufpassen.«

Elke wandte sich energisch um. »Wir alle hätten ein Auge auf ihn werfen müssen!«

»Und wie lange hätten wir das tun sollen? Wir bestimmen an diesem Ort nicht immer selbstständig über unser Tun.«

»Ich weiß genug über diesen Ort«, sagte sie »Also bitte!«

»Auf wen sind Sie jetzt eigentlich wütend? Es war ein Unfall.« Ich setzte mich auf ihr Bett.

»Heinz ist an allem schuld«, stieß sie hervor. »Dieser … dieser selbstgefällige … Kotzbrocken!«

»Sie kennen ihn doch kaum«, sagte ich. »So wie wir alle ihn kaum kennen.« Ich hörte meine eigenen Worte und überlegte, ob ich sie tatsächlich so meinte. Helmut hatte ich von Anfang an nicht leiden können, und mein Gefühl hatte mich nicht getrogen. Vielleicht war es bei Heinz genauso.

»Ich kenne ihn lange genug, um zu wissen, dass ihn andere Menschen nicht interessieren, solange sie nicht für seine Angelegenheiten wichtig sind«, entgegnete Elke bitter.

»Aber er war unten. Er hat versucht, Robert aufzuhalten.«

»Warum auch immer er unten war. Wie konnte es einem erwachsenen Mann nicht gelingen, einen Siebenjährigen zurückzuhalten?« Elke starrte mich an. »Wie?«

»Erzählen Sie mir von Ihrem Sohn«, versuchte ich es.

Ihre Augen wurden einen Tick größer, und die hängenden Schultern strafften sich etwas. »Warum fragen Sie nach meinem Sohn?«

»Weil ich weiß, dass Sie ihn vermissen und in dem kleinen Robert eine Art Ersatzsohn gesehen haben. Sie haben sich für ihn verantwortlich gefühlt. Also, erzählen Sie mir von Ihrem Sohn.«

Sie schluckte. »Frank ist ... er ist ein ehrgeiziger junger Mann. Vielleicht liegt es daran, dass seine Mutter Lehrerin ist.« Sie zog die Nase hoch, und ein heimliches Lächeln schlich sich auf ihre Wangen. »Ich weiß, er ist noch jung, aber so langsam frage ich mich doch, wo die erste Freundin bleibt. Nun, ich meine, er ist schon vierundzwanzig Jahre alt.« Sie zerknüllte ein Taschentuch in ihrer Faust und blickte zu Boden, während sie sprach. Mein Plan war aufgegangen. Ich hatte sie abgelenkt.

»Wie sollte er auch Zeit haben für ein Mädchen«, fuhr sie fort. »Er lernt doch so viel. Er will irgendwann zur NASA gehen. Er hat sich für ein Stipendium beworben. Wenn sie ihn nehmen, geht er für anderthalb Jahre in die Staaten.« Sie zog wieder die Nase hoch und presste sich das Taschentuch davor. »Er weiß, dass ich furchtbar leiden werde, wenn ich ihn so lange Zeit nicht sehe, aber ich gönne es ihm, und ich bin davon überzeugt, dass er es schafft.« Plötzlich wandte sie sich ab, und ich sah, wie ihre Schultern zuckten.

Ich erhob mich vom Bett und trat neben sie. Einen Augenblick zögerte ich noch, dann nahm ich die kleine Person in den Arm. Sie ließ es geschehen, und die Tränen suchten sich ihren Weg. In diesem Moment war sie nicht die Frau, die ich kennengelernt hatte. Sie hatte Jochen für seine Schwäche verurteilt und davon gesprochen, dass man seinem Schicksal entgegentreten müsse. Jetzt war sie wie ein Spatz in der Hand. Gebrechlich, und ihrer Trauer schutzlos ausgeliefert. Ich erkannte, dass sie mit ähnlichen Problemen wie Jochen zu kämpfen hatte. Sie hatte lediglich von ihren eigenen Problemen ablenken wollen.

»Was ist Ihnen zugestoßen?«, fragte ich. Erst glaubte ich, sie hätte meine Frage nicht vernommen, doch dann sagte sie: »Ein Aneurysma. Eines Morgens nach dem Aufstehen explodierte der Schmerz in meinem Kopf. Es ist geplatzt wie eine überreife Frucht. Danach bin ich hier aufgewacht.«

»Und? Träumen Sie?«

»Sie meinen, ob ich mitbekommen habe, was die Ärzte sagen?« Sie lachte kurz auf. »Sie halten sich alle Optionen offen. Ich könnte morgen aufwachen und wieder die Alte werden, oder eine weitere Arterie platzt, und das war's.«

»Das heißt, Sie warten darauf, wie sich das Schicksal entscheidet?« Meine Frage klang herausfordernder als beabsichtigt.

»Ich will noch einmal mit Frank sprechen.«

»Und Jochen will noch einmal mit seiner Frau sprechen«, gab ich zurück. »Wer kann es Ihnen verdenken.«

»Was wissen Sie schon?« Sie löste sich von mir und trat wieder ans Fenster. »Was hat Sie hierher gebracht?«

»Ein Sportunfall.«

»Welcher Sport?«, hakte sie nach.

»Strandsegeln.«

»Ich mag diese Dinger nicht. Ich wusste schon immer, dass sie gefährlich sind.«

Ich sah ihr Spiegelbild in der Fensterscheibe. Auf einmal hatte ich das Gefühl, mit meiner Mutter zu sprechen, und mich überkam wieder dieses eigenartige Gefühl, dass die Begegnungen an diesem Ort etwas mit den Personen aus meinem realen Leben zu tun hatten.

»Es ist ...« Ein Klopfen unterbrach mich. Es war Jochen.

»Wie geht es dir, meine Liebe?« Jochen rollte seinen Stuhl an mir vorbei. Er zwinkerte mir kurz zu.

»Ich komme klar«, antwortete sie. Sie warf mir einen irritierten Blick zu, so, als wüsste sie nicht, was ich in ihrem Zimmer zu suchen hatte.

»Ich denke, ich gehe ein paar Schritte«, sagte ich.

Elke nickte, und Jochen sagte: »Bis später.«

Als ich auf den Gang trat, fragte ich mich, was für eine seltsame Begegnung das gerade gewesen war. Elke hatte eine ganze Klaviatur von Gefühlen gezeigt. Erst Wut, dann Schmerz, Mitleid und schlussendlich wieder Verschlossenheit. Wie meine Mutter. Sie konnte sich auch nie für eine Gefühlswelt entscheiden. Ich beschloss, Svenja zu besuchen.

»Gehst du eine Runde mit mir?«, fragte ich, nachdem ich ihr Zimmer betreten hatte. Sie saß auf der Bettkante und las ein Buch aus Elkes Sammlung.

»Wie geht es ihr?« Svenja wirkte noch zerbrechlicher als Elke.

»Sie wird es verkraften. Jochen ist jetzt bei ihr.«

Svenja nickte stumm.

»Warst du schon einmal oben auf dem Dach?« Ich bemerkte, dass wir ziellos durch den Flur liefen.

»Auf dem Dach des Krankenhauses?«, fragte sie ungläubig. »Ich habe mir noch nicht mal Gedanken gemacht, ob dieser Ort so etwas Triviales wie ein Dach hat.«

Ich schmunzelte. »Dann lass es uns herausfinden.«

»Meinetwegen.«

Während wir zur Treppe gingen, fragte ich: »Hast du geträumt?«

»Ich habe Gesprächsfetzen mitbekommen, jedoch nichts von Belang. Ich glaube, mein Leben hing an einem seidenen Faden, aber jetzt geht es bergauf.«

»Du meinst also, dass du bald aufwachst?«

»Ich denke schon. Ich werde wohl nicht für immer hier bleiben.«

»Keiner von uns wird das. Natürlich nicht«, sagte ich. » Die Frage ist nur: Wer verlässt den einen Ort, um den anderen zu betreten, und wer verlässt beide?«

Wir erreichten die Treppe und stiegen nach oben. Svenja schien über meine Worte nachzudenken. Das Krankenhaus verfügte über sechs Etagen, und wir gingen langsam. Während des Aufstiegs schwiegen wir beide. Ich war froh, dass sie mitgekommen war. Im Augenblick wollte ich nicht allein sein.

Vor der Tür mit der Aufschrift *Notausgang* blieben wir stehen. Ich löste die Sicherung und schob die Tür auf. Zögerlich machte ich den ersten Schritt nach draußen. Ich erwartete einen kühlen Lufthauch und das unterschwellige Summen, das uns allgegenwärtig umgibt, wenn wir im Freien sind. Aber nichts von all dem war zu bemerken. Über uns spannte sich der Himmel. Doch es waren weder Wolken noch Sterne zu sehen. Es war eine undurchdringliche Schwärze, durchzogen lediglich von purpurnen Streifen, die wie seidene Tücher über den Himmel waberten.

»Dieser Ort ist magisch«, bemerkte Svenja ehrfürchtig, während sie meinem Blick folgte und in den Himmel starrte.

»In der Tat«, antwortete ich. »Aber was ich noch viel magischer finde, ist die Tatsache, dass wir nicht allein hier sind.«

»Wie meinst du das?«

»Na, wir haben uns. Wie schrecklich müsste es sein, wenn wir allein im Krankenhaus wären.« Ich wagte gar nicht daran zu denken, wie es gewesen war, als ich das erste Mal hier aufgewacht und ziellos durch die ausgestorbenen Gänge geirrt war.

»Ich glaube, ich hätte furchtbare Angst«, gab Svenja zu.

Ich ging bis an den Rand des Daches und blickte nach unten. Alles lag still da. Es war apokalyptisch. Kein Mensch, kein Tier, kein Fahrzeug. Nichts. Noch nicht einmal der Wind wehte. Svenja und ich waren das Einzige, das sich in diesem Augenblick bewegte. Lebte.

Aber lebten wir wirklich?

»Hast du dir so das Leben nach dem Tod vorgestellt?« Ich schrak aus meinem Gedanken hoch und blickte zu Svenja, die neben mich getreten war.

»Nein.« Ich musste an den Tag mit Großvater im Park denken. An seine Vorstellung des Jenseits. An Großmutter, die irgendwo auf ihn wartete. »Das Leben nach dem Tod ist nicht wie dieser Ort.«

»Wie kannst du dir so sicher sein?«, fragte Svenja »Vielleicht sind wir längst tot und wissen es noch nicht.«

»Ich bin nicht sicher, aber ich glaube, dass wir alle hier noch eine Aufgabe haben.« Und plötzlich waren die Dinge sonnenklar. »Wir können erst gehen, wenn wir diese Aufgabe erfüllt oder eine letzte wichtige Entscheidung getroffen haben.« Das war es. Warum war ich nicht schon viel früher darauf gekommen?

Svenja musterte mich eingehend. »Meinst du damit, dass uns das Leben vorher nicht freigibt?«

Ich nickte und blickte über die Dächer der Stadt. »So ungefähr. Ja, das denke ich inzwischen.«

»Aber wie konnte Robert dann gehen? Er war doch noch so jung. Welche Aufgabe kann er hier gehabt haben.«

»Das Schicksal ist oft unergründlich. Welche Aufgaben uns im Leben zugeteilt werden, erkennen wir sicher oft nicht. Und ich bin davon überzeugt, dass wir verschiedene Aufgaben haben, bevor wir gehen können. Und Robert hat die seine sicher erfüllt, auch wenn wir das nicht sehen können. Und wenn jemand so klein ist, ist es schwer ist, das zu akzeptieren. Zu viele Kinder sterben früh.«

Ich schwieg ein paar Sekunden, bevor ich fortfuhr. »Meine Großmutter wurde krank. Ihr Schicksal war längst besiegelt. Ihr Leben gelebt. Grausam wie die Natur ist, wurde auch mein Großvater krank. Vielleicht war es aber auch der Kummer. Doch während meine Großmutter starb, wurde mein Großvater stark. Für sie stark. Damit sie sich ruhigen Gewissens vom Leben verabschieden konnte. Sie hat nie erfahren, dass mein Großvater ebenfalls Krebs hatte. Er hatte eine neue Aufgabe bekommen, und die hielt ihn am Leben. Verstehst du?«

Svenja nickte stumm. Sie hatte die Lippen aufeinandergepresst.

»Nachdem meine Großmutter gestorben war, war seine Aufgabe erfüllt, und es war an ihm, sich vom Leben zu verabschieden. Und das tat er. Er ging. Ganz bewusst. Und still und leise.«

»Du hast ihn sehr geliebt«, stellte Svenja fest.

»Das habe ich. Und ich bin stolz auf ihn. Stolz auf die Art und Weise, wie er gegangen ist.«

Eine ganze Zeit lang standen wir still nebeneinander und blickten auf die tote Stadt hinunter.

»Ich weiß nicht, was meine Aufgabe ist«, sagte ich plötzlich.

»Wie meinst du das?«

»Ich werde sterben. Ich weiß es. Der Unfall. Ich erinnere mich inzwischen an alles, was geschehen ist. Der Segelwagen hat mich unter sich begraben. Mein Körper ist alleine nicht mehr lebensfähig.« Mein Blick war stur geradeaus gerichtet. Ich wollte nicht, dass Svenja sah, wie meine Lippen zitterten und die Angst vor dem Tod meine Augen mit Tränen füllte. Ich hatte meine Hände auf der Brüstung liegen und stützte mich ab. Ihre zierliche Hand suchte die meine und bedeckte sie.

»Weiß deine Freundin, wie es um dich steht?«

Toni! Ein Stich fuhr mir ins Herz. »Ja, durch sie habe ich es erfahren.«

»Das tut mir unendlich leid.« Sie umschloss meine Hand fester.

»Was um Himmels willen soll ich wohl noch erledigen?«

»Wenn deine Theorie stimmt, dann wirst du es herausfinden müssen.«

Ich seufzte. »Scheint so.«

Sie löste ihre Hand wieder von meiner. »Ich bin für dich da, wenn du mich brauchst. Du hast recht. Wir sind nicht allein hier. Und das allein muss einen Grund haben.«

Obwohl sie äußerlich vollkommen anders war als Toni, so erkannte ich doch einen Schimmer in ihr, der mich meiner Liebe ein ganzes Stück näherbrachte. *Und das allein muss einen Grund haben.* Vielleicht hatte es das tatsächlich.

»Ich bin froh, dass du hier bist.« Ich lächelte. »Danke!«

Auch sie lächelte. »Komm, lass uns zurückgehen.«

Als wir zurück im Treppenhaus waren, zögerte sie. »Jetzt, da Robert gegangen ist und Elke es als ihre Aufgabe angesehen hat, sich um den Kleinen zu kümmern, dann ...«

Ich verstand. »Der kleine Robert war nicht ihre einzige Aufgabe. Sie muss zu ihrem Sohn zurückkehren.«

Svenja zog die Stirn kraus. »Frank ist ein erwachsener Mann. Er wird sein Leben auch ohne sie meistern.«

»Auch Jochen ist noch hier, weil es ungeklärte Dinge zwischen ihm und seiner Frau gibt, obwohl auch sie bestimmt ohne ihn klarkommen würde.«

»Ich glaube durchaus, dass an deiner Theorie etwas dran ist. Und wenn wir auch hier eine bestimmte Aufgabe haben, dann ist Jochen nicht nur wegen seiner Frau hier.«

»Sondern?«, fragte ich ungläubig.

»Wegen uns! Das ist seine Aufgabe hier.«

Ich zog die Stirn in Falten. »Was genau meinst du?«

»Er ist hier, um uns den Weg zu weisen«, sagte Svenja aus voller Überzeugung. »Alles zusammenzuhalten. So wie Elkes Aufgabe hier der kleine Robert war.«

»Du glaubst also, dass Elke bald gehen wird?«

»Ich glaube schon.«

Ich schloss die Tür hinter uns, und wir gingen zurück auf die 3. »Meinst du, wir sollten sie beobachten?«, fragte Svenja.

»Wenn es so ist, wie du glaubst, dann werden wir sie nicht aufhalten können.«

»Aber würde das nicht bedeuten, dass sie endgültig geht?«

»Ich weiß, dass ihr Leben auf der Kippe steht«, gestand ich. »Und ja, das könnte es bedeuten.«

»Oh nein, nicht sie.« Svenja blickte erschrocken drein. »Sie war die Erste, die sich um mich gekümmert hat, und ...«

Jetzt ergriff ich ihren Arm. »Svenja. Denk immer daran, wo wir sind und warum wir hier sind. Dies hier ist nicht das Leben. Es ist nur eine Zwischenstation. Nicht mehr und nicht weniger. Damit müssen wir lernen umzugehen.«

Sie blickte mich trotzig an. »Und du, hast du schon gelernt, damit umzugehen?«

Ich schwieg. Ich schwieg ein beredtes Schweigen. Plötzlich wurden wir aus unseren Gedanken gerissen.

»Ich kenne Menschen wie Sie zur Genüge!« Es war Elkes Stimme. Laut und wütend.

Svenja lief los. Ich folgte ihr.

Wir fanden Elke vor ihrer Tür. Vor ihr stand Heinz.

»Sie wissen nichts über mich, und ich habe es nicht nötig, mich von Ihnen maßregeln zu lassen!«, sagte Heinz gerade.

»Andere Menschen interessieren Sie einen feuchten Dreck!« Elkes Gesicht war rot angelaufen.

Heinz grinste. Er schien sich an Elkes Aufbrausen zu laben. »Wahrscheinlich reden Sie mit Ihren Schülern genauso. Aber ich bin nicht einer Ihrer Schüler.«

»Sie hätten Robert aufhalten können. Geben Sie es wenigstens zu!« Elke zielte mit dem Finger auf sein rechtes Auge.

»Ich war, wie bereits erläutert, zufällig unten, als der Junge an mir vorbeilief«, antwortete Heinz unbeeindruckt. »Ich war noch nie der Reaktionsschnellste.«

»Das ...«

Svenja ging dazwischen. »Elke! Lass es gut sein.« Sie drückte Elkes Hand nach unten. Wie einen Revolver, der ansonsten jeden Augenblick Unheil anrichten konnte.

Heinz sah sich nicht mehr in der Schusslinie und wandte sich ohne ein weiteres Wort um.

»Wir sind noch nicht fertig!«, rief Elke ihm hinterher. Svenja und ich versperrten ihr den Weg. Heinz verschwand schnell um die Ecke.

»Lasst mich in Ruhe«, zischte Elke. »Ich will, dass dieser Mensch einsieht, dass sein Handeln narzisstisch und asozial ist!«

Ich schwieg, weil ich es nicht für angebracht hielt, mich einzumischen. Doch ich sorgte mit meiner Haltung dafür, dass Heinz sich aus dem Staub machen konnte. Plötzlich machte Elke einen Ausfallschritt zur Seite und lief an uns vorbei. Sie war schneller, als Svenja und ich geglaubt hätten. Sie war offensichtlich noch nicht fertig mit Heinz. Ihre aufgestaute Verzweiflung hatte ein Ventil gefunden.

Ich sah, wie Elke die Tür zu Heinz' Zimmer aufriss, und ich erwartete ihre hell tönende, hysterische Stimme, die Heinz aufs Neue mit Vorwürfen bombardierte. Aber es geschah nichts. Elke schwieg und hatte stattdessen den Mund offen stehen, während sie in das Zimmer starrte.

Svenja trat neben sie: »Er ist verschwunden ...«

Ich war verwirrt. Ein Blick in Heinz' Zimmer verschaffte mir Gewissheit. Sein Zimmer war leer. Die Bettdecke lag aufgeschlagen auf der Matratze, und seine Schuhe standen unberührt vor seinem Bett.

»Wo ist er hin?« Ich betrat das Zimmer und schaute in jede Ecke.

»Er ist aufgewacht«. Elke stand neben dem Bett und starrte es an.

»Ist er ...?«, begann Svenja.

»Nein, er ist *wirklich* aufgewacht", wiederholte Elke. »Er lebt.«

Ein Blick auf den Tisch untermauerte meine Theorie. Ich entdeckte unzählige Briefe, die wohl nie in einem

Briefkasten landen würden. Sie waren alle an seinen Sohn gerichtet, wie mir die Anrede verriet.

A & B

Mai 1983, Kiel und St. Peter-Ording

Ich hatte die Nacht über schlecht geschlafen. Ich quälte mich mit einer Idee herum. Und ich war unsicher, ob ich die Idee in die Tat umsetzen sollte. Das ging bis in die frühen Morgenstunden so und ließ mich vollkommen übermüdet und übellaunig aufwachen.

Es war der dreißigste Mai. Und es war Freitag. Mein Geburtstag stand vor der Tür, und ich war fest entschlossen, diesen Tag zu etwas Besonderem zu machen. Auch wenn mein Traum keine Erkenntnis gebracht hatte.

Ich machte mir einen Kaffee und stellte mich zehn Minuten unter die Dusche. Die Fensterscheiben und der Spiegel waren anschließend so dicht beschlagen, dass die Feuchtigkeit in kleinen Rinnsalen daran herabfloss. Mit dem Ärmel meines Bademantels wischte ich eine kleine Fläche frei und betrachtete mein müdes Spiegelbild.

Nachdem ich mich angezogen und der erste Kaffee die Müdigkeit aus meinen Gliedern gescheucht hatte, griff ich zum Telefonhörer. Das Klingeln des Apparats kam mir zuvor. Stirnrunzelnd hob ich ab.

»Bjarne Bendixen.«

»Ich bin's.«

Ich mochte es nicht, wenn sie sich so meldete.

»Mutter.« Mama hatte ich schon lange nicht mehr gesagt. Mutter klang fast wie eine Bestrafung. Ich wusste nur nicht, ob sie es auch so empfand.

»Wie geht es dir?«, fragte sie.

»Ich habe schlecht geschlafen. Außerdem bin ich gerade auf dem Sprung.«

»Kommst du morgen?« Also fiel sie gleich mit der Tür ins Haus.

»Ich glaube kaum.« Ich hatte mich lange auf die Frage und die entsprechende Antwort vorbereitet.

»Ich verstehe, dass du sauer bist und mich bestrafen willst. Aber schließlich ist es dein Geburtstag, und du hast ihn immer in Ording gefeiert.«

»Die Zeiten haben sich geändert«, sagte ich nüchtern. »Ich werde wohl hierbleiben.«

»Und was ist mit deinen Freunden? Ich denke, die werden nicht erfreut sein über deine Entscheidung.«

»Sprichst du im Namen meiner Freunde?«

»Nein, aber ...«

»Dann lass bitte diesen plumpen Versuch, mir Gewissensbisse einzureden«, unterbrach ich sie.

Einen Augenblick lang hörte ich nur ihren Atem am anderen Ende der Leitung, dann räusperte sie sich und sagte: »Ich möchte nicht, dass es so ist.«

»Dass es *wie* ist?«, fragte ich ungeduldig.

»So zwischen uns. Ich bin immerhin deine Mutter. Es ist nicht gut, wenn Mutter und Sohn so miteinander reden.«

»Meinst du?« Meine Frage klang herausfordernd, und das sollte sie auch.

»Du solltest langsam akzeptieren, dass die Dinge sich geändert haben. Menschen haben ein Recht darauf, ihr Leben umzukrempeln. Doch all das ändert nichts an unserer Beziehung zueinander. Ich bin deine Mutter, und ich liebe dich.«

»Wie lange hast du gebraucht, um dir diese Ansprache zurechtzulegen?«

»Du benimmst dich irrational!«, entschied sie. »Du lässt ja gar kein Gespräch zu.«

»Wir hatten das schon, Mutter«, entgegnete ich. »Ich denke, im Augenblick ist nicht der richtige Zeitpunkt, das Thema zu vertiefen!«

»Nein, du wirst dich jetzt nicht wieder aus dem Staub machen«, gab sie zurück, und der Lautsprecher im Hörer knackte ein wenig. »Du wirst mir jetzt genau sagen, was dich stört.«

»Was mich stört?« Ich lachte kurz auf. »Merkst du nicht, dass du mit deiner selbstgerechten und egoistischen Art alles kaputt machst?« Ich ließ ihr einen Augenblick Luft für eine Entgegnung. Ich wollte sie wütend machen. Aber es kam nichts. Also fuhr ich fort. »Ich weiß nicht, wie lange Papa es noch mit dir aushält. Dein ganzes Leben besteht nur noch aus diesem Naturschutzverein. Kehr zurück in die Realität!«

Jetzt musste sie lachen. »So leid es mir tut, dir das sagen zu müssen. Aber das ist die Realität. Ich habe endlich eine Aufgabe. Ein Ziel. Du bist erwachsen, und Vater hat seinen Rund-um-die-Uhr-Job.« Sie betonte die letzten Worte auf ganz besondere Weise.

»Das ist es also«, hielt ich fest. »Du fühlst dich nicht bestätigt. Du willst Anerkennung?«

»Auch. Aber ich will in erster Linie ein eigenes Leben.«

»Und deshalb zerstörst du dein altes?«

»Warum nur könnt ihr, dein Vater und du, das nicht akzeptieren?«

»Wegen Menschen wie Helmut!«

»Was zum Teufel hat Helmut damit zu tun?«, fragte sie ungläubig.

»Helmut ist kein guter Mensch. Und du gibst dich mit ihm ab. Was auch immer du sonst noch mit ihm tust.«

»Untersteh dich!«, sagte sie wütend. »Jetzt gehst du zu weit!«

»Wir dringen also langsam zum Kern des Problems vor.« Ich hatte sie da, wo ich sie haben wollte: ihre sauber aufgebaute Fassade einreißen und sehen, was dahinter zum Vorschein kam.

»Es gibt kein Problem! Nicht mit mir zumindest! Dieses kleinbürgerliche, langweilige Leben, zwischen tristem Alltag und den öden Wochenenden vor dem Fernseher sowie die Blindheit deines Vaters sind das Problem.«

»Nein, nein«, sagte ich. »Jetzt machst du es dir viel zu einfach, Mutter. Vater hat damit nichts zu tun. Du hast Vater geheiratet, so wie er ist, und er hat sich all die Jahre nicht verändert. Komm zurück von deinem Selbstfindungstrip und stell dich deinem Leben!«

»Du hast ja keine Ahnung!« Ihre Stimme klang jetzt schrill.

»Was muss passieren, damit du einsiehst, dass du ungerecht und selbstzerstörerisch handelst? Du willst doch nicht im Ernst gegen das Strandsegeln vorgehen? Es ist totaler Schwachsinn. Umweltschutz? Da gibt es andere Betätigungsfelder. Du suchst nur eine Plattform. Aber merkst du nicht, dass du deinem eigenen Sohn damit in den Rücken fällst?«

»Es tut mir leid, dass du es so siehst. Ich dachte immer, man könnte mir dir reden, aber ...«

»Mit mir reden? Was gibt es da noch mehr zu reden? Du drehst am Rad. Das ist alles. Hör auf, dabei um dich zu schlagen!«

»Ich denke, unser Gespräch ist an einem Punkt angelangt, wo wir es beenden sollten«, sagte sie plötzlich.

»Du wolltest reden!«, stieß ich hervor. »Aber du hast recht. Wir sind am Ende. Leb wohl Mutter!« Ich wartete ihre Reaktion nicht ab, sondern knallte den Hörer auf die Gabel.

Meine Hand verharrte eine ganze Weile auf dem Hörer. Jeden Moment rechnete ich damit, dass es klingelte. Und ich traute mich nicht, die Hand von dem glatten Kunststoff zu nehmen, weil meine Hand gezittert hätte. Hoffte ich, dass sie mich noch einmal anrief und sich entschuldigte? Nein!

Langsam löste ich meine Hand von dem Apparat. Sie zitterte nicht mehr. Ich fühlte mich ausgelaugt. Ernüchterung machte sich in mir breit. Insgeheim musste ich mir eingestehen, dass ich doch auf das Klingeln gewartet hatte. Schließlich war sie meine Mutter.

Aber es kam nicht. Sie wollte also Krieg. War die Versöhnung tatsächlich ausgeschlossen?

Ich wusste keine Antwort.

Die Entscheidung war gefallen. Das Telefonat mit meiner Mutter, hatte den Ausschlag gegeben. Um halb drei klingelte ich bei Toni durch.

»Bist du bereit?«, fragte ich.

»So was von«, antwortete Toni.

»Dann bist du also startklar für den nächsten Trip in die Untiefen des Wattenmeeres?«

»Jawohl, Kapitän!«

Eine halbe Stunde später war ich bei ihr. Sie hatte ihre Haare zu einem Pferdeschwanz zusammengeknotet, und es fiel mir schwer, den Blick von ihren Hotpants zu nehmen, die ihre braun gebrannten Beine voll zur Geltung brachten. Auf ihrem T-Shirt stand *Sonnenkind,* und genau so strahlte sie mir auch entgegen.

Als wir in Sankt Peter-Ording ankamen, verließen wir das Bahnhofsgelände und gingen zwei Straßen weiter. Schon von Weitem sah ich Martins Käfer am Straßenrand stehen. Auf dem rechten Hinterrad hatte er den Schlüssel deponiert, und als ich ihn in der Hand hielt, grinste ich Toni zufrieden entgegen.

»Martin leiht dir seinen Käfer?«, fragte sie.

»Scheint so. Dafür sind Freunde doch da, oder?« Ich öffnete ihr die Beifahrertür und ging um den Wagen herum. Noch bevor ich da war, zog sie den Knopf hoch. Als ich neben ihr saß, lächelte ich glücklich. »Mein Großvater hat mir einmal gesagt: ›Öffne einem Mädchen die Tür und warte ab, während du um das Auto herumgehst, ob sie dir ebenfalls die Tür öffnet. Wenn ja, ist sie die Richtige!‹«

Toni lächelte zurück. »Ich hätte deinen Großvater gerne kennengelernt.« Dann beugte sie sich vor und küsste mich.

Der Motor stotterte, und im ersten Moment dachte ich, Martin hätte uns den Wagen mit defektem Anlasser hinterlassen. Aber dann ertönte das typische Klingeln seines Motors, und wir fuhren los.

»Ich gehe davon aus, dass du nicht geplant hast, morgen nach Hause zu fahren«, bemerkte Toni neben mir.

»Das Wochenende gehört nur uns beiden.«

»Du willst deiner Mutter aus dem Weg gehen, richtig?«

»Lass uns dieses Wochenende nicht über meine Mutter sprechen, okay?« Ich blickte weiter geradeaus und wollte das Thema so schnell wie möglich wieder vergessen.

»Ich denke, du siehst das mit ihr zu eng«, versuchte es Toni weiter.

Ich antwortete nicht. Ich hatte keine Lust, mit Toni darüber zu sprechen. Aber vor allem wollte ich nicht mit ihr streiten.

Sie seufzte und blickte aus dem Fenster.

»Du wirst mir wahrscheinlich nicht verraten, wohin wir fahren?«, sagte sie nach einer Weile.

Ich blickte kurz zu ihr hinüber und grinste vielversprechend.

»Bevor ich dich kennengelernt habe, mochte ich keine Überraschungen«, erklärte Toni. »Vielleicht liegt es daran, dass mir meine Eltern immer etwas anderes geschenkt haben, als ich auf meinen Wunschzettel geschrieben hatte. Doch seit wir zusammen sind, liebe ich Überraschungen!«

»Gut so«, sagte ich verheißungsvoll. »Denn ich habe noch einige Überraschungen geplant.«

Wir fuhren gute zwanzig Minuten bis zu meinem Ziel.

»Wohnt da jemand?« Ich hatte vor einem Tor haltgemacht, das vor einem großen Grundstück prangte. Am Ende einer langen Einfahrt stand ein großes Gehöft, aus dessen Schatten ein Kornspeicher aufragte.

»Zurzeit nicht. Das war der Bauernhof eines ehemaligen Klassenkameraden. Wir haben früher viel auf dem Heuspeicher gespielt. Aber sein Vater musste seinen Job an den Nagel hängen. Irgendeine Krankheit. Keine Ahnung. Der Hof steht jetzt seit zwei Jahren leer. Sie sind weggezogen und leben irgendwo in der Stadt.«

»Und wir können hier so einfach herkommen?«, fragte Toni unsicher.

»Es wurde noch kein Käufer gefunden, und ich denke, die Eltern meines Kumpels hätten nichts dagegen, wenn ich hierherkomme. Wir wollen ja schließlich keine Fensterscheiben einwerfen oder Graffiti an die Wände sprühen.«

»Was wollen wir dann?« Toni zuckte mit den Schultern.

»Auf dem Heuboden spielen«, antwortete ich. Toni schmunzelte, sparte sich jedoch eine Entgegnung.

Ich fuhr um den Hof herum und parkte auf der Rückseite, wo niemand unser Auto sehen konnte. Der Zweitschlüssel für den Hintereingang lag noch immer im alten Baumstumpf. Er war verrostet, aber er würde noch funktionieren.

»Wer lässt seinen Schlüssel in einem Baum liegen, wenn er verkaufen will?«, meinte Toni.

»Ralph, mein alter Kumpel, hat ihn dort wohl vergessen. Ich war mir sicher, dass er das tun würde.«

Die Scheune war noch immer halb mit gestapelten Strohballen gefüllt. Es war längst nicht mehr so viel wie damals, als wir uns vor der Magd im Heu versteckt hatten, aber immer noch reichlich.

»Komm, ich zeige dir etwas.« Ich fasste Tonis Hand und zog sie hinter mir her.

Über eine schmale Stiege kletterten wir auf den Zwischenboden. Einen Augenblick brauchte ich, um mich zu orientieren, dann wusste ich wieder, welche Ballen ich zur Seite schieben musste. Nachdem ich einen Durchgang durch die Wand aus Heu geschaffen hatte, ergriff ich wieder Tonis Hand.

Hinter den hoch aufgestapelten Heuballen lag ein kleiner Raum. Ein alter Schrank, ein Bettgestell und ein Tisch waren die letzten Überbleibsel des einstigen Wohnraums. Das kleine Fenster in den Hof schaffte es kaum, den Raum zu erhellen.

»Was ist das für ein Raum? Und warum wurde er zugebaut?« Toni stand neben mir.

»Das ist die ehemalige Gesellenstube. Der Hof ist bestimmt schon hundert Jahre alt, und hier haben die Gesellen früher gewohnt. Er wird schon lange nicht mehr genutzt. Als wir Kinder waren, war das unser geheimer Raum. Wir nannten ihn das *Versteck der weißen Rose*«.

»Weiße Rose?« Toni verstand nicht.

»Nie *Kalle Blomquist* gelesen? Der *Krieg der Rosen*?«

»Ich habe *Karl May* gelesen«, sagte Toni.

»Egal. Vergiss es.« Ich holte ein paar der Ballen in das Zimmer und legte sie nebeneinander.

»Was hast du vor?«, fragte Toni und lächelte verschmitzt.

»Hast du es schon einmal auf einem Heuboden getan?«

»Nein, aber ich habe gehört, dass das Heu so unangenehm piksen soll«, antwortete Toni lächelnd.

Ich setzte mich auf die Ballen und ergriff ihre Hand. »Lass es uns ausprobieren!«

Sie ließ sich von mir auf das Strohlager ziehen, und während ich sie leidenschaftlich küsste, vergaßen wir alles um uns herum.

Während ich ihr das T-Shirt über den Kopf zog, machte sie sich an meinem Gürtel zu schaffen. Wir kamen schnell in Fahrt, und als ich ihr die Hotpants über die Knie streifte und ihre Scham entblößte, warf sie meine Boxerhorts zur Seite. Meine Erregung wuchs, als sie rittlings auf mich kletterte. Ich küsste abwechselnd ihre Brüste, und sie drängte mit ihrem Unterleib gegen meinen Bauch. Ich spürte ihre Erregung. Ihr heißer Atem kitzelte in meinem Ohr, während sie ihre schmalen Finger tief in meinen Haaren vergrub. Ich umfasste sanft ihr Becken, hob sie an und drang vorsichtig in sie ein.

Sie stöhnte lustvoll auf und griff mein Haar fester. Langsam begann ich, mein Becken auf und ab zu bewegen, und verbarg mein Gesicht in ihrem Hals. Ich schmeckte ihre salzige Haut und roch ihren süßlichen Duft. Die Sonne fiel durch das kleine Fenster auf unsere

Körper, und der Schweiß auf unserer Haut glänzte silbern.

Wir erreichten gemeinsam den Höhepunkt und blieben anschließend noch lange eng umschlungen sitzen. Schließlich löste sie sich aus der Umarmung, und ich schob sie sanft auf das Lager zurück. Ihre Augen strahlten mir entgegen. Ich betrachtete sie einen Augenblick, dann glitt ich auf sie. »Ich will für immer in dir sein«, hauchte ich.

»Worauf wartest du dann noch?« Sie zog mich wieder fest an sich, und als wir zum zweiten Mal zum Höhepunkt kamen, schien alles Glück dieser Welt in jenem altehrwürdigen Gesellenzimmer zusammengekommen, um uns auszufüllen.

Ich hatte für alles gesorgt. Die Taschen, die ich aus dem Auto geholt hatte, waren schnell ausgeräumt. Eine Decke, eine Taschenlampe, einen kleinen Snack und eine Flasche Rotwein. Nachdem es dunkel geworden war, hörten wir die Mäuse im Stroh rascheln, und die alten Balken über uns ächzten unter der Last der Jahre.

Toni presste ihren warmen Körper ganz eng an mich. Wir hatten die Weinflasche geleert und uns noch einmal geliebt. Ich fühlte eine angenehme Wärme im ganzen Körper, während ich dalag, Toni in meinem Arm hielt und die Muster betrachtete, die das Mondlicht an die Decke malte.

Noch bevor die ersten Sonnenstrahlen zum Fenster hereinschienen und versuchten, unsere eng umschlungenen Körper voneinander zu lösen, weckte mich Toni mit einem Kuss: »Herzlich Glückwunsch zum Geburtstag, mein Liebling.« Ihre Finger glitten in meinen Nacken, und sie hängte mir eine silberne Kette um. Auf dem Anhänger war *A & B* zu lesen. »Jetzt gehörst du mir. Das ist deine neue Hundemarke.«

Ich verzog das Gesicht. »Das könnte dir so passen.« Anschließend küsste ich sie, und es dauerte lange, bis wir uns voneinander lösen konnten. Ich nahm mir fest vor, wieder mit Toni herzukommen. Wie hätte ich wissen können, dass das Schicksal andere Pläne mit uns hatte?

Ich hatte nicht vor, Martin vor zehn Uhr aus dem Bett zu klingeln. Mein vorrangiges Ziel lag jenseits der Deiche. Wir parkten direkt unterhalb des Deiches von Westerhever. Um diese Uhrzeit waren noch keine Touristen unterwegs, und ich konnte sicher sein, dass uns niemand störte.

Toni stellte keine Fragen, als sie an meiner Hand neben mir herschlenderte. Ihr Blick folgte dem zurückweichenden Meer, und ihre Haare, die sie an diesem Morgen offen trug, wurden vom Wind bewegt.

Ich hatte nicht lange darüber nachdenken müssen, ob Toni die Frau war, die Großvater gemeint hatte, als ich damals mit ihm hierhergekommen war. Aber ich konnte nicht sicher sein, dass Toni genauso fühlte.

Die Vögel nisteten noch, und überall um uns herum war das aufgeregte Gezwitscher der Wattläufer zu vernehmen. Die Sonne war gerade über dem Deich aufgegangen und schimmerte golden über der Wasseroberfläche. Die salzige Luft war noch kühl, und ich legte Toni meinen Pulli über die Schultern. Ich selbst war an den Wind gewöhnt.

»Ist es noch weit?«, fragte sie.

»Nein, nur noch ein ganz kleines Stück.«

Wir bogen nach Westen ab und liefen durch die knöchelhohe Salzwiese. »Immer schön nach unten schauen, damit wir in keines der Nester treten.« Ich führte Toni am Rand der Siele entlang bis zu dem Platz, den Großvater mir einst gezeigt hatte.

Ich deutete geradeaus. »Siehst du das dort drüben?«

Toni folgte meinem Finger neugierig mit dem Blick. »Es sieht aus wie ein weißer Teppich mit orangefarbenen Tupfern.«

»Sieh genau hin.«

»Es bewegt sich.« Sie strahlte übers ganze Gesicht. »Es sind Hunderte von Vögeln!«

Ich musste feststellen, dass dieser Ort offensichtlich die gleiche Faszination auf Toni ausübte wie einst auf meine Großmutter. Frauen waren äußerst zugänglich für die Magie solcher Orte. Großvater hatte recht gehabt.

Ich fasste ihre Hand fester, und mein Herz begann schneller zu schlagen. Ich kniete vor Toni nieder und griff in meine Tasche. Sie blickte überrascht zu mir hinab.

Mein Herz schlug mir jetzt bis zum Hals, und ich musste meinen ganzen Mut zusammennehmen. Aber irgendwie brachte ich die Worte über meine Lippen.

»Antonia Hagen. Möchtest du meine Frau werden?« Ich öffnete die kleine Schatulle und zeigte ihr den Ring, den ich für sie hatte anfertigen lassen.

Sie fiel neben mir auf die Knie und schaute mich erstaunt an. Zunächst blickte sie auf den Ring, dann zu mir. Dann wieder auf den Ring, und einige Sekunden lang bohrte sich die Furcht vor ihrer Antwort wie ein Pfeil in meine Brust.

Dann formten ihre vollen Lippen Worte: »Ja, ich will!« Sie umarmte mich und drückte mich so fest, dass mir die Luft wegblieb.

»Wie wäre es nächstes Jahr?«, fragte ich, nachdem sie ihre Umarmung etwas gelockert hatte und ich wieder

Luft bekam. »Gleich nach der Europameisterschaft. Dann schenke ich dir den Siegerpokal zur Hochzeit.« Ich strahlte ihr vor Glück entgegen.

Und sie strahlte zurück.

Das Wagnis

Sommer 1984, Heide, Nordfriesland

Diesmal tat es weh. Meine Empfindungen schienen stärker zu werden. Aber was sollte ich mit ihnen anfangen? Mein Körper war so gut wie tot. Nur mein Geist war hellwach und vegetierte in diesem Verlies vor sich hin. Der Schlüssel war längst fort, und das Schloss eingerostet. Diese Tür würde niemand mehr öffnen.
 Offensichtlich sahen die Ärzte und Schwestern das anders. Oder war es so, dass meine Mutter ihnen mit ihrer Unterschrift den Auftrag gegeben hatte, dies anders zu sehen?
 »So, das hätten wir, Süßer!« Die Stimme kam mir vertraut vor, obwohl ich sie zum ersten Mal bewusst wahrnahm. »Jetzt bewegen wir noch etwas die Muskeln, bevor die Visite kommt, und dann sieht die Welt gleich anders aus.«
 Ich wollte aufstehen und der Person mit der tiefen weiblichen Stimme sagen, dass ich mich bisher immer selbstständig bewegt hatte, aber das war natürlich nicht möglich. Tonis Stimme und vor allem ihre Nähe wären mir lieber gewesen, aber leider hatte ich keinen Einfluss auf die Momente, die ich in der realen Welt verweilte.
 »Weißt du, wir beide werden eine Weile miteinander auskommen müssen«, fuhr die Stimme fort. »Ich denke sogar, ich komme euch näher als so manche Ehefrau. Wenn ich da nur an die Ehe meines Bruders denke.« Etwas Kaltes berührte meine Beine. »Sie hat seit Jahren einen anderen, doch er verschließt die Augen davor. Ich würde das nicht mit mir machen lassen. Nun ja, wer will schon auf seine jüngere Schwester hören.« Ein leichter Druck auf meinem Bauch. »Ist schon ein nettes Ding,

das dich jeden Tag besuchen kommt. Es bricht mir das Herz, sie so zu sehen. Ich würde ihr gerne sagen, dass du morgen wieder aufstehst. Doch daraus wird wohl nichts.« Ein Kribbeln in meinem rechten Fuß. *»Ich meine, du bist noch blutjung, und es ist eine Schande, dass du hier so liegen musst. Die anderen sind fast alle älter. Dieser Kotzbrocken, der letztens aufgewacht ist, war ja so unfreundlich. Hab seinen Namen schon vergessen. Ich hoffe doch inständig, dass du ein netterer Kerl bist. Bei der Freundin kann ich mir das gar nicht anders vorstellen.«* Ein Rascheln. Das Plätschern von Wasser. *»Weißt du, warum ich meinen Job gerne mache? Ich will es dir verraten: Die Ärzte sagen, dass eine winzige Möglichkeit besteht, dass du mich hören kannst. Und jetzt stell dir vor, du hast eine dieser jungen, überforderten Stationsschwestern. Ich kann dir sagen, dann hättest du nichts zu lachen, mein Lieber. Sei froh, dass ich für dich da bin.«* Eine leichte Berührung an meinem Unterarm. *»Nichts für ungut. Ich erzähle einfach zu viel. Und wenn ich ehrlich sein soll, verzeih mir, wenn ich das jetzt so sage, dann wünsche ich mir, dass du von all dem hier nicht viel mitbekommst. Mein Großvater hatte eine seltsame Krankheit, bei der nach und nach alle sein Muskeln aufgehört haben zu arbeiten, ähnlich wie bei MS, nur dass es keine MS war. Zum Schluss konnte er nur noch daliegen und an die Decke starren. Bis sein Körper ein Einsehen mit ihm hatte und sein Herz aufgehört hat zu schlagen.«* Sie seufzte. *»Aber du, mein Lieber, bist noch so jung. Ich befürchte, dein Herz wird nicht so schnell aufgeben. Doch wofür?«* Wieder ein Rascheln. *»Ich rede wieder zu viel. Verzeih mir. Ich werde jetzt gehen. Morgen komme ich wieder, und wir machen weiter, wo wir heute aufgehört haben. Vielleicht bringe ich eines meiner Lieblingsbücher mit. Dann werde ich dir jeden Tag ein kurzes Kapitel vorlesen. Was meinst du?«*

Ich schlug die Augen auf und blieb ruhig liegen. Mir gingen die Worte der Frau durch den Kopf, die eben noch zu mir gesprochen hatte. Ihre Bedeutung war furchterregend, und ich wusste, dass es an der Zeit war, etwas zu unternehmen.

Meine blauen Filzpantoffeln warteten bereits geduldig auf mich. Ich streifte sie über und ging nach draußen. Ich musste zu Jochen. Er würde mir helfen. Davon war ich fest überzeugt. Schließlich war es seine Aufgabe.

Jochen war gerade im Begriff, sein Zimmer zu verlassen, als ich über seinen Rollstuhl stolperte und ihm beinahe vor die Füße fiel.

»Langsam, Junge«, krächzte er.

»Ich brauche deinen Rat«, sagte ich ohne Umschweife.

»Das wird warten müssen.« Jochen rollte einfach an mir vorbei. Er schien es sehr eilig zu haben.

»Was ist passiert?«

»Noch nichts. Aber es wird.«

Ich machte ein fragendes Gesicht, und dann fiel es mir plötzlich wieder ein. Elke! »Ich komme mit dir!«

Jochen nickte und legte die Arme in den Schoß, als ich ihn vorwärts schob. Es war wie an dem Tag, als er mir Elke vorgestellt hatte. Wortlos bewegten wir uns über den Gang.

Elke saß nicht am Fenster. Sie saß auch nicht auf ihrem Bett oder an dem Tisch mit den Büchern. Sie lag in ihrem Bett. Neben ihr saß Svenja. Sie nickte kurz, als wir hereinkamen.

Elke schlief. Ihre Augenlider zuckten manchmal, aber sie atmete ruhig. Ob sie gerade träumte? Vielleicht war Frank bei ihr. Ich wünschte es ihr. Jochen positionierte seinen Rollstuhl neben Svenja.

»Können wir etwas für sie tun?«, fragte Svenja.

»Bei ihr sein«, antwortete Jochen, während er Elke betrachtete. »Ich glaube, sie wird noch einmal aufwachen. Diesseits, und mit viel Glück jenseits.«

Ich sagte nichts. Mir fiel keine passende Bemerkung ein. Mein Blick schweifte zum Fenster und blieb an dem trüben Dunkel hängen, das hinter dem Fenster lauerte. Da stand ich nun am Bett eines Menschen und wartete auf sein Gehen. Ich wünschte, ich hätte bei Großvater sein können, als er gestorben war. Ich kannte Elke kaum, und doch musste ich wieder an meine Mutter denken. Vielleicht waren es der falsche Stolz oder das schnelle Urteil, das sie über andere fällte. Irgendetwas war da, was mich an meine Mutter erinnerte. Wollte das Schicksal, dass ich das Verhältnis zu meiner Mutter noch einmal überdachte? Dass ich erkannte, dass am Ende eines Lebens nicht viel blieb als Vergebung?

Ich schüttelte die Gedanken ab, als Elke sich bewegte. Ihre Lider flackerten, dann öffnete sie langsam die Augen und blickte in die Runde. »Wo bin ich?«

»Am Endes des Weges«, sagte Jochen leise und griff nach ihrer Hand. Er wusste offensichtlich genau, was er tat, und ich verstand nun endgültig, warum es seine Aufgabe war zu bleiben.

»Ich habe mit Frank gesprochen«, sagte Elke. »Für einen Moment durfte ich ins Leben zurückkehren. Es war so schön, ihn noch einmal zu sehen.« Sie blickte auf Jochens Hand und lächelte. »Genau so hat er meine Hand gehalten.«

Jochen lächelte zurück. »Es freut mich, dass du ihn gesehen hast.«

»Warum bin ich wieder hier? Ich dachte ...«

»Weil du dich auf deine letzte Reise gemacht hast«, erklärte Jochen. »Aber seit wann sagt man seinen Weggefährten nicht Lebewohl?«

Elke küsste ihre Fingerspitzen und legte sie dann Jochen auf die Lippen. Anschließend blickte sie in die Runde und sagte: »Danke.«

Ich sah Svenja an, dass sie sich sehr beherrschen musste, um nicht die Fassung zu verlieren. Jochen nahm Elkes Hand fester. Ich selbst fühlte mich leer und stellte mir den Moment vor, in dem ich selbst dort liegen würde. Wer würde dann an meinem Bett sitzen?

Nach einiger Zeit drehte Elke den Kopf. Sie blickte zu ihren Büchern und dann weiter zum Fenster. Es dauerte eine ganze Weile, bis wir bemerkten, dass ihr Blick gebrochen war.

Sie war gegangen. Wie der kleine Robert. In der einen und in der anderen Welt.

Keiner sagte ein Wort. Wir alle starrten Elkes leblose Hülle an. Jochen hielt ihre Hand so lange, bis etwas geschah, über das ich mir bisher keine Gedanken gemacht hatte.

Zunächst wurde Elkes Gesicht blass. Ich musste mich zunehmend anstrengen, sie überhaupt zu sehen, und schließlich verschwand sie ganz einfach vor unseren Augen. Das Laken fiel in sich zusammen, und von einem auf den anderen Augenblick war Elkes Bett leer. Nun hatte sie uns endgültig verlassen.

Jochen blieb lange Zeit regungslos in seinem Stuhl sitzen und blickte auf das leere Bett. Ich erkannte, dass es tief in seinem Innersten arbeitete.

Svenja wischte sich ein paar Tränen von den Wangen. Dann stand sie auf. »Ich werde mich hinlegen«, sagte sie.

»Gut, mach das«, antwortete ich und wartete, bis sie das Zimmer verlassen hatte.

»Es tut mir leid.«

»Sie war nicht einmal meine Frau«, entgegnete Jochen. »Gott, bin ich froh, dass ich meine Frau nicht auf ihre letzte Reise verabschieden muss.« Dann endlich blickte er zu mir herüber. »Du wolltest mich sprechen?«

»Wie viele Menschen hast du schon gehen sehen?«, fragte ich.

»Genügend, um zu wissen, wie der Hase läuft. Und unter uns gesprochen, bin ich es langsam satt, immer derjenige zu sein, der übrig bleibt.« Jochen hatte seine faltigen Hände in den Schoß gelegt. Er sah wieder müde aus.

»Ich glaube, ich habe eine Entscheidung getroffen«, sagte ich.

»Du glaubst?«, hakte Jochen nach.

»Ich brauche deinen Rat.«

»Wer hat dir gesagt, dass ich Ratschläge verteile?« Jochen runzelte die Stirn.

Und wieder hatte ich ein Déjà-vu. Ich sah mich in Großvaters Haus, als ich dem Raben begegnet war. Hatte nicht Großvater durch ihn zu mir gesprochen? Und hatte er nicht gesagt, dass er mir zur Seite stehen würde, wenn ich ihn bräuchte? Ich hatte das Gefühl, dass Jochen mir an Großvaters Stelle helfen würde.

»Ich weiß es. Du hast mir die *Zauberlinie* gezeigt. Ich weiß jetzt, dass es keine Feigheit ist.«

»Was meinst du?«

»Du bist noch hier, weil es deine Aufgabe ist«, erklärte ich. »Du leitest all diejenigen, die ohne dich verloren wären. Du bist nicht aus Angst geblieben.«

Jochen lächelte. »Glaubst du das wirklich?«

»Ich habe mit Svenja darüber gesprochen«, sage ich. »Sie denkt genauso darüber.«

»Nun gut, was willst du wissen?«

»Ich weiß, dass mein Körper nie wieder selbstständig funktionieren wird. Ich möchte, dass du mir sagst, wie ich erkenne, dass es Zeit ist zu gehen.«

»Ich will ehrlich zu dir sein. Auch ich glaube, dass wir noch etwas zu erledigen haben. Doch ich will verdammt sein, wenn meine Aufgabe die ist, eure Ärsche zu tätscheln.« Jochen lachte auf. Auch ich musste lachen.

»Ich mag dich, Junge.« Jochens Tonfall wurde wieder ernst. »Bist du sicher, was deinen Zustand betrifft?«

»Ja, sehr sicher.«

»Und nun willst du von mir wissen, was passiert, wenn du über die Linie gehst?«

»Das hast du mir bereits erklärt«, sagte ich.

»Aber ...«

»Ich will wissen, welcher der beste Weg ist.«

»Du hast nur zwei Möglichkeiten: Du gehst wie Elke und wartest auf den Tod, oder du machst es wie der kleine Robert und nimmst es selbst in die Hand. Gehen wirst du. Ganz sicher. Auf die eine oder andere Weise. Früher oder später.«

»Wenn unsere Theorie stimmt, habe ich noch eine Aufgabe. Ich hatte gehofft, du könntest mir dabei helfen.«

»Leider nein. Das wirst du selbst herausfinden müssen.«

»Du bist am längsten von uns allen hier und kanntest deine Aufgabe sicher auch nicht sofort.«

»Es hat in der Tat einige Zeit gedauert«, sagte Jochen. »Bevor ich hierherkam, war ich nicht unbedingt der Typ Mensch, der sich für andere einsetzt. Ich war eher ein Exzentriker, oder manch einer würde sagen: ein Eigenbrötler.«

»Ich verstehe.« Ich setzte mich auf die Bettkante. »Wenn ich freiwillig gehe, dann werde ich sie nicht wiedersehen, oder?«

»Du meinst deine Freundin?«

»Ja, ich wünschte, ich könnte ihr noch einmal in die Augen sehen.«

Jochen musterte mich einen Augenblick. Etwas in seinem Blick veränderte sich, als er mir antwortete. »Du wirst sie wiedersehen, aber weder im wirklichen Leben noch hier. Dass Elke ihren Sohn wiedersehen durfte, war reine Glückssache. Was glaubst du, wie viele Komapatienten vor ihrem Ableben noch einmal erwachen?«

»Wo sehe ich sie dann wieder?«, wollte ich wissen.

»Jenseits des Horizonts. Wenn du sie wirklich liebst und sie das Gleiche für dich empfindet, wirst du sie in einem anderen Leben wiedertreffen.«

»In einem anderen Leben?«, fragte ich ungläubig. »Wie ist das möglich?«

»Ich kann es dir nicht erklären. Aber wenn es so weit ist, wirst du es wissen. Glaube mir.« Jochens Blick ruhte sanft auf mir. Und ich musste an das Gespräch denken, das ich mit Großvater geführt hatte, als wir bei einem meiner letzten Besuche im Park gesessen hatten. Ich bemühte mich, die Tränen zu unterdrücken.

»Die Entscheidung, es zu tun, wirst du ganz allein treffen müssen«, sagte Jochen. »Und wenn du in dich hineinhorchst, wirst du wissen, was du tun musst.«

So sehr ich mir auch wünschte, Toni noch einmal wiederzusehen, so wusste ich doch, dass es mir in diesem Leben nicht mehr vergönnt sein würde. Ich würde sie zurücklassen müssen. Wenn mein Großvater und Jochen recht hatten, musste ich an einem anderen Ort auf sie warten.

Aber würde ich auch den Mut haben, dieses Wagnis einzugehen? Was, wenn hinter der Linie das Nichts wartete und Toni bis ans Ende der Zeit für mich verloren sein würde?

Jochen rollte neben mich. »Glaub mir, die Linie zu übertreten, ist der einzig richtige Weg für dich.«

»Ich werde noch eine Nacht darüber schlafen«, entgegnete ich zaghaft.

Jochen umfasste meine Schulter. »Warum warten? Auch wenn die Ewigkeit ewig währt, so sollte man die Liebe doch nicht warten lassen.«

»Ich habe Angst.«

»Ich weiß. Wir alle haben Angst.«

»Was wird aus dir?«

»Du hast es gesagt: Ich war für euch da. Und vor euch gab es andere. Aber ich muss zugeben, ihr seid mir am meisten ans Herz gewachsen.« Jochen tätschelte meine Schulter.

»Was ist mit Svenja?«

»Soviel ich mitbekommen habe, wird sie uns bald gesund und munter verlassen.«

»Und was wird dann aus dir?«, wiederholte ich meine Frage.

»Na, du bist vielleicht hartnäckig. Du kennst die Antwort doch selbst.« Jochen musterte mich, und ich musste wieder an die alte Morla aus der unendlichen Geschichte denken.

»Du gehst. Auch deine Aufgabe ist erfüllt.«

Jochen nickte stumm.

»Und nun?« Ich versuchte, das Offensichtliche hinauszuzögern.

Jochen reichte mir die Hand. »Lebewohl mein Junge. Finde deinen Weg. Ich bin mir sicher, dass es noch andere Leben gibt als dieses eine.«

Zögerlich reichte ich ihm meine Hand. Dann drückte ich seine, und er erwiderte den Druck herzlich.

»Es war mir eine Ehre, dich kennengelernt zu haben, Jochen«, sagte ich. »Es war gut, dass du hier warst.«

Jochen nickte stumm.

Ich stand auf und schluckte den Kloß in meinem Hals hinunter.

»Soll ich mitkommen?«, fragte Jochen, als er mein neuerliches Zögern bemerkte.

»Nein, ich werde es genauso machen wie an dem Tag, als wir uns zum ersten Mal begegnet sind. Mit dem Unterschied, dass du mich diesmal nicht aufhalten musst.«

»Also kennst du jetzt deine Aufgabe?«, fragte er mich erfreut.

»Ich denke schon. Es ist wie du sagst. Ich muss sie finden.«

Ich klopfte zaghaft an Svenjas Tür. Sie lag auf ihrem Bett und suchte den Schlaf.

»Verzeih, aber ...«

Sie setzte sich sofort auf. »Ist noch etwas passiert?«

Ich versuchte zu lächeln. »Nein, aber ... ich ... wollte mich verabschieden.«

»Verabschieden?« Ihre Augen weiteten sich.

»Ich werde über die Linie gehen. Es muss sein.«

»Ich verstehe.« Svenja senkte den Blick.

»Jochen wird noch so lange hierbleiben, bis du gehst.«

Svenja stand auf und trat näher. Ich sah, dass sie geweint hatte. Ihre Augen waren gerötet. »Und was ist mit deiner ...?«

»Aufgabe? Ich glaube ich kenne sie jetzt.«

»Wirklich? Das freut mich für dich. Ganz ehrlich.« Sie klang niedergeschlagen.

»Du musst nicht traurig sein.«

»Oh doch. Ich wollte mein Leben beenden, weil ich keinen Platz mehr für mich gesehen habe. Und hier gehen nun alle. Was, um alles in der Welt, kann also meine Aufgabe sein?«

Ich umfasste ihre Schultern. »Deswegen bin ich hier. Um dir Lebewohl zu sagen und weil ich mit dir noch etwas besprechen muss.«
Leise schloss ich die Tür von Svenjas Zimmer. Ich hatte ihr versprochen, so lange bei ihr zu bleiben, bis sie eingeschlafen war. Bevor sie sich hingelegt hatte, hatte sie mich so fest gedrückt, dass ich das Gefühl hatte zu ersticken. Es hatte mich an Tonis Umarmung erinnert, nachdem ich ihr den Heiratsantrag gemacht hatte.

Ich blickte auf meine Pantoffeln hinab. »Ihr wart meine treuesten Gefährten an diesem Ort. Wahrscheinlich werde ich euch am meisten vermissen.« Der Gedanke verdrängte meine traurige Stimmung und zauberte ein Schmunzeln auf meine Wangen.

Ich nahm die Treppe. Als ich die letzte Treppenstufe erreichte, verließ mich der Mut wieder, und ich sehnte mich nach der Unbekümmertheit eines Kindes. Nach der Sorglosigkeit, mit der Robert gegangen sein musste. Meine Schritte wurden zögerlicher, und das Schaben der Pantoffeln schien tausendfach von den Wänden widerzuhallen. Tat ich wirklich das Richtige? Ich dachte an das Telefonat mit meiner Mutter und an meine Wut. Ich dachte an den Besuch bei ihr und die Begegnung mit Helmut. Helmut. Der Mann, der für meine Situation verantwortlich ist, schoss es mir durch den Kopf. Wie meine Mutter. Sie hatte dafür gesorgt, dass die Maschinen meinen Körper am Leben hielten. Aber es war nicht ihr Leben, und vielleicht hätte ich ihr vergeben können. Vielleicht. Wenn da nicht Helmut gewesen wäre. Und die Erinnerung an die beiden auf dem Balkon. Wie sie zusammen gelacht hatten. Wie sie mich ignoriert hatten und darüber noch Pläne geschmiedet hatten, die zu meinem Unfall geführt hatten. Es war nie Mutters Absicht gewesen, mich zu verletzten, aber nun hatte sie die

Konsequenzen zu tragen. Ich würde ihr diese letzte Entscheidung über mein Leben aus der Hand nehmen. Keine Maschine würde mich auch nur fünf Minuten länger am Leben halten.

Ich hatte alles in die Wege geleitet, um mich von Toni zu verabschieden. In diesem Leben. Nun war es an der Zeit, mich auf das Wiedersehen in einem anderen Leben vorzubereiten.

Es war noch immer die gleiche Nacht wie an dem Abend, als ich zum ersten Mal im Eingangsbereich gestanden hatte. Das Licht der Laternen flackerte zaghaft, ängstlich und unsicher. Ich streifte meine blauen Pantoffeln ab und berührte mit meinen nackten Füßen den kalten Boden. Ich genoss das Gefühl an den Fußsohlen. Ich tat einen Schritt nach dem anderen und ging langsam durch die Drehtür. Ich blickte nicht zurück. Meine Pantoffeln blieben einsam im Innern der Klinik zurück. Sie waren der letzte Beweis meiner Anwesenheit.

Nun, da ich wusste, warum ich dort gewesen war, spürte ich es auch in meinem Herzen. Ich war bereit, mein Schicksal zu akzeptieren und mich auf die Suche zu machen. Nicht hier und auch nicht jenseits dieser Klinik, aber vielleicht in einem anderen Leben. Schritt für Schritt ging ich weiter. Meine Haut kribbelte, und mein Herz schlug mir bis zum Hals. Ich durfte unter keinen Umständen den Glauben verlieren. Den Glauben an die Liebe.

Das einzige Wagnis, das sich lohnt, ist die Liebe. Das waren die Worte meines Großvaters. Jetzt endlich verstand ich sie in vollem Ausmaß.

Und dann sah ich sie. Toni. Sie stand mitten auf der Straße, und ihre Lippen formten Worte. Ich versuchte, von ihren Lippen zu lesen, aber ich war zu weit weg.

Meine Schritte wurden schneller. Ich kam ihr immer näher und vergaß dabei sogar die Linie.

Plötzlich fühlte ich mich emporgehoben und spürte eine große Leichtigkeit. Ein letztes Mal blickte ich zu meiner Liebsten. Und da konnte ich endlich die Worte von ihren Lippen lesen:

Ne mohotatse!

Déjà-vu

Sommer 2054, Hamburg

Das Haus war orange getüncht und hob sich deutlich von den anderen Häusern am Jungfernstieg ab. Es sah beinahe aus wie ein Puppenhaus und fiel den Passanten gleich ins Auge. Es war später Nachmittag, und es herrschte reger Verkehr auf der Promenade. Das junge Paar, das vor dem Haus stehen geblieben war, fiel nicht weiter auf.

»Die Frau muss ja einen fantastischen Ruf haben«, sagte der junge Mann. Er trug die Haare kurz geschnitten. »Ich möchte nicht wissen, was die Mieten hier kosten.«

Die junge Frau neben ihm trug ein breites Stirnband, das ihre dunklen Haare zurückhielt. Sie stupste ihn an. »Ist doch vollkommen egal. Worüber ihr Männer euch immer Gedanken macht.« Sie schüttelte den Kopf. »Sie soll gut sein. Lara würde uns nicht hierherschicken, wenn die Frau in ihrem Fach nicht etwas Besonderes wäre.«

Der junge Mann zuckte mit den Schultern, entgegnete jedoch nichts.

»Bitte halt dich gleich mit deiner Ironie etwas zurück. Schließlich geht es um unsere Hochzeit.« Sie lächelte so verschmitzt, dass er nicht umhinkonnte, ihr einen Kuss zu geben. Ihr Mund schmeckte nach Kirsche.

Auf dem Türschild stand: *Sabine Elbert. Individualität ist mein Ausdruck von Kreativität.*

Man konnte die Klingel nicht hören, als der junge Mann sie drückte, aber offensichtlich funktionierte sie einwandfrei. Denn es dauerte nicht lange, und ein Junge von vielleicht zehn Jahren öffnete.

»Hallo. Sie wollen bestimmt zu meiner Mutter.« Er grinste und öffnete die Tür noch weiter.

Das Paar warf sich einen kurzen Blick zu, dann sagte die junge Frau: »Wenn deine Mutter Frau Elbert ist, ja.«

»Klar doch, kommen Sie rein.«

Die Wände im Hausflur waren in Komplementärfarben gestrichen, und von der Decke hingen zahlreiche Traumfänger. Auf einer kleinen Kommode brannte eine Kerze, die einen süßlichen Duft verströmte.

»Habt ihr im Sommer immer Kerzen an?«, fragte der junge Mann und bekam sofort den Ellbogen seiner Partnerin zu spüren.

»Fragen Sie meine Mutter«, antwortete der Junge ausweichend. »Einfach hier entlang und dann dort drüben in das Zimmer. Ich schicke Ihnen meine Mutter sofort vorbei.« Mit diesen Worten verschwand der Junge.

Zaghaft folgte das Paar der Anweisung des Jungen. Der Raum, in den er sie geschickt hatte, war mit hohen Sprossenfenstern ausgestattet. Lamellen mit bunten Mustern hielten die Sonnenstrahlen draußen. An den Wänden hing eine Vielzahl von Bildern. Bei genauerer Betrachtung konnte man erkennen, dass es sich dabei ausschließlich um Aufnahmen von Blüten handelte. Der Fotograf hatte Erblühen und Vergehen wie mit einem Zeitraffer aufgenommen und die einzelnen Stadien durch Überbelichtung übereinandergelegt. Der Effekt war verblüffend.

»Gefallen sie Ihnen?«

Das Paar blickte gleichzeitig zur Tür. Im Türrahmen stand eine kleine rundliche Frau mit Lockenschopf und knallrot gefärbten Haaren. »Sabine Elbert. Willkommen.« Sie trat in den Raum und streckte eine zierliche Hand vor.

»David Funke und meine Verlobte Sarah Haller. Guten Tag.« Sie schüttelten einander die Hand.

»Wollen wir uns setzen?« Frau Elbert deutete auf die Stühle an dem runden Tisch. Sie waren aus einem Holzblock gesägt und mit Polstern bezogen worden. Auf dem Tisch stand Obst, daneben lag eine große Kladde mit der Aufschrift *Meine Projekte*.

Die kleine rundliche Frau wartete, bis sich das Paar gesetzt hatte, dann nahm sie ihnen gegenüber Platz und betrachtete sie einen Augenblick. Es war ein Moment betretener Stille, in der Sarah verlegen lächelte und David nervös seinen Verlobungsring vor und zurück drehte.

»Sie sind ein schönes Paar«, erlöste Frau Elbert die beiden endlich. »Ein ausgesprochen schönes Paar.« Und sie hatte recht. Sarah hatte hohe Wangenknochen und mandelförmige Augen. Die zierliche Nase saß über einem kleinen Mund, und das Grübchen am Kinn rundete das Bild ab. Auch David war ein dunkler Typ, und seine markanten Augen mit den dichten, geraden Augenbrauen machten ihn besonders attraktiv. Seine dunklen Bartstoppeln hoben sein kantiges Kinn hervor.

Sarahs Hand suchte die von David, und sie lächelte glücklich.

»Schön, dass sie hierhergefunden haben«, sagte Frau Elbert.

»Es war eine Empfehlung«, antwortete Sarah. »Von einer guten Freundin.«

»Das freut mich doch zu hören«, Frau Elbert klatschte einmal in die Hände. »Dann hat sie Ihnen auch bestimmt gesagt, dass ich für jede Idee zu haben bin. Und wenn sie noch so ausgefallen ist.«

»Sie hat ihre Arbeit sehr gelobt.« Sarah wirkte verlegen.

»Nicht so förmlich. Wir wollen doch zusammen etwas auf die Beine stellen. Ich bin die Sabine.« Wieder dieser Blick. David hätte ihn schwer beschreiben können. Es schien, als blicke ihm diese Frau direkt in die Seele.

»Gerne«, entgegnete Sarah. »Könnten wir einmal in die Kladde schauen?«

»Ich bitte euch. Verschafft euch einen Überblick. Dann reden wir.« Sabine stand auf. »Einen Kaffee? Limonade?«

»Für mich einen Kaffee«, sagte Sarah.

»Für mich eine Cola«, ergänzte David.

»Kommt sofort.« Sabine ging hinaus.

»Warum müssen Kreative immer so merkwürdig sein?« David hob eine Augenbraue.

»Lass sie mal machen. Sie ist bestimmt gut.« Sarah schlug die Kladde auf und blätterte vor und zurück. Da war für jeden Geschmack etwas dabei, und die Arbeiten wirkten allesamt sehr persönlich.

»Die Bilder an den Wänden hat übrigens mein Mann gemacht. Ein kleines Genie.« Sabine kicherte vor sich hin, als sie mit den Getränken zurückkam. »Sie symbolisieren den Kreislauf des Lebens. Erblühen und Verblühen. Ich finde es faszinierend, wie deutlich man es mit einer einfachen Blüte darstellen kann.«

»Das finde ich auch«, sagte David nicht nur aus Höflichkeit.

Sabines Blick streifte ihre eigenen Arbeiten und sie sagte: »Wisst ihr, warum ich meine Arbeit so liebe?«

Sarah blickte von der Kladde auf. »Verrätst du es uns?«

»Keine meiner Einladungskarten, Tischkarten oder Dankschreiben ist austauschbar. Sie alle passen nur genau zu den Menschen, die zu mir kommen. Sie sind so individuell wie die Menschen selbst.«

»Und wie schaffst du das?« David war neugierig geworden.

»Ich kenne euch erst seit wenigen Minuten, doch ich spüre eure besondere Aura.« Sabine setzte sich wieder und blieb aufgeregt wie eine Erstklässlerin auf der vorderen Kante des Stuhles sitzen.

»Besondere Aura?«, hakte Sarah nach.

»Ich hoffe, es schreckt euch nicht ab. Ich spreche nicht mit allen Kunden darüber.« Sie machte eine kurze Pause und blickte die beiden verheißungsvoll an. »Ich bin ein Medium.«

Sarah schloss die Kladde wieder und legte sie auf den Tisch zurück. »Was genau muss man sich darunter vorstellen?«

»Ich nehme Dinge wahr, für die normale Menschen nicht empfänglich sind. Zum Beispiel kann ich sehen, dass es kein Zufall ist, dass ihr beide zu mir gekommen seid.«

»Wie meinen Sie das?«, hakte David nach.

»Waren wir nicht beim Du? Ihr beide gehört zusammen. Und das nicht erst seit wenigen Jahren.« Sabine faltete ihre Hände auf dem Tisch. »Ich kann weit in die Zeit zurückschauen und manchmal auch ein Stück nach vorne. Wir alle leben viele Leben, und dieses hier ist nur eines davon.«

Sarah suchte erneut Davids Hand und drückte sie fest. Ist das tatsächlich möglich, was diese Frau erzählt, überlegte sie.

»Ihr habt Euch schon in vielen anderen Leben geliebt. Aber es war euch nie vergönnt, lange zusammen zu sein.

Jetzt sitzt ihr beide hier, und ich kann euch sagen, dass dieses Leben ein ganz besonderes für euch sein wird. Zum ersten Mal wird sich eure Liebe erfüllen.«

Sabines Lächeln war aufrichtig und herzlich.

»Es ist wirklich schön hier«, sagte Sarah und hielt mit einer Hand ihren Sonnenhut fest, an dem der Wind unermüdlich zerrte.

»Ich wusste, dass es dir gefallen würde«, entgegnete David, der neben ihr herlief. »Als kleiner Junge war ich regelmäßig hier. Ich verstehe gar nicht, dass die Leute alle in den Süden fliegen, um Urlaub zu machen.«

»Weil sie den Wind vielleicht nicht mögen?«, entgegnete Sarah neckisch.

Sie liefen über den Deich von Westerhever. In der Ferne war der Leuchtturm schwach zu sehen. Noch vor zwei Tagen war er komplett verhüllt gewesen. Er hatte einen neuen Anstrich erhalten. In Gebrauch war er schon viele Jahre nicht mehr, aber als Wahrzeichen der Halbinsel Eiderstedt war er nicht wegzudenken. Über ihnen türmten sich hohe Wolken, mit denen der Wind spielte, indem er sie von links nach rechts schob. Neben ihnen blökten die Schafe und in der Luft kreischten die Vögel.

David suchte Sarahs Hand und blickte in Richtung Leuchtturm. »Wollen wir durchs Watt laufen?«, fragte er.

»Gerne.«

Nachdem sie die Schuhe ausgezogen hatten, spazierten sie über den Strand und hinterließen ihre Fußspuren im nassen Sand. David spürte die Wärme von Sarahs Hand und schloss die Augen, während er weitermarschierte und die salzige Luft ganz tief einatmete.

Sarah wischte sich eine Strähne aus dem Gesicht und schaute zu David hinüber. »Bist du glücklich?«

Er hielt die Augen geschlossen und griff ihre Hand noch etwas fester. »Mehr als das. Unendlich glücklich!«

Plötzlich zog sie ihn nach vorne und lief los. Er riss die Augen auf und rief »Hey!«, doch er ließ sich von ihr führen. Das Wasser spritzte hoch, als sie durch einen knöcheltiefen Priel liefen, immer weiter in Richtung Meer.

»Schneller! Schneller!«, rief Sarah und strahlte vor Freude. So ausgelassen hatte David sie schon lange nicht mehr gesehen. Dann löste sie sich aus seinem Griff und begann sich im Kreis zu drehen. Sie breitete die Arme aus und warf den Kopf in den Nacken.

Als David sie eingeholt hatte, hob er sie hoch und drehte sich mit ihr in den Armen weiter. Sie legte ihre Arme um seinen Nacken und ließ es geschehen. Nach einigen Umdrehungen lief er ein Stück weiter geradeaus. Er kam ins Straucheln. Sarah rutschte langsam hinab, und bevor sie sich versah, stolperte David, und beide fielen in den nassen Sand.

Erschrocken blickte David auf: »Hast du dir etwas getan?«

Sarah hielt die Hand vor den Mund, doch dann konnte sie sich nicht mehr beherrschen und begann herzhaft zu lachen. Auf allen vieren krabbelte David zu ihr hin und war erleichtert, dass ihr Sturz glimpflich ausgegangen war.

Ihre Hände waren voller Sand, aber das störte ihn nicht, als sie seinen Kopf festhielt und ihre Lippen die seinen suchten. Nach einem langen, zärtlichen Kuss, lehnte sie sich gegen seine Brust. So saßen sie mitten im Watt und hielten sich an den Händen.

»Es war eine gute Idee übers Wochenende hierherzukommen«, sagte Sarah. »Das sollten wir öfter machen. Ich habe das Gefühl, als wären wir schon häufiger gemeinsam hier gewesen.« Beiläufig wanderte ihr Blick zum Leuchtturm und verharrte dort einen Augenblick.

David begann ihr Haar zu streicheln, dann küsste er es sanft und genoss den blumigen Duft. Am Horizont entdeckte er ein Segel, das langsam näher kam. Erst aus der Nähe erkannte er, dass es sich um einen Strandsegler handelte. Als er den Wagen sah, der pfeilschnell vor ihnen über das Watt flog, begann eine Saite tief in seinem Inneren zu klingen, und er bekam eine Gänsehaut. Noch nie hatte er in einem Strandsegler gesessen, und doch kam ihm der Anblick plötzlich so vertraut vor, als hätte es nie eine andere Leidenschaft gegeben als das Strandsegeln.

Sarah drehte sich in seinem Arm und beobachtete, wie er gedankenverloren dem Segler hinterherblickte. »Was hast du, Liebling?«

Er zuckte leicht zusammen, als hätte ihn ihre Stimme von einem weit entfernten Ort zurückgeholt.

»Nichts, mir war gerade nur als … ach nichts. Alles bestens.« Er lächelte und streichelte liebevoll ihre Wange. »Denkst du noch manchmal an das Gespräch mit Sabine?«, fragte er plötzlich.

»Manchmal«, antwortete sie. »Im ersten Moment habe ich ihre Worte als Unsinn abgetan und war ernsthaft versucht, den Auftrag jemand anderem zu geben. Inzwischen denke ich aber, dass wir uns richtig entschieden haben.«

»Warum?«, wollte David wissen.

Ohne darüber nachzudenken, glitt ihr Blick erneut zum Leuchtturm. »Ich denke, dass etwas Wahres an ihren Worten ist. Ich fühle es tief in mir drin. Auch wenn ich es nicht erklären kann.«

»Es ist eine schöne Vorstellung«, stellte er fest, und sein Blick suchte unwillkürlich den Strandsegler am Horizont. Und dann sagte er etwas zu ihr, das er noch nie gesagt hatte. Es hatte in seinem Unterbewusstsein geschlummert und wurde nun an die Oberfläche gespült.

»*Ne mohotatse!*«

Er sagte es einfach, ohne darüber nachzudenken. Und es wunderte ihn nicht, dass er die Bedeutung der Worte genau kannte. »Es bedeutet ...«

In ihren Augen lag ein besonderer Glanz, als sie ihren Zeigefinger auf seine Lippen legte und hauchte: »... in der Sprache der Cheyenne bedeutet es: *Ich liebe Dich!*«

Epilog

Winter 1984, Kiel

Die Schneeflocken flogen gegen das Glas und rannen in Form von kleinen Tropfen an der Scheibe hinab. Svenja Münch presste ihren Zeigefinger an die Scheibe und folgte den Tropfen. Ihr Gesicht war kaum zu erkennen, so dick war sie eingepackt. Rote Wollmütze, dicker Schal und Daunenjacke. Der Bus, in dem sie saß, hatte es schwer, sich durch den Verkehr zu kämpfen. Die Straßenlaternen sahen aus wie helle Sterne, die vom Himmel gefallen waren. Sie wischte die beschlagene Scheibe an einer Stelle frei und versuchte zu erkennen, wie weit es noch bis zu ihrem Ziel war. Sie musste aufpassen, da sie mit dieser Linie zum ersten Mal fuhr.

Nachdem sie aus dem Krankenhaus entlassen worden war, hatte sie lange dafür gebraucht, ins Leben zurückzufinden. Ihre Schwester war ihr eine große Hilfe gewesen, und die Zeit hatte den Schmerz und die seelischen Wunden betäubt. Heute war sie so weit, ihr Versprechen einzulösen.

An der nächsten Haltestelle stand sie auf und wartete darauf, dass der Bus anhielt. Ein kalter Wind wehte ihr die Schneeflocken ins Gesicht, als sie auf den Bürgersteig trat. Sie brauchte einen Moment, um sich zu orientieren. Zur Sicherheit kramte sie in ihrer Tasche und holte mit nervösen Fingern einen kleinen Zettel hervor. Es war etwas mit Kugelschreiber darauf gekritzelt. Sie nickte kurz, als sie sich erinnerte, und machte sich auf den Weg.

Sie musste noch zwei Straßen weiter, und es kam ihr zugute, dass sie durch eine kleine überdachte Einkaufspassage laufen konnte. Es war kurz vor Ladenschluss, und die Reihen der Passanten lichteten sich langsam. Sie hatte die Hände in den Jackentaschen vergraben und schaute auf ihre Füße, während sie gedankenverloren durch die Menschenmenge lief.

Plötzlich stieß sie mit jemandem zusammen. Erschrocken blickte sie auf: »Entschuldigen Sie vielmals. Es ...«

»Kein Problem. Nichts passiert.« Es war ein Mann im mittleren Alter. Ihn begleitete ein deutlich jüngerer Mann, der ihm wie aus dem Gesicht geschnitten war. Er lächelte nett. Es dauerte einen Augenblick, aber dann erkannte sie ihn.

Heinz.

Der Mann, mit dem sie zusammengestoßen war, war niemand anderer als Heinz. Sie wollte etwas sagen, doch da war er schon an ihr vorbei. Offensichtlich hatte er sie nicht erkannt. Sie blieb stehen und blicke den beiden Männern nach.

Als sie längst außer Sichtweite waren, wandte sich Svenja langsam wieder um. *Bjarne hat ja so recht gehabt! Wir alle haben eine letzte Aufgabe, die uns das Leben schlussendlich aufgibt. Der kleine Robert hat Heinz verändert. Heinz hat sich mit seinem Sohn ausgesöhnt und jetzt endlich werde ich meinen Part erfüllen.*

Als sie vor dem Haus stand, dessen Adresse auf dem kleinen Zettel stand, blickte Svenja kurz nach oben und sah, dass im zweiten Stock das Licht brannte. Erneut glitt ihre Hand in die Tasche ihrer Jacke, und diesmal holte sie einen Briefumschlag hervor. Er war nicht beschriftet.

Einen Augenblick zögerte sie noch, dann drückte sie irgendeine der Klingeln. Es dauerte eine Weile bis der

Türöffner brummte. Schnell schob sie die Tür auf und lief hinauf in den zweiten Stock. Alle Türen waren geschlossen. Sie las das Namensschild, legte den Brief auf die Fußmatte und betätigte den Klingelknopf zweimal. Dann lief sie los.

Als sie die erste Treppenstufe erreicht hatte, rief eine tiefe Stimme aus dem dritten Stock. »Hallo, wer ist denn da? Hallo!«

Svenja nahm zwei Stufen auf einmal.

Als sich die Tür im zweiten Stock öffnete, war Svenja längst wieder draußen auf dem Gehweg. Ein letzter Blick hinauf zu dem beleuchteten Fenster, dann lief sie los und wurde bald vom dunklen Januarabend verschluckt.

Antonia Hagen stutzte, als sie den Umschlag auf ihrer Fußmatte liegen sah. Sie hob ihn auf und schloss die Tür. Sie war blass, und ihre Hände zitterten leicht, als sie ihn öffnete. Langsam ging sie ins Schlafzimmer und setzte sich auf ihr Bett.

Sie zog ein dünnes Papier aus dem Umschlag, faltete es auseinander und begann zu lesen:

Meine liebste Antonia,

wenn Du diesen Brief in Deinen Händen hältst, den ein wertvoller Freund für mich aufgeschrieben hat, bin ich den Weg bereits weitergegangen.
Es tut mir so unendlich leid, dass wir uns verlieren mussten. Es schmerzt mich zu wissen, dass du nun einen Teil des Weges allein gehen musst. Die gemeinsame Zeit, die wir hatten, war, gemessen an einem Menschenleben, unendlich kurz. Aber sie war auch unendlich wertvoll. Jeder Herzschlag, der von

deiner Liebe begleitet wurde, war so viel mehr wert als ein ganzes Leben ohne deine Liebe.
Unsere Liebe ist etwas Besonderes, und du musst mir glauben, dass unsere Zeit nur ein Wimpernschlag war auf unserem gemeinsamen Weg durch die Ewigkeit.
Das Schicksal hat entschieden, dass wir in einem anderen Leben gemeinsam alt werden. Ich werde dort auf dich warten, und wenn der Zeitpunkt gekommen ist, werden wir einander erkennen.
Mein Großvater sagte mir einst, dass es nur ein Wagnis gibt, das sich lohnt, einzugehen: die Liebe. Und ich bin dieses Wagnis eingegangen. Wir beide sind dieses Wagnis eingegangen, und wir werden es wieder tun. Das weiß ich.
Wir werden uns wiedersehen! Halte unsere Liebe fest, und du wirst mich finden. Ich bin dein Licht in finsteren Stunden, und wenn du genau lauschst, kannst du hören, was ich dir in diesem Augenblick in dein Ohr flüstere:
Ne mohotatse!
In ewiger Liebe!

Dein Bjarne

Besuchen Sie den Blog des Autors unter:

http://zeitmann.wordpress.com/

Dort erfahren Sie alles über seine aktuellen Buchprojekte, sowie weitere Veröffentlichungen.

Printed in Germany
by Amazon Distribution
GmbH, Leipzig